Lieblings
OPFER

TOD IN DER KURKLINIK

EIN COSIKRIMI VON ANDREA BECKER

Bibliografische Information der Deutschen Nationalbibliothek:

Die Deutsche Nationalbibliothek verzeichnet diese Publikation in der Deutschen Nationalbibliografie; detaillierte bibliografische Daten sind im Internet über http://dnb.dnb.de abrufbar.

www.lieblings-krimi.de

Lektorat: Jeanette Lagall

Cover: Kurt & Andrea Becker

Herstellung und Verlag: BoD – Books on Demand, Norderstedt

Bilder: Andrea Becker, 123rf

ISBN: 978 375 434 201 5

1.

Keine Tiere und keine Kinder! Nur Damen und Herren der Wirtschafts- und Finanzelite, sogenannte Highperformer, sollten Heilung finden in der altehrwürdigen Atmosphäre der neuen Waldemut-Klinik. Vielleicht auch wohlhabende Menschen aus anderen Bereichen, aber nur handverlesene, damit eine gewisse Homogenität erhalten blieb.

„Schläft da etwa eine vor der Kaffeebar? Das kann doch wohl nicht wahr sein!"

Der riesige Mann vergaß für einen Moment darauf zu achten, nicht mit seinen langen Armen und Beinen zu schlenkern, und stieß sich die Hand am Türrahmen. Er lief durch den saalgroßen Raum auf die am Boden liegende Gestalt im ausgeleierten Jogging-Anzug zu, wie auf eine Taube, die er aufscheuchen wollte.

Die Kaffeebar stand an der Wand gegenüber, gekrönt von einer chromblitzenden Espresso- und Kaffeemaschine. Darüber hing der ausgestopfte Kopf eines gewaltigen Elches, der auf die vor ihm liegende Frau wie auf ein erlegtes Wild herabsah.

Ein zweiter Mann, kleiner und wendiger, lief mit flatterndem weißen Kittel um sie herum und kniete sich neben die am Boden liegende Gestalt. Sofort tastete er nach dem

Puls an ihrem Hals. „Das ist eine Schulfreundin von mir. Oh nein, bitte nicht." Er drehte sie ein Stück auf die Seite und zog das Oberteil hoch, wo sich deutliche Leichenflecken abzeichneten. „Sie schläft nicht, Manfred. Sie ist tot!"

„Tot? Wie denn das?" Panisch rannte der große Mann aus dem Raum nach draußen, kam kurz darauf wieder und raufte sich die Haare, während der am Boden kniende Arzt den Körper genau untersuchte. „Bist du dir sicher? Wie kannst du nur so ruhig sein?"

„Ich bin Arzt, natürlich bin ich mir sicher." Leiser fügte er hinzu: „Und ich habe schon viel zu viele Leichen gesehen."

„Das können wir jetzt echt nicht gebrauchen. Nicht schon wieder!" Manfred stand neben ihm und rang die Hände.

„Ach. Wann würde es denn besser passen?" Der Kleinere sah kurz hoch. „ Und was heißt, schon wieder? Das andere waren Unfälle."

„Jetzt komm, du weißt, was ich meine. Tu doch was! Kannst du sie zurückholen? Wiederbeleben?"

„Nein. Wenn ich das könnte, wäre ich nicht hier bei dir, sondern bei meinen Jüngern und würde übers Wasser laufen."

„Hör bitte auf mit deinen Scherzen, die sind jetzt nicht angebracht! Kannst du feststellen, woran sie gestorben ist?"

Der Arzt schüttelte den Kopf und schob die Unterlippe vor. „Bei Monis Lebenswandel gehe ich mal von einem Herzstillstand aus. Sie hat geraucht, gesoffen und Schlaftabletten geschluckt, die einen Wasserbüffel umgeworfen hätten. Ich dachte, ich tu ihr einen Gefallen damit, sie zu unserer Probewoche einzuladen." Er streichelte ihre wächserne Hand und schluckte mehrmals. „Mensch, Mädchen, das hast du nicht verdient."

„Die Probewoche ist dazu da, mit Testpersonen vor der Eröffnung auszuprobieren, ob der Kurbetrieb reibungslos läuft. Sie sollte keine kostenlose Erholungswoche für gestrandete Existenzen werden. Das wurde doch klar kommuniziert!" Der Riese schnaufte und sah demonstrativ aus dem Fenster. „Und jetzt? Was, wenn auch noch ihre Angehörigen kommen und Kerzen aufstellen wollen? Wir haben mit dem Wegräumen von dem Zeug für den anderen Toten genug zu tun. Bernhard, das ist nicht der richtige Zeitpunkt. Wir eröffnen in drei Tagen." Er tupfte sich mit einem Einstecktuch Schweiß von der Stirn.

„Jaja, ich weiß. Und die sterben alle nur, um dir höchstpersönlich Probleme zu bereiten!" Der Arzt hielt kurz inne und schluckte seinen Ärger hinunter. „Moni hat keine Angehörigen. Niemand stellt für sie Kerzen auf, also keine Sorge. Sie war fünf Jahre in der Entwicklungshilfe irgendwo in Afrika und ist erst vor kurzem wieder hierhergezogen. Eltern tot, keine Geschwister, soweit ich weiß." Der immer noch neben der Leiche kniende Bernhard sah sich ihre Hand genauer an. „Warte mal. Das sind ... das sind Strommale. Moni hat eine gewischt bekommen." Er blickte sich hektisch um. „Siehst du irgendwo Drähte aus der Wand hängen? Sonst kann nur die Kaffeemaschine die Ursache gewesen sein. Oder?"

Manfred ging hastig ein paar Schritte rückwärts, bis er an einen Tisch stieß. „Ja, nur die Maschine. Aber das kann nicht sein, sie ist erst vorgestern von einem Fachbetrieb angeschlossen worden. Ich habe mir damit bereits mehrere Mokkas gebrüht. Der Barista gestern auch."

„Wer ist das denn schon wieder?"

„Der Kaffeespezialist. Zu einer Maschine dieser Kategorie gehört ein Barista. So wie zu deinem MRT eine medizinisch-technische Assistentin. Deine Moni hatte da sowieso nichts dran zu suchen." Er rieb sich die Augen. „Aber das ist jetzt nicht das Thema. Die Frage ist, warum steht das Gerät unter Strom? Wer hat das verbockt? Du bist näher dran. Siehst du irgendwas?"

Langsam erhob sich der Arzt, warf dem anderen einen angesäuerten Blick zu und zog den Stecker. Dann schob er die schwere Maschine vor. „Hier liegen Schrauben herum. Und Kabelreste. Die Klappe an der Seite ist ganz locker. Mensch, Manfred, jetzt komm schon her, die beißt nicht. Siehst du? Das Stromkabel ist an die Hülle gelötet." Die beiden sahen sich an. „Das war kein Unfall. Jemand hat Moni umgebracht!"

Der große Mann ließ sich auf einen Stuhl sinken und verbarg das Gesicht in den Händen. „Das war's dann. Die Polizei wird uns das Haus auf den Kopf stellen, alles absperren und das während der nächsten Woche mit den VIPs. Wir kommen in die Presse. Ich sehe schon die Schlagzeilen: Mord in Nobel-Kurklinik! Wie sicher sind die Gäste? Wir sind geliefert."

Der Arzt senkte den Kopf und vergrub die Hände in den Kitteltaschen. „Niemand bringt einen Menschen wie Moni um. Und erst recht nicht hier bei uns. Jeder hätte an das Ding fassen können und dann wäre Schluss gewesen."

„Du meinst, jemand anderer sollte das Opfer sein? Wer denn? Ich? Der Barista? Entschuldige, Bernhard, das alles wird mir gerade zu viel. Ich kann kaum einen klaren Gedanken fassen. Ich weiß ja, dass es pietätlos ist, aber die Eröffnung und vermutlich ein Mord? Wie managen wir das denn jetzt?"

„Tja, ich weiß es doch auch nicht. Zumindest gingen die ganzen Ämter- und TÜV-Prüfungen wieder von vorne los und das dauert zu lange. Unsere VIPs würden sich wahrscheinlich nicht verschieben lassen. Aber wir sollten Nikos fragen, wie er das sieht."

Manfred sah erschrocken auf. „Um Gottes willen! Der darf nichts erfahren! Beim nächsten Whiskey-Tasting erzählt der das hier als Anekdote."

„Ach und wie willst du das vor ihm geheim halten? Schon vergessen? Wir sind alle drei Geschäftsführer und er kennt die ganzen Leute. Die ganzen kranken Gestalten, die demnächst hier einfallen und ihr Geld bei uns lassen."

„Also, ein paar Persönlichkeiten kenn ich auch. Könnte es nicht wie ein Unfall aussehen? Oder die Leiche verschwinden?"

Bernhard überlegte kurz. „Ich kann einen Totenschein auf Herzinfarkt ausstellen. Aber auf deine Verantwortung. Dann sollten wir sie jedoch besser in den Fitnessraum bringen. Das ist glaubwürdiger und weiter weg von dem manipulierten Ding hier."

„Nein, stopp, warte mal, im Keller steht eine abschließbare Tiefkühltruhe, da packen wir sie erstmal rein. Wenn niemand nach ihr fragt, müssen wir jetzt auch nicht gleich einen Bestatter vor der Tür stehen haben. Wir kümmern uns später darum."

„In die Tiefkühltruhe? Wie du meinst. Aber das ändert nichts an der Frage: Wer war das? Und vor allem warum? Ich hab da ein ganz schlechtes Gefühl bei der Sache, Manfred."

2.

„Auf die alten Zeiten! Schön, dich wieder zu sehen, Sam. Deine Detektei läuft ja richtig gut, ich habe von euren letzten Fällen in der Zeitung gelesen." Der Mann hob sein Glas Bier und prostete seinem Gegenüber an dem gemütlichen Kneipentisch zu.

„Zum Wohl, Bernhard. Ja, in der Tat, ich bin sehr zufrieden mit der Entwicklung. Meistens geht es zwar nur um untreue Ehegatten und hintergangene Arbeitgeber, aber manchmal haben wir das Glück, die Welt ein bisschen verbessern zu dürfen. Ist lange her, seit wir uns das letzte Mal getroffen haben. Ich habe gehört, du bist an der Waldemut-Klinik beteiligt, die hier demnächst eröffnet. Wie seid ihr auf unser Städtchen gekommen? Du hast hier nie gewohnt, oder?" Sam lehnte sich zurück und musterte den zwanzig Jahre älteren Mann vor sich aufmerksam und neugierig.

Wenn er die nächste Klinikserie für das Vorabendprogramm zu besetzen gehabt hätte, wäre sein Gegenüber die erste Wahl für den Chefarztposten gewesen. Er wusste genau, dass Bernhard sich nur mit ihm traf, weil er etwas von ihm wollte.

„Nein, ich bin eine Großstadtpflanze. Wir sind durch Zufall darauf gestoßen und waren gleich begeistert. Das Konzept hat sich nach der ersten Besichtigung quasi von selbst geschrieben. Das Tollste ist, das Haus hat eine Heilquelle. Hast du nie von ihr gehört?"

„Natürlich, aber das ist doch nur eine Legende. Ist denn tatsächlich irgendwas in dem Wasser, was heilkräftig ist?"

„Ja natürlich! Glaube! Der Glaube an die Heilkraft dieses Wassers ist der entscheidende Punkt. Eine Quelle, um die sich schon seit hunderten von Jahren Legenden bilden, ist unbezahlbar. Egal, für wie klug sich die Leute halten, sie werden etwas spüren."

Sam nickte nachdenklich. „Wahrscheinlich hast du recht. Und die Infrastruktur der Stadt ist ja auch nicht schlecht."

„Natürlich!" Bernhards Augen funkelten, als ob er einen Sechser im Lotto gewonnen hätte. „Hier wohnt das Geld, und das sieht man. Das zieht anderes Geld an. Außerdem gute Luft, ein großartiger Kurpark, Spielbank, Tennisplätze, Golfclubs ... was will man mehr? Eine Menge Leute, alle überarbeitet und zu beschäftigt, um sich in den vergangenen Jahren um ihre Gesundheit gekümmert zu haben, warten nur darauf hierher zu kommen. Ein gutes Feld, um es zu beackern. Außerdem, wir sind mehr Kurklinik, kein Krankenhaus. Wer aus dem letzten Loch pfeift oder knapp davor ist, kommt zu uns, wird gründlich durchgecheckt und in kürzester Zeit wieder fit für den Kampf um die Weltherrschaft gemacht. Oder was auch immer er oder sie noch vorhat mit dem Rest seines Lebens." Mit weit ausholender Geste bestellte er erneut Getränke. „Noch ein Bier vom Fass. Und für dich?"

„Ein Bier, Zimmertemperatur bitte. Ich habe einen nervösen Magen und kalte Flüssigkeiten bekommen mir nicht."

Bernhard nickte der Bedienung zu und strahlte Sam an.

Aber Sam bemerkte, dass sein Strahlen die Augen nicht ganz erreichte und eine leichte Unsicherheit und Fahrigkeit in den Bewegungen lag. Irgendetwas stimmte nicht ganz in der heilen Welt des neuen Sterns am Kurkliniken-Himmel.

„Habt ihr schon eröffnet? Ich würde dich gerne mal besuchen und mir das Haus anschauen. Ist ja eine phantastische Villa, die ihr da habt. Gründerzeit? Ganz erstaunlich, dass ihr in diesem Park anbauen durftet." Er sah sein Gegenüber fragend über sein Bierglas hinweg an.

„Das war ein Drama! Sam, ich kann dir sagen." Der Arzt trank sein halbes Glas leer. „Wir wollten ja schon im letzten Jahr eröffnen, aber die Behörden ...! Unerträglich und unter uns gesagt auch nicht ganz billig. Manfred und Nikos haben bei denen ein Wunder vollbracht, ich wäre längst zum Berserker geworden und hätte das Rathaus in die Luft gejagt. Du kennst die beiden doch noch, oder?"

Und ob Sam die beiden kannte. Als er studiert hatte, war Bernhard Gastprofessor an seiner Universität gewesen. Durch Zufall hatten sie ihre gemeinsame Leidenschaft für das Golfspiel entdeckt und sich hin und wieder auf dem Platz getroffen. Aber es war unmöglich gewesen, anschließend mit Bernhard einfach nur ein Bier trinken zu gehen, ohne, dass die beiden anderen früher oder später ebenfalls aufgetaucht waren. Mit Sprüchen, die nur die drei verstanden hatten, sorgten sie dafür, dass sich Sam wie ein Fremdkörper gefühlt hatte. Wie ein Fremdkörper, den man nicht leiden konnte und für unwürdig hielt.

„Ja, wer könnte die vergessen. Ihr drei also. Wie kamt ihr auf eine Klinik? Die beiden haben doch mit Medizin gar nichts am Hut."

Bernhard lachte. „Nein, aber Manfred ist Hotelier und kümmert sich um den ganzen Bereich Übernachtung und Gastronomie. Er hat den Umbau und die Einrichtung überwacht. Das hat er nicht schlecht hinbekommen, muss ich schon sagen. Nikos war bis vor ein paar Jahren Banker und hat den Businessplan auf die Beine gestellt. Er kümmert sich um die ganze Verwaltung und die Finanzen. Zwischenzeitlich hat er noch eine weitere Firma gegründet, an der er noch beteiligt ist, aber nur noch als stiller Teilhaber. Ziemlich lukrativ. Er hat ein Händchen für sowas.

Sam nickte. „Klingt ja sehr vielversprechend. Und du? Was machst du?"

Bernhard Schulte-Hoffmann lehnte sich entspannt lächelnd zurück. „Aufnahmegespräche, Stoffwechsel und ein bisschen Autoimmunkrankheiten. Vor allem bin ich Chefarzt. Und mir kann keiner mehr unter den Händen wegsterben. Wir sind eines der besten und am modernsten ausgestatteten Diagnosezentren, die es zurzeit in Europa gibt."

Sam bekam glänzende Augen.

Bernhard lachte, als er das sah. Ja, mein Lieber. Stressleveldiagnostik, Ganzkörper MRT, Herz- und Schlaganfall-Risikoanalyse und noch wesentlich mehr."

„Wirklich? Ganzkörper-MRT? Hm, da hab ich schon lange drüber nachgedacht, aber die Enge und der Lärm ..." Sam seufzte.

„Nicht doch. Das ist Schnee von gestern. Unsere Geräte sind leise und auf Wunsch werden die Patienten leicht sediert und bekommen davon gar nichts mit."

„Kann man auch ambulant solche Angebote in Anspruch nehmen?"

Bernhard nickte lächelnd. „Aber natürlich. Ist aber nichts für Kassenpatienten, wie du dir vorstellen kannst. Wir haben ein sehr effektives Mentalcoaching entwickelt und unsere Physiotherapeuten sind eine Gefahr für die Krückenindustrie. Wir haben sogar einen kleinen OP-Raum, um vom Koks zerfressene Nasenscheidewände diskret zu flicken. "

„Und was ist meine Rolle dort?"

„Deine Rolle?"

„Nun ja. Du triffst mich doch nicht der alten Zeiten wegen."

„Was? Doch natürlich!"

Sam sah ihn grinsend an und Bernhard lächelte entschuldigend. „Wegen der alten Zeiten und weil ich dich und deine Kollegin als Detektive brauche. Wir haben noch nicht geöffnet, um auf deine Frage zurückzukommen, sondern nur eine Probewoche mit ein paar Studenten und ein paar Freunden gehabt, um die Abläufe zu optimieren. Das war kein Problem und verlief ohne Störungen. Nächste Woche ist das Pre-opening. Wahnsinnig wichtig und entscheidend für alles was danach kommt! Es sind ein paar Multiplikatoren eingeladen, die sich fünf, sechs Tage auf Kosten des Hauses bei uns verwöhnen lassen können und die dann weitererzählen sollen, dass bei uns Wunder gewirkt werden. Du kennst die Klientel. Mit Anzeigen im Wochenblatt erreicht man die nicht."

„Ist schon klar. Aber wozu brauchst du Detektive dabei?"

„Du sollst ebenfalls Gast sein, ein Patient unter Patienten und dich ein bisschen umhören. Auf die Leute aufpassen. Damit nichts Unvorhergesehenes passiert."

„Was könnte denn passieren? Ihr habt doch sicherlich Security und ausreichend Kameras, oder?"

Bernhard zerpflückte seinen Bierdeckel zu Konfetti. „Jaja, natürlich. Die greifen ein, wenn was passiert. Ich will aber jemanden da haben, der verhindert, DASS überhaupt etwas passiert. Du musst ständig ermitteln, als ob ein Überfall bevorstehen würde."

Sam sah ihn einen Moment schweigend an und räusperte sich dann. „Hast du Hinweise? Oder einen Verdacht? Ist auf einen der Gäste ein Anschlag geplant? Ich habe noch nie davon gehört, dass bei einer solchen Veranstaltung so etwas üblich ist."

„Nein, nichts dergleichen. Einfach nur aus Vorsicht. Du weißt doch, wie das ist. Die Konkurrenz schläft nicht und wir werden uns nicht beliebt machen, wenn wir anderen Häusern die zahlungskräftigste Klientel wegschnappen. Bei der Gelegenheit check ich dich auch mal wieder durch und du machst einfach das Programm mit. Und am Ende probierst du unser MRT aus und sagst mir anschließend deine Meinung dazu. Bist du immer noch so oft krank wie früher?" Er schnippte grinsend ein Konfetti zu seinem Gegenüber.

„Ich bin nicht oft krank." Sam war ein bisschen eingeschnappt. „Ich habe eine schwache Konstitution und muss auf meine Gesundheit achten. Aber du hast recht. Meine Blutwerte könnten mal wieder kontrolliert werden, ein EKG steht an und ein paar Tage Massage würden meinen verspannten Schultern guttun. Und das MRT teste ich natürlich sehr gerne für dich. Das versteht sich von selbst. Ich komme. Aber für meine Kollegin, Frau Rosenbaum, kann ich nicht garantieren. Wir sind gleichberechtigte Partner und sie ist etwas ... na ja, wie soll ich sagen? Sie ist ausgesprochen fähig. Aber sie ist auch ein bisschen speziell." Sam seufzte tief und leerte sein Glas. „Ich bin mir sicher, dass sie der Aufgabe gewachsen wäre, aber ich habe Zweifel, dass die Aufgabe ihr gewachsen ist."

„Sie ist gut. Das habe ich gelesen. Hör zu. Ich brauche euch beide. Okay? Für euch ist das ein Klacks, ohne jedes Risiko. Komm schon, Sam. Du schuldest mir noch einen Gefallen."

Sam schluckte. Als ob er das je vergessen könnte.

3.

„Nochmal von vorne. Wir sollen uns in eine Klinik ein-
liefern lassen? Also Ihnen nimmt man das ja jederzeit ab,
aber mir? Ich bekomm noch nicht mal Schnupfen. Ich weiß
nicht, wie man krank ist." Mathilda rührte drei Löffel
Zucker in ihren Espresso, nippte mit geschlossenen Augen
daran und lehnte sich in dem sanft wippenden Chefsessel
zurück. In der ruhigen Gewissheit, dass die Kohlenhydrate
bei ihr gleich in sehnige Muskeln verwandelt wurden,
sorgte sie täglich dafür, dass der Anbau von Zuckerrüben
in Deutschland ein lohnendes Geschäft blieb.

„Es handelt sich nicht um irgendeine Klinik, sondern
um das künftige erste Haus am Platz. Eine private Kurklinik für die gestresste Finanzelite und Politik. Viele haben
keine Zeit, sich um ihre Gesundheit zu kümmern, und
nicht wenige stehen kurz vor dem Burnout. Niemand
von denen wirkt krank, die meisten wissen es noch nicht
einmal oder verdrängen es." Ihr Kollege Sam hockte vor
dem Kühlschrank und suchte seine laktosefreie Milch, da
er die normale nicht vertrug. Im Gegensatz zum Körper
seiner Kollegin bevorzugte es seiner, Kohlenhydrate für
schlechte Zeiten zu speichern, weswegen er auf Zucker
im Kaffee schweren Herzens meistens verzichtete.

„Und was ist unser Job? Gab es Tote, Einbrüche, Vermisste oder zu viele Krankmeldungen beim Personal? Soll einer gekidnappt werden?" Sie leckte den Löffel ab, stellte die Tasse vor sich und fuhr sich durch die platinblond gefärbten kurzen Haare.

„Nein, nichts dergleichen. Einer der drei Geschäftsführer ist mein früherer Professor Bernhard Schulte-Hoffmann. Er hat mich um Hilfe gebeten. In der kommenden Woche werden ungefähr dreißig geladene Gäste dort verweilen und, so der Plan, das Haus unter ihresgleichen weiterempfehlen. Sie sollen dafür sorgen, dass die Klinik DAS Gesprächsthema auf Golfplätzen und in den entsprechenden Netzwerken ist."

„Och, für Gesprächsstoff kann ich sorgen. Kein Problem. Sind Jäger unter den Gästen? Pelzträger?" Als passionierte Tierschützerin vergaß Mathilda bei diesen Themen schon mal gerne die Regeln des gepflegten Miteinanders.

„Ihre Animositäten sollten Sie für den Moment vergessen. Diese eine Woche bedeutet alles für das Haus. Wenn etwas schiefgeht sind sie nur noch zweite Wahl und dann rentiert sich das Unternehmen nicht mehr. Wir sollen dafür sorgen, dass nichts passiert, Zwischenfälle schon im Vorfeld verhindern und Pannen vermeiden." Seufzend ließ Sam sich auf dem bequemen Besucherstuhl nieder.

„Das ist ein Job für die Security, aber nicht für ein Detektivbüro wie unseres." Mathilda trank ihre Tasse leer.

„Das denke ich eigentlich auch, aber Bernhard meinte, dass nur Privatdetektive Störungen rechtzeitig auf die Spur kommen können. Außerdem befürchtet er Beeinträchtigungen durch die Konkurrenz. Einer von uns soll sich umhören, ob etwas geplant ist. Wissen Sie was? Das wird eine ganz entspannte Angelegenheit. Ich mische mich unter die Gäste und höre, ob alle zufrieden sind, und Sie schließen sich dem Personal an und schauen ihm unauffällig auf die Finger." Er lächelte seine Kollegin aufmunternd an.

Mathilda glitt mit der beweglichen Rückenlehne nach vorne. „Okay, jetzt versteh ich. Sie wollen eine Woche lang in der Sauna hocken und das Buffet plündern, während ich Spinat-Smoothies serviere und die faltigen Hintern von irgendwelchen millionenschweren Typen massiere. Das können Sie ganz allein erledigen. Ich pass in der Zeit aufs Büro auf und schau unseren beiden Seitensprung-Kandidaten auf die Finger. Wir haben genug Anfragen für weitere Aufträge. Die Warteliste ist lang."

„Wir können eine Vertretung engagieren, die das Telefon hüten wird. Da habe ich auch schon jemanden im Auge. Hören Sie, ich habe auch noch nie davon gehört, dass Detektive für so einen Job engagiert werden, aber ich schulde Bernhard einen sehr großen Gefallen und will ihm das nicht abschlagen. Meinetwegen gehen Sie mit den Leuten in die Sauna und ich serviere die Drinks."

Der flehende Blick, der bei einem Dackel hinreißend ausgesehen hätte, ließ Mathilda gequält aufstöhnen.

„Schauen Sie mich nicht so an. Ist ja schon gut, wir gehen zum Vorgespräch und dann sehen wir weiter. Nur so viel: Ich gehe mit niemandem in die Sauna. Und Sie besser auch nicht."

„Was wollen Sie damit sagen?"

„Ich will damit sagen, dass Sie vermutlich die Hitze nicht vertragen. Oder machen Sie das öfter? Sich nackicht unter fremde Leute setzen, bis Ihnen die Soße den Rücken entlangläuft bis in die ...?"

„Schon gut. Nein, bisher nicht, aber dort unter ärztlicher Aufsicht werde ich es probieren."

„Was ist eigentlich unter Ihrem Pflaster? Haben Sie sich verletzt?" Sam fuhr so langsam um die Ecke des Parks, dass Mathilda unwillkürlich ihren Fuß auf das Bodenblech presste.

„Nein, das ist seit heute morgen mein neues Tattoo. Ein kleiner Fuchs. Wird Ihnen nicht gefallen."

„Warum machen Sie das? Sie müssen doch all Ihre Tattoos während der Arbeitszeit mit Make-up abdecken. Da sind sie doch überflüssig."

„Ich habe sie für mich und nicht für andere. Ich weiß, dass da auf der Hand ein kleiner Fuchs sitzt, ein Tiger auf dem Oberarm und natürlich mein Wal auf dem Unterarm. Egal was darüber ist. Und die anderen sieht man auch ohne Make-up nicht."

„Die anderen? Sie haben noch mehr? Wo denn? Halt! Das will ich gar nicht wissen!"

Mathilda grinste und blickte aus dem Fenster, wo sich alte Villen und Hotels aneinanderreihten. „Was ist das eigentlich für ein Gefallen, den Sie diesem Bernhard schulden?"

„Schauen Sie mal, da drüben ist ein Eichhörnchen!"

„Wollen Sie mich veräppeln?"

„Wir sind da. Ist das nicht herrlich hier?"

Sie näherten sich einem diskret umzäunten Park mit altem Baumbestand und einem opulenten Herrenhaus aus der Gründerzeit am Ende einer geschwungenen Auffahrt.

Am Rand neben der Einfahrt verharrte eine kleine Gruppe Menschen und sah schweigend auf das alte Gebäude. Am Zaun hingen Bilder und Blumen, davor standen rote Grabkerzen, ein Foto zeigte einen jungen Mann. Kreuze ließen erahnen, dass etwas Schreckliches passiert war.

Sam fuhr direkt vor den überdachten Eingang, wo ihnen ein Bediensteter die Türen aufhielt und, nachdem sie ausgestiegen waren, das Auto zum Parkplatz fuhr.

„Sie werden erwartet." Ein Page in einer Uniform, die an einen weihnachtlichen Nussknacker aus dem Erzgebirge erinnerte, geleitete sie über den roten Teppich zum Eingang.

Mathilda sah perplex dem davonfahrenden Wagen hinterher, folgte Sam ins Foyer des altehrwürdigen Hauses und ließ heimlich ein paar Papierschnipsel aus ihrer Jackentasche fallen. Zu viel Perfektion verursachte ihr Kopfschmerzen. Die Bäume schienen dazu erzogen keine Blätter zu verlieren und das Gras sah aus, wie gekämmt und danach mit Haarspray fixiert.

Das Foyer war überwältigend. Sam dozierte ununterbrochen über den konsequenten Art Deko Stil und die sparsam eingesetzten Jugendstilelemente. „Schauen Sie nur, diese Linienführung, diese Bögen. Und hier, das wird ein echter Klimt sein."

Mathilda sah nur ein Gemälde mit einer Figur, deren Genick offensichtlich gebrochen war, da der Kopf ansonsten unmöglich in solch einem Winkel stehen konnte. Für ein neu eröffnetes Haus sahen die Möbel verdammt alt aus.

Es duftete nach Leder und Bienenwachs, mit dem vermutlich das dunkle Holz der Wandvertäfelung poliert wurde. Sitzgruppen, deren Sessel so hohe Lehnen hatten, dass sie eigene kleine Räume bildeten, standen auf runden, weichen Teppichen und schufen intime Inseln in dem Raum, der so groß wie die Bahnhofshalle einer Kleinstadt war.

Darüber hing ein ausladender, mehrstöckiger Kronleuchter, der bei einem Absturz eine komplette Fußballmannschaft unter sich begraben hätte.

Während Sam, immer noch redend, auf den langgezogenen Empfangstresen zusteuerte, blieb Mathilda stehen und konnte den Blick nicht von dem Springbrunnen am Ende des Raums abwenden, in dem sich ein paar Zierfische tummelten. Links und rechts davon führten Freitreppen in die oberen Stockwerke.

Eine strahlende Blondine stöckelte auf Sam zu und warf Mathilda einen aufmunternden Blick zu. „Frau Rosenbaum? Herr Schulz? Herr Professor Doktor Schulte-Hoffmann erwartet Sie bereits. Bitte hier entlang." Sie führte die beiden zu einem Aufzug mit Ornamentgittern. Auf dem Weg dorthin schwärmte Sam immer wieder von dem auserlesenen Interieur, das den Geist des alten Gebäudes mit den modernen Anforderungen seines Zweckes verband.

„Bernhard erzählte mir, dass der gesamte alte Gebäudeteil mit Antiquitäten eingerichtet ist, jeder Raum mit Stücken aus einem anderen Land. England, Russland, Italien und viele mehr. Ich kann es kaum erwarten das zu sehen!"

Mathilda hob eine Augenbraue. „Auf mich wirkt das hier ein bisschen wie Ferien beim reichen Opa. Wie bei „Der kleine Lord". Und wenn jemand den alten Kram nicht mag? Das erdrückt einen ja."

„Das ist Mobiliar gewordene Geschichte. Sie können das vergangene Zeitalter atmen und anfassen. Die Suiten sind modern eingerichtet. Jede mit einem anderen Farbkonzept, das man bei der Buchung auswählen kann. Die Möbel sind moderne Designklassiker, teilweise auch extra für das Haus entworfen. Bernhards Kollege, Herr Manfred Deber, ist ein Experte auf dem Gebiet des Interieurs. Eigentlich kann ich ihn ja nicht leiden, aber jetzt kann ich es nicht erwarten ihn zu treffen!"

Das obere Stockwerk unter dem Dach war nüchtern in Weiß gehalten und Mathilda atmete auf. Der einzige Schmuck war das kunstvoll geschmiedete Treppengeländer das bis ganz nach oben ging. Zwei Türen führten links und rechts des Aufzugs in verschiedene Gebäudeflügel.

„Sam, mein Lieber! Da seid ihr ja!" Ein schlanker Mann im gut sitzenden Anzug kam auf sie zu, bremste gerade noch vor Sam und wandte sich dann an Mathilda. „Verzeihung. Ladys first. Herzlich willkommen in Haus Waldemut. Ich bin Bernhard Schulte-Hoffmann und Sie sicher Frau Rosenbaum. Kommen Sie herein, hier sind unsere Büros. Annegret, bringen Sie Tee und Kaffee in Raum drei."

Kurz darauf saßen sie sich in dem nüchternen Raum gegenüber und Mathilda unterdrückte ein Gähnen.

„Phantastisch, einfach phantastisch, wie ihr den alten Kasten verwandelt habt. Meinst du, Manfred kann uns später mal durch das Haus führen? Er ist ja ein regelrechter Künstler, was die Einrichtung betrifft." Sam war noch immer euphorisch und führte sich auf wie ein Kind bei seinem ersten Zoobesuch.

„Kommen wir doch mal zum Punkt." Mathilda warf ihm einen genervten Seitenblick zu. „Was sollen wir hier, was Ihre Security und ein paar geschickt platzierte Kameras nicht können? Haben Sie Anlass zur Sorge? Ist schon was passiert?"

„Nein, wie ich Sam schon sagte, es ist alles in Ordnung. Aber wir legen großen Wert darauf, dass das auch so bleibt und die Eröffnungswoche ist der kritischste Zeitpunkt. Da kommt es auf Perfektion an. Wenn Sam undercover bei den Gästen ist, kann er auch aus den Gesprächen heraushören, ob irgendwo Optimierungsbedarf besteht und wie die Stimmung ist. Das Gleiche gilt natürlich auch für Sie. Sie können beim Personal die Ohren offen halten und die gesamte Organisation auf mögliche Gefahren und Sicherheitsschwachpunkte abklopfen." Schulte-Hoffmann lächelte verbindlich und spielte mit dem Siegelring an seiner rechten Hand. „Ich habe gehört, Sie sind eine sehr erfahrene und fähige Kampfsportlerin?"

„Ja schon, aber ich dachte, es wird entspannt und Sie haben Security für den robusten Einsatz." Bei Mathilda schrillten die Alarmglocken, während Annegret die Getränke servierte.

„Nein nein! Alles in Ordnung. Ich dachte ja nur für den äußersten Notfall, der natürlich sehr unwahrscheinlich ist. Aber man darf nie vergessen, dass wir die internationale Finanzelite beherbergen. Da kommen einige Milliarden zusammen und das weckt Begehrlichkeiten."

Sie besprachen noch ein paar Details, sahen sich Pläne des Hauses an und bekamen einen Überblick über die Aktivitäten der Gäste.

„Bevor ich es vergesse." Mathilda beobachtete Schulte-Hoffmann jetzt ganz genau. „Draußen standen ein paar Leute mit Blumen und Kerzen vor einem Foto. Was ist denn passiert? Hat das was mit unserem Auftrag zu tun?"

Schulte-Hoffmann ließ sich nichts anmerken. „Ein tragischer Unfall während des Umbaus. Einer der Arbeiter ist vom Gerüst gefallen. Wir haben sofort ein Gutachten erstellen lassen um herauszufinden, woran das lag. Das Ergebnis zeigte, dass der bedauerliche Unfall wohl auf eine Materialschwäche zurückzuführen war." Er atmete tief ein und sah ehrlich betroffen aus. „Ich war im Haus als es passierte und habe noch versucht zu helfen. Aber er hat beim Sturz den Helm verloren und hatte sich schwerste Kopfverletzungen zugezogen."

„Und da draußen sind seine Angehörigen?" Sam sah ihn ernst an.

„Ja, sie wollen eine Gedenktafel aufstellen und eine Entschädigung für den Verlust. Aber bei allem Verständnis, das geht einfach nicht. Sie müssen mit dem Bauunternehmen reden. So leid es mir tut, wir sind die falschen Ansprechpartner. Also denkt nicht weiter darüber nach, wir werden uns noch vor dem Eintreffen der Gäste darum kümmern. Dieser Vorfall hat mit euch nicht das Geringste zu tun."

„Gut. Das war ja alles sehr interessant." Mathilda erhob sich von ihrem Stuhl. „Wir schicken Ihnen ein Angebot."

Aber ihr Gegenüber schüttelte den Kopf. „Nicht nötig." Er schrieb einen Betrag auf einen kleinen Zettel und schob ihn zu ihr. „Fünf Tage, rund um die Uhr, Sie beide. Und jetzt wird Kollege Deber euch durch die Häuser führen. Wir sehen uns?"

Mathilda nickte perplex, während Sam sich mit Blick auf die Summe wortreich und strahlend verabschiedete.

4.

„Da stimmt was nicht." Mathilda saß zu Hause in ihrem Lieblingssessel und löffelte eine Familienportion Wallnuss-Eis mit Sahne, während ihre beste Freundin und Mitbewohnerin Ulla sich die Nägel tizianrot lackierte.

„Warum nicht? Das können die alles absetzen. Mach dir eine schöne Zeit und bring genug Tratsch mit nach Hause." Sie spreizte die Finger ab wie ein Pfau die Schwanzfedern und legte die Füße auf den niedrigen Tisch vor sich.

„Du gehörst doch auch zu denen, was soll ich dir da noch erzählen können?"

„Liebes, ich bin zwar wohlhabend, dank Herrmann, Gott hab ihn selig. Aber in dieser Liga spiele ich nicht mit. Wie war die Führung durchs Haus?"

„Ich weiß nicht. Der alte Kasten ist eingerichtet wie eine Kulisse für einen Agatha Christi-Krimi mit Kaminzimmer und einem Restaurant. Sogar mit Butler im Frack, einem Kino und Konzertsaal. Für die Einrichtung müssen die irgendein Museum geplündert haben. Nach Details musst du Herrn Schulz fragen, der hat Schluckauf vor Aufregung bekommen, als er das gesehen hat."

Ulla blickte sich in ihrem gemeinsamen Wohnzimmer um. „Dir ist aber schon aufgefallen, dass wir hier auch in einem alten Haus mit Antiquitäten leben?"

„Ja, schon, aber hier ist es gemütlich. Das freiliegende Fachwerk, die niedrigen Decken, auf dem Sofa liegen Kissen, an der Wand hängt 's Lisbeth und nicht irgendein Gemälde, das einen eigenen Wachmann braucht. Hier sieht es bewohnt aus. Dort hatte ich das Gefühl, dass die mich komisch angucken, wenn ich nur auf einen der Teppiche trete."

„Du sollst Queen Elisabeth nicht Lisbeth nennen. Die Hotelgäste werden das alles ganz normal finden. Glaub's mir. Sind die Zimmer auch so?"

„Zimmer in dem Sinne gibt es gar nicht. Jeder Patient hat eine Zweizimmerwohnung mit Bad, Whirlpool und Butler. Aber modern eingerichtet."

„Eine Suite. Das ist nicht unüblich."

„Kann schon sein, aber da könnte eine fünfköpfige Familie drin wohnen. Und jede hat einen anderen Namen. Benz, Starck, den Rest hab ich vergessen."

„Oh, schick! Das sind Möbeldesigner. Gute Idee!"

„Findest du? Echt, der ganze Krempel war so ... so maßlos, so total übertrieben. Aber egal. Wer es braucht, soll es bezahlen. Der Kliniktrakt mit Fitnessstudio und Gymnastikräumen sah ganz normal aus, halt groß. Da könnte die halbe Stadt trainieren. Die haben einen Raum mit, keine Ahnung, an die fünfzig Badewannen um Mittags eine halbe Stunde im Quellwasser zu liegen. Freistehend, mit Löwentatzen und alle getrennt voneinander durch Stellwände, Regale oder Vorhänge. Darüber einen kleinen Leuchter mit Glasgebamsel dran."

„Einem Kristalllüster. Nein, wie dekadent. Ach manchmal braucht man sowas, ist auch nur eine Frage der Gewohnheit. Wenn du in einem Schloss wohnst, kommt dir das wahrscheinlich sogar klein vor. Nimm Windsor Castle, das ist auch übertrieben. Aber phantastisch. Ich würde sofort dort einziehen." Ulla, Anhängerin des englischen Königshauses von den Haarspitzen bis zu den frisch lackierten Nägeln, räkelte sich verträumt auf dem Sofa.

„Ohne mich und ohne deinen Liebsten Robert? Wer sollte dich denn dann anbeten?" Mathilda grinste.

„Ihr kommt natürlich mit. Und dann verkuppele ich dich mit Louis Spencer, einem Neffen von Lady Di. Ich hoffe, du kannst dich mit einem roten Vollbart arrangieren. Louis ist unglaublich elegant und britisch."

Mathilda lachte schallend. „Elegant und britisch, das passt ja zu mir! Meine Güte, ein ferner Seelenverwandter!"

„Oder ich bringe ihn mit einer der anderen zusammen. Die finden ihn alle ganz toll." Die anderen waren eine Gruppe von Damen, auch genannt „der Club", die Ullas Leidenschaft teilten, mit ihr die Geburtstage der Royals feierten und jedes Detail des königlichen Lebens diskutierten, das an die Öffentlichkeit drang. Kontrovers natürlich und unter Einfluss diverser Getränke, die auch bei Hofe serviert wurden. Beim Singen der englischen Nationalhymne fand man aber meist wieder zueinander.

„Wie auch immer. Stell dir einfach vor, die Klinik ist ein großes Gehege für eine andere Spezies und du schaust sie dir für ein paar Tage an. Wie bei einer Safari. War denn alles so schrecklich?"

„Nein, das Schwimmbad war zwar völlig abgedreht, aber ziemlich cool. Ganz in Blau, Türkis und ein bisschen Gold. Zwölf Saunen haben die da, und noch anderen Schnickschnack. Läuft aber im Prinzip darauf hinaus, dass einem mal kalt und mal warm ist und man am Schluss nass wird. Sie haben eine eigene Quelle. Die füllt das Becken und man kann das Wasser trinken. Schmeckt widerlich und macht pro Liter ein Jahr jünger oder so." Mathilda stellte den leeren Eisbecher ab und reckte sich. „Jedenfalls zahlen sie abartig viel dafür, dass wir die paar Tage dortbleiben und auf die Schnösel aufpassen. Viel zu viel, auch wenn sie es absetzen können. Und dieser Schulte-Hoffmann betonte dabei mehrmals, wie easy und entspannt der Job wird. Also ist da was im Busch." Sie trommelte mit den Fingern auf das Sofa. „Außerdem wirkte der Doc nervös. Ich hab kein gutes Gefühl dabei, aber Herr Schulz hat wohl irgendwie Dreck am Stecken gehabt, wovon der Typ weiß. Ich will schon allein deswegen mit dorthin um auf ihn aufzupassen. Also müssen wir jemanden finden, der kurzfristig das Büro besetzt."

„Habt ihr schon." Ulla drehte vorsichtig das Lackfläschchen zu. „Sam hat mich schon vorgestern gefragt, ob ich das übernehmen könnte und ich hab zugesagt! Wie findest du das?" Sie strahlte Mathilda an und hob ihren pummeligen Corgi Charles neben sich auf das Sofa. Der schnüffelte misstrauisch an ihren Fingerspitzen, verzog die Schnauze und nieste auf die frische Farbe.

„Echt? Du? Musst du nicht Roberts Fünfzigsten organisieren? Soll es immer noch als Überraschung ein mittelalterliches Gelage auf seiner Burg geben? "

Ein Kater näherte sich dem Sofa, auf dem der Corgi hockte.

„Ja, auf jeden Fall. Das erledige ich von eurem Chefsessel aus. Das meiste ist ja eh mit Telefonieren zu schaffen. Sein Azubi hilft mir mit den Adressen."

Ein weiterer Kater kam von der anderen Seite angeschlichen.

„Dann hoffe ich mal, er freut sich. Ich kann mich daran erinnern, dass er deutlich sagte, dass er nicht feiern will, so ein alter Sack zu werden."

Beide Kater duckten sich und ließen die Schwänze synchron hin und her zucken.

„Ach, Tildchen. Das hat er doch nur so gesagt. Er freut sich bestimmt. Allein schon mir zu liebe. Es wird alles ganz authentisch, so wie er es mag."

Der Corgi merkte noch nichts.

„Authentisch? Wie soll das denn gehen? Wir sind Vegetarier! Auf solchen Festen wurde früher der halbe Wald abgeknallt und in den Kochtopf geworfen! Mit Steckrübeneintopf kannst du da nicht punkten."

Der Corgi sah sich blinzelnd um. Es war zu ruhig.

„Ich weiß. Ich hab einen Ochsen aufgetrieben, der sich mit einem Trecker angelegt hat und sowieso eingeschläfert werden musste. Der kommt auf den Spieß. Und zwei Gänse. Die eine hat jeden Menschen angegriffen, der sich dem Hof näherte und das andere ist ein Gänserich mit Hormonüberschuss. Beide sind leider für ihre Umwelt nicht mehr tragbar. Es gäbe sicherlich auch alternative Lösungen für die zwei, aber so fällt es mir leichter, ihrem Verzehr zuzustimmen."

Dann brach das Chaos aus. Die Katzen stürzten sich von beiden Seiten auf den Hund, der erst mit einem verzweifelten Aufjaulen versuchte zu fliehen, sich dann unterwegs an seine Zähne erinnerte und um sich schnappte. Die Kater hatten sich immer noch nicht daran gewöhnt, dass er sich wehrte, und wichen laut kreischend und fauchend seinem Gebiss aus. Sie waren wie viele Rüpel: stark, schnell, aber nicht die hellsten.

„Bist du sicher, dass es gut ist, bei einem Fest so aggressive Viecher zu servieren?" Mathilda versuchte einen der Kater aus dem Knäuel zu ziehen, gab aber auf, nachdem sie gebissen wurde. „Ich weiß nicht, ob Testosteron durch Grillen wieder raus geht."

„Ach, das ist eine Burg, die steht schon seit über 400 Jahren. Die geht so schnell nicht kaputt. Und wir können die Braten ja mit Östrogen einpinseln, dann hebt sich das auf." Ulla packte Charles an den Hinterbeinen und zog ihn aus der Schusslinie. Die Kater kämpften noch einen Moment gegeneinander, bis sie merkten, dass der Gegner fehlte, und zogen dann mit erhobenen Schwänzen ab.

5.

„Frau Rosenbaum, heute Abend gab es ein festliches Essen für die Belegschaft, um die Stimmung für die kommenden Tage zu heben und die Loyalität zu fördern. Sie werden gleich allen als eine meiner Assistentinnen vorgestellt. In der Funktion können Sie überall hingehen und es wundert sich niemand, dass Sie einen Generalschlüssel haben." Manfred Deber sah auf Mathilda von seiner Höhe herab, was dieser aber gar nicht auffiel. Sie standen in einem Vorraum des Restaurants, in dem die Kellner die Gäste in Empfang nehmen würden.

„Gut. Ich werde aber hin und wieder ein paar abfällige Bemerkungen fallen lassen. Sonst redet ja keiner mit mir im Vertrauen." Sie steckte eine Schlüsselkarte und einen Transponder zum Türenöffnen ein.

Der Mann nickte missmutig. „Ja. Ist wohl besser. Aber übertreiben Sie es nicht. Was wollen Sie denn über mich sagen?"

Mathilda zuckte mit den Schultern. „Mal sehen, ich lass mir was einfallen oder improvisiere. Stört Sie das?"

„Nein nein."

Sie gingen in den dunkel getäfelten Raum mit den glitzernden Leuchtern über den weiß gedeckten Tischen und den Panoramafenstern zum Park. Die Mitarbeiter saßen an Vierertischen beim Dessert und unterbrachen ihre Gespräche, als sie hereinkamen. Herr Deber sich stellte sich räuspernd vor die Schwingtür zur Küche .

Mathilda fragte sich, wie sie diese Menschenmenge im Blick behalten sollte. Obwohl in Schichten gearbeitet wurde, hatte sie nicht die geringste Chance auch nur die Hälfte in der kurzen Zeit kennen zu lernen.

Deber hielt eine flotte Ansprache, die die Wichtigkeit der kommenden Tage betonte und teilte mit, dass die neue Kollegin Rosenbaum ab morgen als seine persönliche Assistentin beginnen würde. Dann ging er von Tisch zu Tisch und stellte ihr jeden einzelnen mit Namen vor.

Er lächelte denjenigen an, nannte seine Funktion und war zum Sternekoch ebenso freundlich wie zur Putzhilfe. Mathilda war beeindruckt und strich ein paar der abfälligsten Bemerkungen, die sie sich über ihn zurechtgelegt hatte.

Ihre Aufgabe war also herauszufinden, ob ein potentieller Mörder, Attentäter oder Saboteur unter ihnen war.

Sie suchte in den Gesichtern nach Anzeichen von Verschlagenheit, Gewalt und Hass. Nichts zu finden. Die meisten sahen freundlich aus, einige müde, andere gelangweilt.

Wie sahen denn Mörder aus? Die beiden, die sie bisher gesehen hatte, waren ziemlich attraktiv gewesen. Wenn man danach ging, bestand schon mal wenig Gefahr.

Der einzige, der einen zweiten Blick wert war, war der Barista, der Kaffee-Künstler. Den im Auge zu behalten würde ihr leichtfallen. Er war fast so groß wie Deber und sah aus wie ein australischer Surfer, der versonnen lächelnd über die Köpfe der anderen hinweg die nächste Welle suchte.

Sie würde sich auf die Leute konzentrieren, die nicht hochqualifiziert waren. Damit fiel das ganze medizinische Personal schon mal weg. Die Köche und Butler ebenfalls.

Blieben die Kellner, die Putzmannschaft und die Freizeit-gestalter. Außerdem bemerkte sie den Hausmeister, der sich etwas abseits allein an einem Tisch lümmelte und bisher noch keine Miene verzogen hatte.

Leider sahen sämtliche Security-Mitarbeiter aus, als ob sie in einem Mafiafilm Statistenrollen übernehmen könnten. Es würde nicht leicht werden. Mathilda musste sich hauptsächlich auf ihre Instinkte und ihre Intuition verlassen.

Alle waren angeblich mehrfach geprüft vor ihrer Einstel-lung, hatten zahlreiche Empfehlungen, ein einwandfreies polizeiliches Führungszeugnis und bekamen übertarifli-che Gehälter. Einige hatten Headhunter aus Hotels und anderen Kliniken gelockt.

„Das hier ist meine Frau." Deber kniff die Lippen zusammen, was wohl ein Lächeln hätte werden sollen und klopfte der fülligen Brünetten neben sich auf die Schulter.

Mathilda hatte das Gefühl von oben bis unten gescannt und nach Statussymbolen abgesucht zu werden, von denen die Frau vor ihr jede Menge zur Schau trug.

Ein verkniffenes Lächeln, gehobene Augenbrauen und ein langsamer Augenaufschlag zu Seite zeigten überdeutlich, dass sie den Test nicht bestanden hatte. Die Tage würden nicht langweilig werden, dafür würde die Walküre schon sorgen. Mathilda hatte das im Gefühl.

„Ich gehe mit dem Koch nochmal das Menü durch." Frau Deber löste sich von der Seite ihres Gatten und stolzierte dicht an der Detektivin vorbei.

„Ich komm mit." Herausforderungen muss man anneh-men, wenn sie sich bieten, auch wenn Debers Frau und der Meister der Töpfe nicht in Mathildas gerade eben defi-nierte Zielgruppe passten. Aber sie persönlich war davon überzeugt, dass die französische Küche hauptsächlich aus gefolterten Kreaturen bestand, die nicht schnell genug vor Töpfen und Pfannen weglaufen konnten, und sie war fest entschlossen, nicht zuzulassen, dass sie serviert wurden, wann immer sie die Gelegenheit dazu hatte.

Auch wenn das nicht jedes Mal mit ihren beruflichen Zielen zu vereinbaren war. „Dann lernen wir drei uns ein bisschen kennen." Der Blick, der sie traf, hätte tödlicher nicht sein können.

„Wenn Sie nicht Besseres zu tun haben." Frau Deber schritt vor ihr her, darauf bedacht Mathilda keine Chance zu geben, neben ihr zu gehen. „Maître Olivier, auf ein Wort s'il vous plaît"

Der Koch, so mager, dass es schien, ihm schmeckte sein eigenes Essen nicht, sprang von seinem Stuhl auf und ging bei Fuß mit ihr zusammen durch die Schwingtüren in die Küche. Mathilda musste aufpassen, dass sie keinen der Türflügel ins Gesicht bekam.

Sie betrat eine andere Welt. Das gedämpfte Licht des Speisesaals wich hellem Deckenlicht, die dunklen Wände glänzenden Fliesen und hellgrauem Boden. Statt antiker samtbezogener Stühle dominierten chromblitzende Flächen, ein schwarzer Herd mit acht Gasflammen und ein Lavagrill so groß, dass man ein gefülltes Nashorn darauf hätte zubereiten können.

Eine Heerschar Aushilfen reinigte bereits die Arbeitsflächen, während die beiden sich an einen Tisch mit zwei Stühlen setzten und über ein Klemmbrett beugten.

Mathilda musste schnell Tatsachen schaffen, sonst hatte sie hier Boden verloren. „Stopp, warten Sie!" Sie drehte sich zu einem jungen Mann um. „Bitte holen Sie mir einen Stuhl. Und einen doppelten Espresso." Natürlich konnte sie das auch selbst, aber das wäre in der Situation falsch gewesen.

Der Stuhl wurde herangetragen und sie schob ihn an den Tisch auf die andere Seite des Kochs. „Guten Tag, Mathilda Rosenbaum und Sie waren nochmal?" Dann nahm sie ihren Espresso in Empfang.

Der Koch sah von Mathilda zur rechten Hand des Chefs, die den Kopf einen halben Millimeter senkte. „Maître Olivier. Sehr erfreut." Auch wenn er ganz und gar nicht so aussah.

Die Detektivin strahlte ihn an. „So, jetzt zeigen Sie mal, was aufgetragen werden soll."

Der Maître hob die Augenbrauen und wandte sich wieder von Mathilda ab. „Das Abendmenü haben wir ja soweit fertig, ich dachte nur, dass wir zum lauwarmen Carpaccio vom Saumagen eine Vinaigrette und ein kleines Löffelchen Foie gras servieren. Und vielleicht den Hummer anschließend mit Rosmarin. Das wäre doch eine ganz fesche Alternative."

Mathilda hob die Hand. „Ich hätte da auch noch eine ganz fesche Alternative. Wir servieren einfach gar keinen Hummer. Und was ist Foie gras nochmal?" Sie rüstete innerlich auf.

„Gänseleberpastete ..." Der Maître hatte noch genug Luft für weitaus mehr Beitrag, aber Mathilda ließ ihn nicht zu Wort kommen.

„Ach ja richtig. Mit Metallröhren gestopfte Gänse, die vor Schmerzen und dicken Bäuchen irgendwann nicht mehr laufen können. Und lebendig gekochte Tiere. Nein, ich glaube, das brauchen wir auch nicht." Sie strahlte die beiden an und hob innerlich einen Graben aus, in dem sie sich verschanzte. Sie würde nicht einen Millimeter nachgeben.

„Das haben Sie nicht zu entscheiden und das Menü steht schon lange fest." Frau Deber sah sie bei dieser

Bemerkung noch nicht einmal an, sondern blätterte weiter zu den Plänen für den nächsten Tag. Guter Versuch.

„Oh, ich denke, Sie beide werden mir doch zustimmen, dass eine Kurklinik nicht mit zu Tode gequälten Tieren beginnen sollte! Werben Sie damit, dass das Wohl aller dem Haus am Herzen liegt. Auch das der Hummer und Gänse." Erster Schuss.

„Wie kommen Sie dazu, sich hier einzumischen? Mich interessiert das Wohl der Gänse nicht. Wenn Maître Olivier Foie gras zubereiten will, dann kommt das auf den Tisch. Also wirklich." Wangen und Hals der Walküre, die ohne nennenswerte Kieferknochen ineinander übergingen, verfärbten sich fleckig rot.

„Aber aber, Frau Deber, regen Sie sich doch nicht gleich auf. Wir wissen doch alle, dass die Stresshormone der Tiere sich ungünstig auf die Herzfrequenz der Gäste auswirkt." Schuss ins Blaue.

Maître Olivier sah sie mit einem Gesicht an, als ob er auf eine Zitrone gebissen hätte. „Davon hab isch ja noch nie gehört. Gnädige Frau, was ist jetzt mit unsere Menue?"

Die gnädige Frau hatte die Nase voll, sprang auf und stolzierte mit undamenhaft großen Schritten zur Tür. „Manfred? Komm doch mal bitte." Dann kam sie zurück gedampft. Manfred eilte hinterher.

„Wir haben hier ein Zuständigkeitsproblem. Frau ... wie war noch gleich der Name?"

„Rosenbaum."

„Frau Rosenbaum glaubt, sich in die Menüplanung einmischen zu können. Bitte teil ihr mit, dass das außerhalb ihres Kompetenzbereiches liegt. Wo auch immer der sein mag."

„Oh, ich habe nur angemerkt, dass Produkte, die mit Tierquälerei einhergehen, keinen guten Eindruck hinterlassen und für ein modernes Haus nicht mehr zeitgemäß sind." Mathilda zwinkerte Herrn Deber fröhlich zu.

„Ja, ich weiß nicht. Klingt doch ganz vernünftig."

„Manfred! Du sagtest, dass das mein Bereich wäre. Das ist doch wohl ..." Sie wurde mit jeder Silbe schriller.

„Hör zu, ich habe da jetzt wirklich keine Zeit für. Maître Olivier, Sie können doch bestimmt noch andere Sachen kochen." Deber warf einen verständnislosen Blick auf die Zettel.

Die Gattin sammelte sich einen Moment, drosselte die Schnappatmung und schluckte. „Gut, dann sollten wir das auch so kommunizieren, dass uns das Wohl der Gäste so am Herzen liegt, dass wir ihnen nur Lebensmittel aus artgerechter Haltung servieren, um ihnen die Stresshormone der Tiere nicht zuzumuten."

„Ganz genau, formuliert das noch ein bisschen besser und schreibt es auf die Karte. So und jetzt habe ich Wichtigeres zu tun."

„Hier ist dein Tagesplan für den Anfang." Bernhard Schulte-Hoffmann reichte Sam ein ledernes Klemmbrett mit einer grafischen Übersicht, die ein bisschen an die Stundenpläne der Schulzeit erinnerte, nur farbig und auf Büttenpapier.

„Warum nehmt ihr keine Tablets?" Sam strich über das etwas raue Blatt.

„Wir erwarten auch Ältere, für die ist das Stress. Und es soll nichts an die Arbeit erinnern. In der Probephase hatten wir welche im Einsatz und in den Pausen haben die Probanden sofort nach Internet und Spielen gesucht."

Sam sah einen Moment auf das Papier. „Müsstest du mich nicht erst untersuchen, um das hier festlegen zu können?"

Der Arzt schaute ihn an. „Ich check dich gleich noch durch, aber du bist kein echter Patient. Schon vergessen? Ich kann dir auch gerne statt des Honorars einen Gutschein für ein paar Tage hier ausstellen."

„Nein nein, schon gut. Ich dachte nur, dass es sich während einer hawaiianischen Lomi Lomi Massage besonders gut recherchieren lässt."

Grummelnd nahm der Professor den Plan, strich einen Posten und setzte die gewünschte Anwendung ein. „Jetzt zufrieden?" Er schob Sam eine Bewerbungsmappe mit einem Foto über den Tisch. „Das ist Frau Eva-Maria Mohringer-Hellström. In dieser Woche ist sie unser Blitzableiter. Sie ist ebenfalls keine echte Patientin, sondern hört sich um, wo jemand unzufrieden ist, und beschäftigt sich vor allem mit den notorischen Nörglern, bevor die die anderen anstecken."

Sam sah sich das Bild genauer an. Eine blondgefärbte Mittfünfzigerin mit dem Gesicht eines traurigen Clowns blickte ihm etwas müde aber freundlich entgegen. Die Schwerkraft hatte es nicht gut mit ihr gemeint. Mediation und Konfliktbewältigung stand bei ihren Schwerpunkten. „An was ihr nicht alles denkt."

„Das war Manfreds Idee. Finde ich aber nicht schlecht für die erste Woche. Behalt sie ebenfalls mit im Auge. Ach ja, meine Schwiegereltern geistern hier auch herum. Noch nicht im wahrsten Sinne des Wortes, aber es wirkt gelegentlich so. Beachtet sie einfach nicht. Es sind bloß zwei ältere Herrschaften, die das Personal tyrannisieren und manchmal Vasen polieren oder im Weg stehen."

„Mach ich. Du hast das Quellbad um 12:00 Uhr nicht mit auf meinen Plan genommen."

„Das brauchst du auch nicht. Das ist ein für euch wichtiger Teil des Tages. Alle liegen in ihren Wannen im

Wasser, es herrscht absolute Ruhe. Schau dich dann um, wer in der Zeit trotzdem durchs Haus wandert. Letzte Woche hat jemand versucht den Weinkeller zu entern. Unsere Exklusivpatienten schwimmen gerne gegen den Strom. Dabei solltest du sie im Auge behalten."

„Gut, hm, ja sehr schön. Hier sind aber noch zwei Punkte auf dem Plan, über die wir reden sollten: Pilates und Kneipen. Ich glaube nicht, dass ich bei Pilates eine gute Figur abgebe. Das ist Gift für meine Sehnen und Bänder. Und im Kneipbecken hol ich mir garantiert eine Blasenentzündung."

Bernhard sah ihn einfach nur schweigend an.

„Ja, aber wenn du meinst, Bernhard. Dann ... wir ersetzen Pilates durch Yoga, in Ordnung? Das ist doch auch sehr kommunikativ. Und das Kneipbecken ... ja, dann fang ich mal eine Antibiotika-Kur an und dann wird das schon. Schön. Sehr schön."

„Du brauchst eine gute Vita, wenn du dich glaubhaft als Gast ausgeben willst. Hast du dir Gedanken gemacht, mit welchem Profil du hier hereinpassen würdest? Schließlich kennt dich keiner. Samuel Schulz wäre etwas profan."

„Ja, ich bin der uneheliche, jetzt aber in die Familie zurückgekehrte Sohn von Hugo von Kannenschrank. Hugo gibt es wirklich, er war ein Freund meiner verstorbenen Eltern und er hat kein Problem damit, dass ich mich bei Bedarf als sein Sohn Samuel ausgebe. Ich kenne den Besitz, seine Familie und die Geschichte."

Bernhard nickte anerkennend. „Nicht schlecht. Samuel von Kannenschrank. Kann man sich nicht ausdenken. Was ist das für ein Typ? Ich muss ihn ja kennen, schließlich habe ich ihn eingeladen."

Sam lehnte sich in dem bequemen Lederstuhl zurück. „Alter Adel, sie haben früher Bier gebraut und ihr

Vermögen mit Edelsteinen in den Kolonien verdient. Aber sie sind nie in die Öffentlichkeit getreten. Hugo kennt man von seinen Expeditionen nach Feuerland. Darüber hat er auch ein Buch geschrieben, mehrere Bildbände veröffentlicht und dort sogar einen Film gedreht. Auf Feuerland hat er auch meine Eltern kennen gelernt, als sie damals meinten die gesamte Küste entlang wandern zu müssen. Zum Glück war ich zu der Zeit noch nicht geboren. Hugo hatte ein paar gute Gründe der Sippe hier aus dem Weg zu gehen, die mit seiner Lebensweise nicht ganz einverstanden war. Ich komme ihm als unehelicher Spross daher ganz zupass, wenn du weißt, was ich meine. Die Familie drohte ihm damals, ihn zu enterben."

„Du meinst, er ist schwul?"

„Wahrscheinlich. So richtig hat er sich nie darüber geäußert. Ich würde sagen ich bin weitestgehend ich, bis auf die Detektei, und wir beide haben uns im Studium kennen gelernt. So nah wie möglich an der Wahrheit, ist meine Devise. Dann passieren weniger Pannen."

Bernhard sah zufrieden aus. „Ist auf deine Kollegin Verlass? Ich habe von Manfred gehört, dass sie irgendetwas an dem Koch auszusetzen hatte."

Sam lief rot an. „O ja, sie ist absolut zuverlässig. Aber ich vermute mal, dass etwas auf der Speisekarte stand, was ihrer Meinung nach nicht erhitzt werden sollte. Beim Umgang mit Tieren versteht sie keinen Spaß."

„Hauptsache, sie hält sich in Gegenwart der Gäste zurück."

„Das wird sie. Sie ist absolut professionell." So ganz glaubte Sam aber selbst nicht, was er sagte. Er plauderte mit dem Professor noch ein bisschen über alten Zeiten und genoss seine Aufmerksamkeit beim medizinischen Check.

6.

„Hier, ich hab nochmal was richtig Ungesundes für euch. Die nächsten fünf Tage bekommt ihr ja nur Kraftfutter und Jod S11 Körnchen." Ulla stellte eine Schüssel frisch frittierter Pommes auf den Tisch und Mathilda, Sam und Ullas Freund Robert bedienten sich.

Sie saßen auf der Terrasse des alten Fachwerkhauses in dem Ulla und Mathilda wohnten. Das Gebäude war von einem Garten nach dem Vorbild englischer Landhäuser umgeben, in dem die letzten Rosen nochmal alles gaben und die Beete in ein Flammenmeer verwandelten.

Der warme spätsommerliche Abend verbreitete den Duft der Blumen und ein paar Bienen torkelten um die Essenden herum, als ob sie ihnen von den Geheimnissen des Nektars erzählen wollten, um dann wieder zu den Blüten zurückzukehren.

Ulla brachte noch vegetarische Currywurst, zusammen mit mehreren Flaschen Bier und eine Tüte Chips. Mathilda trank einen Schluck und rülpste zufrieden, was ihr einen strafenden Blick von Sam einbrachte. „Sie müssen bei uns doch nicht gleich die guten Sitten vergessen, nur weil Sie sich jetzt ein paar Tage unter kultivierte Menschen begeben."

„Wenn Sie sich da mal nicht täuschen. Wir begeben uns unter reiche Menschen. Das ist nicht das Gleiche wie kultiviert." Mathilda streckte sich und kraulte einen ihrer beiden Kater, die neben ihr auf der hölzernen Bank hockten.

„Gab es noch etwas Interessantes bei dem Mitarbeiter-Abendessen?" Ulla konnte es kaum erwarten, den ersten Tratsch zu hören.

„Nein, nur die Auseinandersetzung mit der Fregatte vom Deber."

„Ist das eigentlich das Haus mit der Waldemut-Quelle? Da gab es doch so eine Geschichte." Robert tupfte sich Mayonnaise vom Bart.

„Ja, die Quelle des Heiligen Waldemut. Man weiß nicht genau, ob sie im Jahre 1620 oder 1630 entdeckt wurde ..." Sam wollte schon weiter reden, wurde aber von Mathilda unterbrochen.

„Das ist aber doch wichtig, da liegen immerhin zehn ganze Jahre dazwischen. Warum weiß man das nicht? Man weiß doch auch, an welchem Tag, welcher Dino Durchfall hatte." Sie nahm sich weitere Pommes.

„Frau Rosenbaum, Sie können sich Ihre Ironie sparen. Jedenfalls wanderte der Heilige Waldemut während des Dreißigjährigen Krieges mit seinen Mannen durch unsere Gegend."

„Mit seinen Mannen ... gehts noch schwülstiger?"

„Ach Tildchen, nu lass ihn doch mal erzählen. Weiter, Sam." Ulla stupste ihre Freundin in die Seite.

„Wo war ich stehengeblieben? Also, er zog mit seinen Mannen durch diese Gegend. Sie waren am Ende ihrer Kräfte, viele verletzt oder krank, erschöpft und zermürbt durch die endlosen Kämpfe. Aber dann kam ein Bote, der von einem nahegelegenen Kloster berichtete, das von den Feinden belagert wurde. Die Nonnen konnten die Stellung nicht mehr lange halten, die Äbtissin war verzweifelt, denn in der Kapelle wurde eine Reliquie von unschätzbarem Wert aufbewahrt."

„Der Heilige Gral!" Ulla strahlte.

„Nein, nicht ganz so spektakulär. Die Fußnägel Jesu, abgeschnitten am Abend vor der Kreuzigung. Ob vor oder nach dem letzten Abendmahl ist leider nicht überliefert."

Mathilda, die lautstark knusprige Chips kaute, hielt kurz damit inne. „Das denken Sie sich gerade aus."

„Nein, das liegt mir fern. Alles was vom Körper Jesu nicht nach seiner Auferstehung in den Himmel aufstieg blieb auf der Erde. Auch seine Vorhaut."

Robert hustete sein Bier quer über den Tisch.

Sam legte den Kopf schräg und schüttelte mitleidig den Kopf, während Ulla ihn nur mit kugelrunden Augen anstarrte und Mathilda damit beschäftigt war die Chips in eine Serviette zu spucken. „Herr Schulz, nu ist aber mal gut. Sie geben einen sehr unterhaltsamen Märchenonkel ab, aber jetzt gehts zu weit."

„Das ist kein Märchen, lesen Sie in Wikipedia den entsprechenden Artikel. Im Mittelalter behauptete unter anderem das Kloster Andechs im Besitz der Vorhaut Jesu zu sein. Und die Frau von Heinrich dem Fünften von England wollte sie haben, da ihr süßer Duft die bevorstehende Geburt erleichtern sollte. Sie war bis vor einigen Jahrzehnten eine sehr begehrte Reliquie, die dann leider verschwand und nicht mehr auftauchte. In Aachen kann man unter anderem eine Windel Jesu anbeten. Gibt es noch ein Dessert?"

„Später. Ich hab nochmal Pommes in die Fritteuse geworfen. Wie gehts weiter?"

„Wir waren bei Jesu Fußnägeln stehen geblieben. Diese befanden sich in dem Kloster und wurden von den Nonnen mit ihrem Leben verteidigt, während vor den Klostermauern der Feind lagerte und nur darauf wartete, die wertvolle Reliquie zu rauben. Damals waren Amulette, Tränke und Salben mit Reliquien-Bestandteilen sehr beliebt. Zerrieben wären die Nägel von unschätzbarem medizinischen Wert gewesen, schließlich tobte neben dem Krieg auch noch die Pest."

„Und wann kommt Waldemut ins Spiel?"

„Waldemut hörte von der Bedrängnis der Gottesfrauen. Aber er und seine Mannen waren so entkräftet, dass sie selbst den Weg dorthin nicht mehr geschafft hätten. Da erschien Waldemut ein Engel, der mit einem flammenden Schwert auf eine Stelle im Boden wies. Dort entsprang eine Quelle und als Waldemut und seine Mannen davon tranken, waren sie danach so gesund und erfrischt, dass sie den Weg zum Kloster im Laufschritt bewältigten und mit dem Blut der Feinde die Felder tränkten. Ende der Geschichte."

„Und wo sind die heiligen Fußnägel jetzt?" Mathilda pickte die trockenen, kleinen Pommes-Frittes-Stücke von ihrem Teller und ließ sie in Charles offene Schnauze unter dem Tisch fallen.

Sam zuckte die Schultern. „Das entzieht sich meiner Kenntnis. Aber die Quelle ist noch da und ist das Herz der Waldemut-Klinik."

„Du kommst doch abends nach Hause, oder?" Robert sah Mathilda an, holte sich eine weitere Portion Pommes und ließ die Veggiewurst liegen.

„Nein, ich wohne in der Zeit auch dort. Sie haben Mitarbeiterzimmer. Bei den Mietpreisen hier könnten sonst die Hälfte der Leute dort nicht arbeiten, ohne eine halbe Weltreise zu ihrem Arbeitsplatz zurücklegen zu müssen. Außerdem ist es mit Sicherheit spannend nachts durch die Gänge zu streifen und das Schlossgespenst zu spielen. Das bringt den Kreislauf auf Trab."

Sam ließ die Gabel sinken. „Frau Rosenbaum. Die Menschen kommen dort hin, weil sie unter ihrer angegriffenen Gesundheit leiden. Sie sollten das ein bisschen ernster nehmen und sich nicht darüber lustig machen. Wir werden fürstlich dafür bezahlt und ich habe mich für Ihre Professionalität verbürgt."

„Jaja, keine Sorge." Mathilda tunkte ein Bündel Fritten in Mayonnaise und leckte sich anschließen die Finger ab. „Es wird langweilig in der Klinik, das wurde ja so ausführlich betont, dass ich schon bei dem Gedanken daran gähne. Aber ich hab gesehen, dass die den Ferrari unter den Espressomaschinen haben und einen ziemlich heißen Knaben, der sie bedient. Er hat die Anweisung mir spätestens alle zwei Stunden einen Beweis seiner Kunst zu bringen. Notfalls kann ich mich aber auch selbst versorgen. Haben Sie bemerkt, dass es einen Fitnessraum für die Mitarbeiter gibt? Das find ich ja nobel, muss ich sagen. Und ja, die bezahlen viel und ich kann mir endlich mal ein Motorrad kaufen." Sie setzte einen der beiden Kater auf den Boden, der versucht hatte von ihrem Schoß aus eine Pfote im Mayonnaiseglas zu versenken.

Ulla sah sie begeistert an. „Was? Wirklich? Das ist ja eine tolle Idee! Du musst mich dann unbedingt mitnehmen! Hermann, Gott hab ihn selig, hatte eine tiefe Abneigung dagegen, aber ich würde wahnsinnig gerne mitfahren!!"

Sam tupfte sich mit seiner Serviette den Mund ab. „Ich hatte auch ein solches Gefährt, eine Kawasaki Zephyr 900. Wunderbares Fahrzeug, klassische Form, unverkleidet und recht flott unterwegs. Woran dachten Sie denn?"

Mathilda setzte sich aufrecht und stützte ihre Ellenbogen auf. "An eine Enduro. Nicht zu groß, leicht und wendig.

Oder eine Yamaha Midnight Star. Zum Cruisen. Abends, im Sommer an gemähten Wiesen vorbei im warmen Wind." Sie seufzte sehnsüchtig.

Robert sah sie an wie sonst nur Ulla. Er thematisierte seine Kleinwüchsigkeit nie, da er sich von nichts abhalten ließ, aber Biken war für ihn ziemlich aussichtslos. „Eins der ganz wenigen Dinge, die mir nie vergönnt waren. Achte drauf, dass die Fußrasten hoch genug sind, dass ich auch mitfahren kann."

Mathilda lächelte ihn an. „Ja sicher, wir könnten zum Kyffhäuser hochfahren. Das ist eine Traumstraße, da wurden Bergrennen veranstaltet. Aber, Herr Schulz, dass Sie gefahren sind, hätte ich jetzt nicht gedacht. War das nicht zu windig?"

„Lachen Sie nur. Auf meinem Bike wurde ich zum Teufelskerl. Ulla ist noch etwas Natron im Haus? Sonst quälen mich die Pommes frites die ganze Nacht."

Ulla tätschelte ihm die Hand. „Klar doch."

Sam drehte sich dann wieder zu Mathilda. „Gut. Wo waren wir stehen geblieben? Bei der fehlenden Bedrohung. Also wenn Sie mich fragen, dann hat die Körpersprache, sowohl von Bernhard als auch von Manfred Deber, etwas anderes gesagt. Ich fürchte, man hat uns nicht vollständig eingeweiht."

Robert versuchte sich von seinen Gedanken an Mathildas Kaufabsicht abzulenken. „Ihr sprecht die ganze Zeit von nur zwei Männern. Gab es da nicht noch einen Dritten? Einen Nikos Paradakis?"

„Papadakis. Nikos Papadakis. Ja, den hat man uns noch nicht vorgestellt. Er ist der Finanzexperte hinter dem Unternehmen. Wenn ich mich recht erinnere, ist er einer von diesen drahtigen, unternehmungslustigen Typen, die auf jeder Party sofort mit einer Geschichte im Mittelpunkt stehen. Nicht wirklich unsympathisch, aber ich mochte ihn nicht. Er hatte behauptet in meinen Augen deutliche Anzeichen für einen Parasitenbefall zu sehen, den er aus Afrika kenne. Er nannte mir sogar den See, wo sie angeblich vorkamen und dass sie sich jahrelang im Körper verstecken können. Hinterher hat sich herausgestellt, dass er nie dort war und sich alles nur ausgedacht hatte. Aber er hatte von Bernhard gehört, dass ich mit meinen Eltern dort gewesen bin. Ich bin fast verrückt geworden, bis ich die Wahrheit hörte und er hat sich köstlich amüsiert. Ich glaube, er hatte es nicht wirklich böse gemeint und hatte nur die Intensität meiner Ängste unterschätzt. Trotzdem." Sam wischte sich beim Gedanken daran den Schweiß von der Stirn und dachte einen Moment nach. „Keine Ahnung, warum er bisher noch nicht öffentlich in Erscheinung getreten ist."

„Klingt so, als ob man auf so einen Vogel auch verzichten könnte. Ulla, Liebes, hast du noch ein Bier für mich?" Robert strahlte sie so verzückt an, dass Ulla einen Moment brauchte, um sich losreißen zu können.

Mathilda musste bei der Geschichte zwar grinsen, stimmte ihm aber zu. „So Typen sind anstrengend. Gehen Sie ihm doch einfach aus dem Weg. Wir sollten zusehen, dass wir uns vormittags und abends ungestört treffen und offen reden können. Haben Sie eine Idee wo?"

Sam überlegte. „Ja, darüber hab ich schon nachgedacht. Die Bibliothek. Ich glaube nicht, dass viele dorthin gehen. Abends sind Vorträge, da muss ich nicht unbedingt anwesend sein, obwohl einige wirklich sehr inspirierend klingen. Vielleicht auch gegen Ende des mittäglichen Quellbades. Ich würde zwar immer noch gerne daran teilnehmen, aber es soll halt nicht sein."

„Quellbad? Klingt interessant." Ulla lächelte versonnen.

„Jeder in seiner eigenen Wanne. Die Bäder haben einen Wasserhahn, aus dem das Quellwasser kommt, damit die Gäste mittags vor dem Essen darin baden und ruhen können. Es ist wohl noch zusätzlich mit Kohlensäure angereichert. Ein Genuss, der mir leider entgehen wird."

„Du kannst jederzeit bei mir im Ententeich hinterm Haus baden, wenn dir das was gibt. Ich kippe dir auch eine Kiste Sprudelwasser rein." Robert öffnete seine Flasche an der Tischkante, was ihm einen strafenden Blick von Ulla einbrachte. „Aber habt ihr schon einen Plan, wie ihr vorgehen wollt?"

Mathilda warf Ullas Hund eine Fritte zu, die er aus der Luft fing. „Wie sollen wir etwas planen, wenn es gar keinen Anhaltspunkt gibt? Das ist ja das Problem bei dem Job. Wir werden da sein und so tun, als ob Al Kaida jeden Moment auftauchen könnte."

Sam wiegte den Kopf hin und her. „Ja, aber das ist tatsächlich Aufgabe der Security. Lassen Sie uns versuchen die Räume noch einmal alle genau in Augenschein zu nehmen, und dann achten wir immer darauf, ob sich etwas verändert hat. Genauso gehen wir bei den Leuten vor. Wir schauen uns alle an und haben ein Auge darauf ob einer sich ungewöhnlich verhält. Und auf den konzentrieren wir uns dann. Es kann auch jemand sein, der sich ungewöhnlich unauffällig benimmt."

„Ungewöhnlich unauffällig? Bei der Menge von Leuten? Auf die konzentrieren Sie sich dann bitte. Ich geh einfach davon aus, dass den Jungs von der Geschäftsleitung der Hintern auf Grundeis geht, weil so viel vom Erfolg dieser Tage abhängt, und dass überhaupt nichts passiert. Ich schaue lieber diesem Koch auf die Finger, damit der nichts in die Pfanne haut, was auf der Artenschutzliste steht." Sie warf die nächste Fritte, aber gleichzeitig mit dem Hund sprang einer der Kater danach und fing sie.

Charles fing daraufhin die Katze, die entsetzt aufschrie und dabei die Fritte verlor und zog anschließend seine Zuge über den Rasen, um die Haare wieder loszuwerden.

Währenddessen rieb sich der Kater an sämtlichen Hosenbeinen, die er finden konnte, um die Hundespucke abzuwischen. Sie abzulecken erschien ihm undenkbar. Lieber sprang er in die Regentonne. Der Hund war schuld. Der Hund würde leiden müssen. Er war sowieso in der letzten Zeit zu aufsässig geworden.

Die Fritte lag im Schmutz. Niemand wollte sie mehr, denn sie brachte Unglück.

7.

Mathilda bezog am nächsten Morgen ihr kleines Apartment unterm Dach des alten Gebäudes. Der Ausblick über den Park, den dahinter liegenden Ort und die hügelige Landschaft war phantastisch.

Das Zimmer selbst war mit hellen Vollholzmöbeln im modernen skandinavischen Stil ausgestattet, hatte eine kleine Teeküche und wirkte dank dicker Teppiche und einer Dachschräge sehr gemütlich.

Trotzdem mischte sich in den Duft nach frischer Farbe eine etwas muffige Note. Hinter dem Bett entdeckte sie nach kurzer Suche einen Schimmelfleck auf der Tapete.

Sie packte ihre Tasche aus und stellte ein Foto ihrer Kater auf den Nachttisch, daneben ein Buch, das sie in einem Bücherschrank entdeckt hatte: „Der Fledermausmann". Vielleicht zu heftig für eine Gute-Nacht-Geschichte, aber ein bisschen Nervenkitzel konnte nicht schaden.

Es klopfte und schon flog die Tür auf. Frau Deber kam herein und sah sich um. „Guten Morgen. Ich wollte sehen, ob Sie alles haben. Ja?"

Mathilda war irritiert. „Ähm, also hier steht ein Bett und die Klospülung funktioniert vermutlich auch. Soweit alles okay, würde ich mal sagen."

„Gut." Ein kritischer Blick wanderte noch einmal durch den Raum und schon war Frau Deber wieder draußen. Die Tür flog mit einem lauten Knall zu und Mathilda schrak zusammen.

Plötzlich kam aus dem Raum nebenan ein Geräusch, das sie nicht einordnen konnte. Beifallklatschen und ein Schrei, der ihr durch Mark und Bein ging.

Mit seinen zahllosen Zimmern und Vorbesitzern war das Haus zwar prädestiniert für einen Geist, aber zum Spuken war es definitiv zu früh. Sie öffnete die Tür und sah sich auf dem Flur um. Gegenüber von ihrem Zimmer befand sich ein großes Fenster zum Parkplatz hinaus, daneben eine Wand. Der Flur war dort zu Ende. Es gab keinen weiteren Raum.

Mathilda stand wie belämmert vor der Wand und klopfte vorsichtig dagegen. Es klang nach einer dünnen Platte und hohl, nicht nach einer Steinmauer. Sie klopfte energischer. Da! Schon wieder das Klatschen. Zu dumm, dass sie jetzt keine Zeit hatte zu erkunden, was dahinter war. Aber das würde sie nachholen.

Mathilda traf sich mit Herrn Deber im Foyer. Sam würde später mit den anderen Gästen gemeinsam eintreffen. Neben Deber stand ein kleiner hagerer Mann mit eisgrauen Haaren und kurzgestutztem Schnurrbart, der eine recht lange Oberlippe kaschieren sollte, blitzenden hellblauen Augen und wettergegerbter Haut, die von Lachfalten durchzogen war.

Er sah aus, als ob er soeben von einer Expedition heimgekehrt wäre, bei der er durch tiefen Sumpf kriechen musste, denn seine Kleidung war schmutzig und nass. „Schön, Sie kennen zu lernen. Mein Name ist Nikos

Papadakis. Sorry für den Aufzug, ich hatte einen kleinen Unfall mit dem Motorrad."

Mathilda horchte auf. Ein Bruder im Geiste? „Was ist denn passiert?"

„Tja, meine Bremsen versagten plötzlich und ich bin im Kurparkweiher gelandet. Aber der Mühle gehts gut, sie fährt noch."

„Im Kurparkweiher? Darf man im Park Motorrad fahren?"

„Na ja, es ist eine Abkürzung und die Parkwächter sind ziemlich langsam. Hahaha, ich gehe mich mal umziehen. Wir sehen uns später." Eine Schmutzspur hinter sich lassend, verschwand er in Richtung Treppe, während herbeieilendes Personal aufwischte.

Dafür, dass die Bremsen seines Motorrades versagt hatten, war er erstaunlich gut gelaunt. Das hätte schließlich auch wesentlich schlimmer ausgehen können.

„Ja, jetzt haben Sie auch den Dritten im Bunde kennen gelernt. Ihre Berichte gehen aber bitte an mich, notfalls an Professor Schulte-Hoffmann. Herr Papadakis kennt sich mit Finanzen aus und sorgt für das Entertainment. Probleme blendet er gerne schon mal aus."

Mathilda nickte und sah dem Mann hinterher. Sie beschloss ihn vorläufig zu mögen. Dass er Motorradfahrer war und seine Lachfalten sprachen für ihn – und verbotenerweise durch den Kurpark zu knattern auch. Definitiv ein Kandidat, den man mal mit Rotwein fluten sollte. Es kamen bestimmt interessante Geschichten zutage.

„Sie können sich dann frei bewegen, aber versuchen Sie bitte, nicht im Weg zu stehen. Die ersten zehn Gäste kommen um 14:00, dann jeweils eine Stunde später zehn weitere."

„Warum eigentlich nur so wenige? Sie hätten doch locker für drei- oder viermal so viele Platz."

„Diese Gäste werden auf Händen getragen, sie haben ein ganz exklusives Programm um das Haus und unsere Leistungen kennenzulernen. Sie sind nicht danach ausgewählt worden, ob sie krank sind, sondern wie groß ihr Einfluss auf ihr Umfeld und ihr Netzwerk ist. Alles sehr kontaktstarke Persönlichkeiten, eine halbwegs homogene Gruppe, um auch das Verhältnis untereinander für alle angenehm zu halten. Das macht einen nicht unerheblichen Teil der Attraktivität dieser Woche aus. Damen und Herrn zwischen vierzig und sechzig, die im Beruf stehen, in der der Politik tätig sind oder einflussreiche Positionen in der Weltwirtschaft innehaben." Deber sah wirklich so aus, als freue er sich auf die Gäste. Das waren offenbar die Menschen, mit denen er sich umgeben, zu denen er gehören wollte.

„Soll ich auf etwas Spezielles achten?"

Deber blickte sich langsam um. „Nein, ich glaube nicht. Nein, nichts Spezielles. Achten Sie auf alles."

Noch fünf Stunden bis die ersten Gäste kamen. Also nahm sich Mathilda vor, Raum für Raum bis in den letzten Winkel zu erkunden. Auf dem Weg zum Aufzug wirkte sie wohl etwas unterbeschäftigt. „Frau Rosenberg, auf ein Wort bitte."

Die liebliche Stimme von Frau Deber schallte durch die Halle, dann stöckelte die Walküre auch schon hektisch auf sie zu. „Hat Ihnen mein Mann gerade eine wichtige Aufgabe übertragen?"

„Nicht direkt aber ..."

„Gut, dann inspizieren Sie doch die Zimmer der Gäste gründlich. In den Kühlschränken müssen Varietäten an Wasser stehen, auf dem Tisch frische Blumen, schauen

Sie nach heruntergefallenen Blättern. Makelloses Obst, ohne Flecken oder Druckstellen. In Zimmer drei nur grünes Obst, in den Zimmern fünf, zwölf und fünfzehn ohne Bananen. Achten Sie darauf, es darf auch nicht nach Bananen riechen. Schnuppern Sie an dem übrigen Obst. Zimmer zehn wünscht Erdbeeren, außerdem eine Flasche Weihwasser aus Lourdes im Kühlschrank. In Zimmer elf sollte kein Bett stehen, sondern eine seidenbezogene Matte am Boden liegen. Hier sind Listen, was sonst noch in jedem Raum vorhanden sein sollte. Die Assistenten der Gäste haben das vorher eingereicht. Es darf nicht das kleinste Detail fehlen. In Zimmer sechzehn steht ein Aquarium, der Gast wünschte das so. Achten Sie darauf, dass es dezent blubbert und nicht abgestanden riecht. Und kommen Sie danach wieder zu mir, ich habe noch mehr Aufgaben für Sie."

Mathilda war kurz davor abzulehnen, entschied sich aber dagegen, da sie so einen Grund hatte die Zimmer wirklich gründlich nach Störfaktoren abzusuchen. „Ja das ist eine gute Idee, dass ich das erledige. Solche wichtigen Aufgaben sollten in meiner Hand sein. Gut, dass Sie daran gedacht haben. Kümmern Sie sich doch in der Zwischenzeit um die Putzmittel. Ich hatte das Gefühl, die sind ein bisschen knapp bemessen."

Sie nahm die Listen entgegen und ging los.

Die Extrawünsche bezogen sich hauptsächlich auf die Weichheit der Kissen, Decken, Bezüge und die Abwesenheit von Pflanzen und Tieren. Man legte Wert auf die Verfügbarkeit eines Schlummertrunks, alten Whiskey – den man aber nur in dieser Woche zuließ, sonst war Alkohol verpönt – und sonstige Dinge in dieser Art.

Einer benötigte spezielles Toilettenpapier, ein anderer Süßholzstangen auf dem Nachttisch, Macadamias mit

Gyrosgeschmack und runde Handtücher. Kugelsichere Fenster gehörten ohnehin zum Standard, genau wie die tiefblauen, roten oder türkisen Bademäntel. Mathilda entschied sich für einen in der Farbe von altem Bordeaux, nahm ihn an sich und vermerkte auf ihrer Liste, dass in diesem Raum einer fehlte.

Auf der Liste eines Zimmers fand sich der Hinweis: Räucherset und auf dem Tisch stand ein Tablett mit einer Metallkugel an drei Ketten, wie sie Priester auf Prozessionen schwenkten.

Mathilda fühlte sich unangenehm an eine Weihnachtsmesse erinnert, in der ihr vom Weihrauch, der aus einer solchen Kugel strömte, so übel geworden war, dass sie sich ins Weihwasserbecken übergeben hatte, bevor ihre Mutter sie vor die Tür zerren konnte.

Neben dem Tablett lagen eine Zange, ein Schälchen Sand und ein Bündel Salbei. Dieser Bewohner würde definitiv interessant werden.

Sie durchsuchte jeden Winkel, fand aber nichts außer einer kleinen verschreckten Spinne unter einem der Betten, die sie vorsichtshalber dort ließ, da der Gast nichts davon geschrieben hatte, dass das Zimmer spinnenfrei sein sollte.

Aus reiner Neugier, was dann wohl passieren würde, nahm sie aus einem der Körbe eine Banane, schälte sie und rieb mit der Schale den Tisch eines der bananenfreien Zimmer von unten ein.

Im letzten Schlafraum fand sie eine Wespe unter dem Kopfkissen. Der künftige Bewohner litt an einer schweren Allergie gegen deren Gift, was sie dann doch nachdenklich werden ließ. Der Name kam ihr bekannt vor. Eine kurze Suche im Smartphone förderte zutage, dass er unter anderem Schlachthöfe und Wurstfabriken besaß.

Die Versuchung, die Wespe dort zu lassen, war enorm groß, aber Mathilda ließ sie letztendlich doch nach draußen. Aber eines der Zimmermädchen schien ihn ebenfalls nicht zu mögen. Dieses musste sie unbedingt finden.

Frau Deber hatte sich noch nicht ganz von Mathildas Aufforderung erholt, sich um die Putzmittel zu kümmern. Sie war noch fleckig in Gesicht und Hals, als sie wieder aufeinandertrafen. „Ein Bademantel fehlt, sonst ist alles in Ordnung." Mathilda hatte ihn zuvor noch schnell in ihr Zimmer gebracht.

„Dann kümmern Sie sich jetzt um die Putzmittel. Und sagen Sie mir nicht mehr, was ich zu tun habe!" Die Walküre war kurz davor die Contenance zu verlieren.

„Nein, ich hab was anderes zu tun. Man sieht sich." Mathilda ließ sie stehen und fuhr mit dem Aufzug in den Keller.

Küchenhilfen und Reinigungspersonal wuselten herum, eilten von Raum zu Raum, schleppten Berge von Wäsche, trugen Salat aus dem Kühlraum und schoben Putzwagen die hell beleuchteten Gänge entlang.

Am Ende eines der Gänge stand eine Tür offen, vor der sich die Raucher trafen, die dann mit gesenktem Blick an ihr vorbei wieder an ihre Arbeitsplätze huschten.

Methodisch suchte sie Raum für Raum auf, sah in alle Schränke und Schubladen, Regale und Kisten. Sie sah in und hinter Waschmaschinen, ohne zu wissen, was sie dort Ungewöhnliches erwartete. Vor dem Lebensmittellager wurde sie von einem der Köche aufgehalten. „Das darf nicht mit Straßenkleidung betreten werden. Sonst schleppen Sie uns noch die Pest hier rein."

Mathilda zog sich an, als ob sie einer OP beiwohnen sollte, verlor aber schnell das Interesse. Hier schien, wie überall, alles in bester Ordnung zu sein. Spannender waren die Räume, die nicht dauernd benutzt wurden.

So fand sie einen ganzen Kellertrakt mit alten Möbeln und Teppichen, die der Vorbesitzer wohl zurückgelassen hatte. Kistenweise Bücher, Ordner und Briefe waren hier eingelagert, genau wie Spielsachen und Geschirr.

Gebrauchte Sachen, staubig und angestoßen, aber sie erzählten Geschichten und schienen in Mathildas Augen weitaus schöner als das Mobiliar der Klinik. Sie hatte das Gefühl, einen Schatz gefunden zu haben, wie manchmal auf dem Flohmarkt oder Sperrmüll. Glücksgefühle überfluteten sie und sie konnte sich nicht davon losreißen.

Im Raum daneben wurde es noch besser, dort stand eine nagelneue Espressomaschine, die der in der Kaffeebar aufs Haar glich. Leider fehlten die hintere Abdeckung und das Stromkabel.

Mathilda wunderte sich, dass ein dermaßen teures Gerät hier lagerte, welches kaum Gebrauchsspuren aufwies. Wenn sie kaputt war, würde der Hersteller sie doch zurücknehmen. Sie streichelte sie liebevoll und versprach ihr, sie aus dem Keller zu befreien.

Zu all dem notierte sie sich Stichpunkte, bis sie vor einer verschlossenen Tür stand, mit einem „Betreten verboten" Schild darauf. Der Universalschlüssel passte und sie schob die schwergängige Tür auf. Der Raum war bis auf eine große Tiefkühltruhe leer.

Am Deckel der Truhe hing ein modernes Vorhängeschloss, dessen Name schon Unbezwingbarkeit versprach, bei Mathilda aber nur ein müdes Lächeln hervorrief. Für solche Fälle hatte sie ein Bündel Dietriche dabei, die ihr Vater zu seiner Zeit als Polizist von einem Meisterdieb geschenkt bekommen hatte und die kurz darauf von seiner Tochter entwendet worden waren.

Sie war kurz davor das Schloss zu knacken, als ihr Smartphone eine Nachricht anzeigte. „Wir sind da, wo sind Sie?" Von Sam.

Fluchend schloss sie die Tür wieder ab und rannte nach oben ins Foyer, in dem Herr Deber bereits eine kleine Ansprache vor sieben Männern und drei Frauen hielt, die mehr oder weniger höflich zuhörten.

Anschließend wurden sie auf ihre Zimmer begleitet, wo schon ihr Gepäck bereitstand. Mathilda wartete im Kaminzimmer darauf, dass es weiterging. Unter dem ausgestopften Elchkopf, der geringschätzig auf sie herabsah, ließ sie sich von dem jungen Barista an der Kaffeebar einen Espresso reichen. Damit ging sie ins Foyer, denn von dort sollten die Besichtigungstouren starten.

Nikos Papadakis betrat strahlend die Halle und begrüßte jeden einzelnen der nach und nach eintrudelnden Gäste.

Er klopfte auf sieben Schultern, küsste drei Hände und funkte damit Frau Deber dazwischen, die mit einem Tablett voller Begrüßungsgetränken hinter ihm stand und auch noch ein paar Worte sagen wollte. Dazu ließ er es aber nicht kommen, sondern lachte und scherzte mit allen.

Die Stimmung war sofort gelöst und alle redeten durcheinander. Mathilda war beeindruckt, die Walküre war sauer.

„Kennt ihr eigentlich die Legende von unserer Quelle und vom Heiligen Waldemut?"

Mathilda bemerkte einen kleinen Tumult neben der Freitreppe und schlenderte hinüber. Herr Deber und Professor Schulte-Hoffmann standen mit einem der Butler zusammen, der eine tiefblaue Katzentransportbox mit vergoldetem Gitter in der Hand hielt.

„Keine Kinder und keine Tiere, da waren wir uns immer einig. Wer hat diese Dame eigentlich eingeladen?

Die stand nicht auf der Liste. Frau von wie-doch-gleich? Wer soll das sein?" Deber sah angeekelt auf den Korb.

Der Butler hob leicht die freie Hand. „Frau von Kalbstadt. Ihr Sohn rief heute Morgen an, dass seine Mutter seine Einladung für ihn annehmen würde, er ist in einer wichtigen Angelegenheit unterwegs."

Schulte-Hoffmann blickte lächelnd auf seine Schuhe, während Deber schnaubend die Runde von seiner Höhe überblickte. „Das hatten wir extra ausgeschlossen. Was machen wir denn jetzt? Auf jeden Fall muss diese Kreatur verschwinden. Was soll das eigentlich sein?"

Mathilda kam zu der kleinen Gruppe und schaute in den Korb. „Eine Sphinx-Katze, auch Nacktkatze genannt. Ein besonders faltiges Exemplar. Die hinterlässt schon mal keine Haare auf den Teppichen."

Deber rieb sich mit Daumen und Zeigefinger die Augenwinkel. „Jemand sollte der Halterin das sagen. Gibt es eine adäquate Tierpension in der Nähe?"

„Versuchen kannst du es, aber ich glaube diese Woche müssen wir in den sauren Apfel beißen." Schulte-Hoffmann schnalzte mit der Zunge und klopfte vorsichtig auf den Deckel der Transportbox, auf der mit geschwungener Schrift „Mozart" stand, worauf ein giftiges Fauchen zu hören war.

Die Katze drehte sich um und ließ den trommelstockartigen Schwanz sowie die haarlosen Hoden aus der Gittertür hängen. Deber sagte nichts mehr.

Papadakis hatte seinen launigen Vortrag soeben beendet und führte die Gruppe an der Rezeption und dem gegenüberliegenden Klinikshop vorbei nach links Richtung Kaminzimmer, Speisesaal und Küche. „Schaut euch das an, ist das nicht herrlich geworden? Als wir hier anfingen, wohnte ein Waschbär im Kamin ..." Seine Stimme verschwand im Gelächter und entfernte sich.

Mathilda sah in der Katze keine Gefahr, für die sie sich zuständig fühlte.

In einer der Sitzgruppen saß ein älteres Paar und beobachtete schweigend die Gäste und das Treiben in der Halle. Die beiden rührten sich auch nicht von der Stelle, als die Gruppe ging. Mathilda überlegte kurz, sie anzusprechen, entschied sich dann aber dafür, sich von hinten anzuschleichen, um sie zu belauschen.

„Hast du das gesehen? Doktor Teller trug Jeans von Aldi. Aldi! Das nenne ich mal ein Understatement. Soll ich dir auch so eine kaufen?" Die Frau blickte immer noch der Gruppe nach.

„Ich trage keine Jeans. Ich hab noch nie Jeans getragen. Und ich fange jetzt auch nicht damit an!" Der Mann knurrte mehr, als dass er sprach.

„Wo ist denn Bernhard hin? Hast du ihn gesehen? Dass er all diese Leute kennt, ist doch schon beeindruckend, findest du nicht?"

„Er soll aufpassen, dass ihm keiner von denen ins Gras beißt, sonst sind wir verloren. Die haben Anwälte, die pressen auch noch den letzten Cent aus uns heraus und dann müssen wir Pfandflaschen sammeln gehen." Der Mann drehte sich um. „Kann ich mal einen anständigen Kaffee bekommen?"

Eine der Empfangsdamen rannte los in Richtung Kaminzimmer.

„Was redest du denn für einen Unsinn? Wenn einer tot ist, braucht er auch keine Anwälte mehr. Das ist eine Kurklinik. Da wird schon nichts passieren. Und bestimmt sind sie versichert."

Es handelte sich offensichtlich um Schulte-Hoffmanns Schwiegereltern. Auch wenn sie sehr unterhaltsam waren, brach Mathilda ihren Lauschangriff ab und lief lieber der Gruppe hinterher.

„So, jetzt wollen wir dem Koch mal über die Schulter schauen. Aber keine Witze über ihn reißen. Er hat das längste Messer im Haus." Papadakis war ganz in seinem Element. „Als ich '85 auf Kreta war, wurde ich auf eine Hochzeit eingeladen. Wunderschöne Braut, Musik, Tanz, aber auf jedem Tisch stand ein Teller mit einem Schafskopf, einem kleinen Hammer und einem Löffel." Kurze Pause. Blick in die Runde. „Und der Ehrengast durfte die Augen essen." Allgemeines iiiihhh und bähhh. „Hahaha, keine Sorge, so etwas servieren wir hier nicht. Aber damals war es eine Beleidigung für den Gastgeber, wenn man diese Ehre ablehnte."

Konnte stimmen, musste aber nicht, aber das zählte hier nicht. Mathilda entdeckte Sam in der Gruppe, der sich angeregt mit einer üppigen Blondine unterhielt, die noch ein Businesskostüm trug, als ob sie nur kurz zu Besuch wäre.

Sie hing an seinen Lippen, strahlte ihn an und berührte ihn immer wieder an der Hand und am Arm. Das versprach unterhaltsam zu werden.

Außerdem entdeckte Mathilda eine ältere Dame mit toupierten Haaren und einem Schal aus einem so feinen Stoff um die Schultern, dass der Atem des Nebenmannes ihn schon zum Flattern brachte. Reichlich Schmuck verdeckte die Falten und die raue tiefe Stimme klang nach zahllosen Zigaretten und Whisky zum Frühstück. Ihr gehörte vermutlich die Katze, die niemals in einer Tierpension landen würde.

Ein kahlköpfiger Mann mit einer dicken Brille und einer gelben, geschmacklosen Krawatte stand etwas abseits und stopfte sich mit den an der ersten Station bereitgestellten, kunstvoll verzierten Häppchen voll, was so eigentlich nicht geplant war. Der Chefkoch gab einem Kollegen einen hektischen Wink, woraufhin dieser begann neue zu kreieren.

Ein anderer schnappte sich schnell das Tablett mit den restlichen Häppchenlöffeln und reichte sie herum. Der Koch kam noch zu Wort, erwähnte seinen Stern und seine Leidenschaft für gesundes Essen.

Mit einem Seitenblick auf Mathilda betonte er auch das Tierwohl, das ihm so sehr am Herzen lag, sowie die Erholung und das Wohlbefinden der Gäste. Sein französischer Akzent, der sonst kaum zu bemerken war, war jetzt stark ausgeprägt.

Mathilda verließ den Raum und hörte eine leise Auseinandersetzung, die vielversprechend klang, da dabei ihr Name fiel.

„Wer ist diese Rosenbaum? Ist sie deine Geliebte? Ist sie deshalb so unantastbar? Ich kann mich nicht daran erinnern, dass wir sie eingestellt haben." In Frau Debers Stimme zitterte ein Schluchzen mit.

„Lass doch diesen Unsinn, natürlich nicht! Hör zu, Christina, ich habe jetzt keine Zeit für so etwas. Geh ihr aus dem Weg und lass sie ihre Arbeit erledigen. Oder geh nach Hause, kümmere dich um Maximilian. Du kannst ihn nicht immer beim Kindermädchen oder meiner Mutter abgeben, er ist erst fünf." Sie holte Luft und wollte ihn unterbrechen, kam aber nicht dazu. „Und morgen kommt meine Schwester, bis dahin solltest du zu Hause etwas aufgeräumt haben."

Mathilda wartete einen Moment, ging ein paar Schritte zurück und näherte sich dann wieder geräuschvoll. Sofort suchte Frau Deber das Weite. Ihr Mann sah die Detektivin lächelnd an. „Na, schon was entdeckt, was nicht ins Bild passt?"

„Nein, noch nicht. Oder doch, vielleicht. In einem der Kellerräume steht eine verschlossene Kühltruhe. Wissen Sie, was es damit auf sich hat?"

Mathilda hatte nicht Sams Menschenkenntnis, aber selbst ihr entgingen nicht die winzigen Schweißtröpfchen, die sich auf Debers Oberlippe und Stirn bildeten. „Oh die. Ja, natürlich weiß ich das. Ist nicht wichtig, vergessen Sie das."

Mathilda sah ihn unverwandt an.

„Noch was anderes? Nur die Truhe? Dann ist ja alles in Ordnung. Hoffen wir, dass es so bleibt."

Mathilda sah ihn weiter an.

„Also gut, wenn Sie sonst keine Ruhe finden, auch wenn es Sie nichts angeht: Darin ist ein Reh. Wissen Sie, der hiesige Jäger hat es im Park erlegt und uns zur Verfügung gestellt. Wir hatten aber noch keine Gelegenheit es ausnehmen und zerlegen zu lassen. Ich habe es eingeschlossen, damit sich niemand bei dem Anblick erschreckt."

„Ein Jäger hat im Kurpark ein Reh geschossen?"

„Na ja, es hat die Neuanpflanzungen abgefressen und bevor es sich vermehrt, sollte es verschwinden. Aber behalten Sie das um Gottes willen für sich. Ich muss jetzt keinen Zeitungsartikel darüber haben, dass unser Fleisch aus Wilderei stammt."

Er hätte nichts Dümmeres sagen können. Mathildas Interesse und ihre Abneigung wurden größer. Aber jetzt war der falsche Zeitpunkt, da die nächste Besuchergruppe eintraf und Deber sich hastig entschuldigte.

Er empfing sie mit den gleichen Worten wie die erste. Die vorherige Gruppe wanderte inzwischen durch den Spa-Bereich und hörte Geschichten über grönländische Saunen, vor denen Eisbären lauerten, um mal etwas Warmes in den Bauch zu bekommen.

Mathilda stand neben dem Tresen, während die Gäste sich anmeldeten und ihre Schlüsselkarten in Empfang nahmen.

Einer der Männer kam ihr bekannt vor. O mein Gott, ein Mitglied des englischen Königshauses, irgendein naher Verwandter der Queen! Sie mussten dringend Sam Bescheid geben, dass er auf keinen Fall Ulla von diesem Gast erzählen durfte, sonst würden höchstens noch die Avengers sie davon abhalten können, ebenfalls hier einzuziehen.

Der nächste Gast der an den Tresen trat, trug eine so große goldene Armbanduhr, dass jeder im Raum die Zeit hätte ablesen können.

„Ich kann Ihren Namen leider nicht auf der Liste finden. Wie war das noch gleich?" Die Empfangsdame tippte hektisch auf ihrer Tastatur herum.

„Ach, hat er das nicht gesagt? Wie dumm von ihm." Der ausgeprägte russische Akzent und die tiefe rauchige Stimme des angesprochenen Mannes ließen Mathilda aufhorchen. „Mein Name ist Stalow. Boris Stalow. Herr Thal hat mir seine Einladung sozusagen überlassen. Er ist – wie sagt man? – für eine Weile verhindert. Eine ganze Weile."

Die Dame an der Tastatur atmete erleichtert auf. „Das ist schön, Herr Stalow. Dann nehme ich Ihre Daten auf und heiße Sie herzlich willkommen in unserem Haus."

Mathilda näherte sich unauffällig Deber und erzählte ihm von dem Vorfall.

„Die Einladung überlassen? Die ist doch nicht übertragbar!" Deber war zutiefst empört. „Das ist jetzt schon der Zweite! Was denken die Leute sich eigentlich? Boris Stalow – nie gehört."

Papadakis, der bei seiner Führung von Schulte-Hoffmann abgelöst worden war und neben Deber stand, horchte auf. „Boris Stalow sagen Sie? Wo ist er?"

Mathilda deutete mit dem Kinn in seine Richtung und Papadakis sog hörbar Luft ein. „Bestimmt die Russenmafia. Verdammt, was jetzt? Den werden wir nicht los. Haben wir genug Bargeld im Haus, falls er Schutzgeld verlangt?"

Deber hielt sich am Türrahmen fest. „Mafia? Bis du sicher? Ich rufe die Polizei an. Der muss hier ganz schnell wieder weg." Blass wie ein Tischtuch wollte er schon zum Handy greifen.

„Um Himmels willen, nein! Bist du denn verrückt? Die wissen, wo er ist. Wenn sie etwas gegen ihn in der Hand hätten, säße er längst hinter Gittern. Nein, mit dem müssen wir irgendwie klarkommen. Sonst lässt er uns die Bude um die Ohren fliegen. Frau Rosenbaum, wo ist denn Ihr Kollege? Dafür haben wir Sie beide doch. Er muss ein Auge auf ihn haben. Die ganze Zeit. Und die Mohringer-Hellström. Und Sie am besten auch. Ich sage der Security Bescheid. Er darf keine Sekunde unbeaufsichtigt sein."

Deber nickte ergeben. „Gut, kümmere dich darum. Und wer ist das da? Der war doch sicher auch nicht eingeladen. Wir hatten niemanden unter vierzig auf der Liste." Er deutete auf einen jungen Mann Anfang zwanzig, der mit erhobenem Handy eintrat und die Lobby fotografierte, sich dann schwungvoll umdrehte und ein Selfie schoss. Er wurde von einer Frau begleitet, die so unscheinbar war, dass sie fast mit dem Hintergrund verschmolz.

„Das ist Yannic Schmidt. So sollten Sie ihn aber nicht nennen, sonst können Sie hinter ihm die Tür gleich für immer schließen. Er nennt sich Yannic Gold." Mathilda sah fasziniert zu, wie der Neuankömmling aufgeregt zwischen den Sitzgruppen umherlief und mit seiner Begleiterin sprach, die ihn wie eine Fliege umschwirrte.

„Und wo bitte kommt er her?" Deber schrumpfte vor lauter Frustration ein paar Zentimeter.

„Keine Ahnung. Jetzt ist er da. Und er ist ein größeres Problem als die Mafia. Glauben Sie mir. Er ist Deutschlands bekanntester Influencer." Sie wippte auf ihren Zehenspitzen und freute sich, nicht in Debers Haut zu stecken.

„Was heißt das?"

„Ich schau mal nach, was das aktuell heißt." Mathilda zog ihr Handy heraus und begann zu tippen, während Deber ihr über die Schulter sah. Yannic fläzte sich unterdessen in einem der Ledersessel, seine Begleiterin richtete ihm die Haare und wischte mit einem Pinsel über seine Wangenknochen. Dann holte sie eine Kamera aus der Tasche und einen Ringblitz.

„Aktuell hat er etwas mehr als sechs Millionen Follower auf Instagram. Ist einer der Rich Kids. Das ist eine internationale Gruppe Jugendlicher mit saureichen Eltern, die auf Instagram verbreiten, wie sie die Kohle der Vorfahren vernichten. Ein negatives Wort von ihm und Sie sind geliefert. Losen Sie lieber schon mal aus, wer ihm den Hintern abputzen darf und sein Brot entrindet." Mathilda trat einen kleinen Schritt zurück. „Ach ja. Ich glaube, sein Vater hat ihn geschickt. Der wird hier nur als schwerreicher Industrieller genannt."

„Natürlich. Schmidt. Ich habe lange mit ihm gearbeitet. Womit haben wir das verdient? Sein Vater ist eine Seele von Mensch. Er hätte hier hineingepasst." Deber stockte und starrte in Yannics Richtung. „Ach du meine Güte, was macht er denn jetzt wieder?"

Papadakis lief los und hinderte den Jungen gerade noch rechtzeitig daran in den Brunnen zu steigen. „Nicht doch! Yannic? Grüß dich, ich bin der Nikos. Du stehst auf coole Fotos? Komm, ich zeig dir, wo du die am besten knipsen kannst." Er winkte der Begleiterin. „Sie auch, Sie werden staunen."

Yannic zog seine Schuhe wieder an und folgte Papadakis, der während des Gehens die Geschichte des Hauses um ein paar zwielichtige Anekdoten erweiterte, die den jungen Mann sofort in ihren Bann zogen.

„Bleibt nur noch die Mafia. Wo ist Ihr Kollege?"

„Bei der anderen Gruppe. Ich informiere ihn sobald wie möglich, dass er unseren Boris im Auge behalten soll."

Währenddessen wurden sie beobachtet. Von Frau Deber. Und die war nicht amüsiert.

Da Mathilda Sam im Moment nicht aus der Gruppe holen konnte, steckte sie Eva-Maria Mohringer-Hellström unauffällig einen Zettel zu, sich solang um Stalow zu kümmern.

Dann suchte sie den Hausmeister in seinem Domizil auf, unter dem Arm eine Flasche Cognac und einen von zu Hause mitgebrachten kaputten Toaster.

Die Werkstatt, eine offene Scheune mit einem langgezogenen Gebäudeteil dahinter, lag hinter einer bewachsenen Mauer ein Stück entfernt vom Hauptgebäude neben dem Schuppen der Gärtner und war von außen nicht einsehbar.

Mathilda klopfte an die offene Tür und trat ein. Der Hausmeister stand an einem hüfthohen, stabilen Holztisch und schraubte eine Lampe auseinander. Er war zwischen Anfang vierzig, wenn er genetisch Pech gehabt hatte, und

Mitte fünfzig, wenn man nur flüchtig hinsah. Sein staubiges, ehemals weißes Leinenhemd und die ausgebeulte Cordhose hätten als Requisiten aus der Drei Groschenoper stammen können.

„Wo ist was kaputt?" Er drehte sich noch nicht mal zu ihr um.

„Hi, ich bin Mathilda Rosenbaum. Sie sind Herr Salz? Eugen Salz?"

Der Mann dem eine kurze, krumme Zigarette an der Unterlippe klebte, nickte nur, wandte sich zu einem Regal um und fing an, in den zahllosen Schachteln und Dosen etwas zu suchen.

„Mein Toaster ist kaputt, könnten Sie ihn sich mal anschauen?"

Salz drehte sich um und sah sie mit einem halben Grinsen an. Ein tonloser Lacher ließ ihn kurz zucken. Mathilda stellte die Flasche auf den Tisch, die er mit Kennerblick entgegennahm, aufschraubte und einen tiefen Schluck nahm. „Nicht schlecht, zumindest bringen Sie keinen billigen Fusel mit. Was hat der Toaster denn?"

„Er toastet nicht mehr."

„Ach." Salz nahm zwei Kaffeebecher, schüttete den Inhalt nach draußen ins Blumenbeet und wischte mit einem Lappen zweifelhafter Herkunft nach. Dann schenkte er einen daumenbreit Cognac in beide Tassen. Mathilda wusste nicht, ob sie das auf leeren Magen überleben würde, trank aber trotzdem einen kleinen Schluck.

Der überschaubare Hof um die Werkstatt war mit Gerümpel, alten Möbeln, Brettern und Blumentöpfen vollgestellt. In der Mitte befand sich eine Feuerstelle, daneben ein Holzstapel. Von außen war er nicht einsehbar und von den Gästen konnte sich kaum einer hierher verirren.

„Sie sind schon lange hier." Mathilda stellte das fest, nachdem sie sich kurz umgesehen hatte. Einige Geräte und Holzstapel waren von Büschen und Unkraut überwuchert. Auch Salz wirkte nicht, als ob er sich gerade neu einrichten würde.

„Kann sein, ich hab die Jahre nicht gezählt. Gibt schlechtere Orte, um zu leben." Er nahm einen Schluck aus der Kaffeetasse.

„Für wen haben Sie vorher gearbeitet."

„Ich arbeite immer nur für mich und das Haus. Wer gerade drin wohnt, bezahlt mich." Er warf ihr einen Seitenblick zu und trat seine Zigarette aus. „Vorher war's eine Familie. Wollten was Besseres sein, bis das Bessersein zu teuer wurde. Dann stand es ein paar Jahre leer, ich habs instand gehalten."

„Wer hat Sie denn da bezahlt?"

„Niemand. Ich wohne hier zur Pacht und hab mein eigenes Ding gemacht. Und Sie? Was arbeiten Sie hier? Ich rate mal: Sie lassen die Gäste springen und laufen, sagen denen was sie tun sollen und schauen dann zu, wie die aus der Puste kommen. Macht Spaß, oder?"

Mathilda lachte. „Wäre eine Möglichkeit, aber nein, ich bin die Assistentin von Herrn Deber."

„Ach ja richtig, der Deber, der hatte Sie ja gestern Abend vorgestellt. Seine Frau wirkte nicht gerade begeistert."

Ein guter Beobachter. Mathilda hoffte, in ihm einen Verbündeten zu finden und setzte sich auf einen kniehohen Buchenstamm. „Wie ist Deber so? Sie kennen ihn schon länger."

Salz nahm seinen Tabaksbeutel, hockte sich auf den Tisch und drehte sich eine neue Zigarette. Seine Finger waren rissig und Schmutz hatte sich tief in die Haut gegraben. Er leckte über den Blättchenrand und zündete das krumme Gebilde an. „Prima Kerl, guter Kumpel."

Sie sahen sich beide an und lachten gleichzeitig los. „Na ja, Wes Brot ich ess, des Lied ich sing."

„Nein, tun Sie nicht."

„Stimmt. Aber ich kann ja nicht jedem erzählen, dass Deber ein Arschloch ist. Ich bin ein loyaler Angestellter." Sein schräges Grinsen sprach Bände. „Warum wollen Sie denn überhaupt was über ihn wissen?"

„Der Typ ist mir suspekt. Einerseits kennt er jeden Mitarbeiter mit Namen, andererseits geht er wie der letzte Gorilla mit seiner Frau um."

„Kann Ihnen doch egal sein. Sie sind seine Assistentin. Oder?" Er sah Mathilda aufmerksam an und rauchte.

Stimmte. Warum sollte sie das interessieren? Und warum sollte er ihr etwas erzählen? Für die Wahrheit war es noch zu früh. Sie kannte Salz noch nicht gut genug. Er könnte einer der potentiellen Attentäter sein. Als Hausmeister kam er überall hin. Also brauchte sie eine gute Geschichte, die so glaubwürdig war, dass er sie abnahm.

„Ehrlich gesagt fühl ich mich hier nicht richtig wohl. Die zahlen super und das kann ich gut gebrauchen. Aber die Stimmung ist komisch und ich hab keine Lust auf den Stress mit Madam Deber. Gleich am Anfang so eine Bei-ßerei ist nervig. Ich versuch jetzt mir ein Bild von allen zu machen und dann entscheide ich, ob ich wieder abhaue."

Salz nickte zufrieden und schnippte Asche auf den Boden. „Seine Mitarbeiter braucht er noch und die Alte will er wahrscheinlich loswerden. Hier bei mir tut er immer gut Freund, wenn er was will, aber ist froh wenn er wieder hier raus ist ohne sich seinen feinen Zwirn zu zerreißen. Kennst du diese Schmuckeremiten aus dem neunzehnten Jahrhundert? Haben in den englischen

Parks gewohnt, weil die Herrschaften das schick fanden. Ich glaub, so einer bin ich für ihn."

Salz war zum Du übergegangen. Mathilda nahm einen Schluck Cognac und dachte über das nach, was er eben gesagt hatte. Welcher Hausmeister kannte sich denn mit Schmuckeremiten des neunzehnten Jahrhunderts aus? „Und die anderen beiden?"

„Schulte-Hoffmann? Professor Schulte-Hoffmann?" Salz zuckte mit den Schultern. „Irgendwie verklemmt. Uninteressant. Überlässt wichtige Entscheidungen den zwei Kollegen. Wart mal ab, wenn du seine Schwiegereltern kennen lernst. Die haben seinen Anteil hier an dem Laden bezahlt und tauchen regelmäßig auf."

„Woher kennst du die?" Das waren Infos, die weit über das hinausgingen, was Mathilda erwartet hatte.

„Die wollten mich schon ein paar Mal loswerden und gegen einen Elektriker austauschen. Als ob das noch was nützen würde." Wieder das tonlose Lachen.

„Versteh ich nicht. Was soll denn ein Elektriker hier anderes anstellen als du?" Es wurde immer interessanter.

„Schau mal genau hin. Hinter die schöne Tapete. Der Laden ist eine Bruchbude. Quasi schon pleite bevor er öffnet. Die hätten eigentlich die komplette Elektrik erneuern müssen, als sie angefangen haben. Und ein neues Dach hätten sie gebraucht. Die Kohle ging aber in die Möbel, in den schönen Schein, in die Ausstattung für den Herrn Professor und den ganzen Schwimmbad-Schnickschnack. Aber die Basis, verstehst du? Die Basis ist marode. Eigentlich müsste alles wieder rausgerissen werden, alle Wände aufgeklopft und neu verkabelt werden. Aber die sehen schon noch, wie weit sie damit kommen. Ich bin gelernter Schreiner. An die Elektrik geh ich nicht ran."

„Okay. Und dieser Nikos Papadakis? Wie ist der so drauf?"

Eugen lachte wieder und drückte seinen Zigarettenstummel auf dem Arbeitstisch aus. „Das ist ein ganz Spezieller, der Nikos. Da musst du aufpassen. Solang er nüchtern ist, erzählt er nur Quatsch. Räuberpistolen. Seine tollen Erlebnisse sind nur irgendwelche Geschichten, die er mal gehört hat, oder die er sich ausdenkt. Aber wenn er einen sitzen hat, dann sagt er die Wahrheit. Aber wenn du die hören willst, musst du ganz schön was vertragen."

Mathilda hatte das Gefühl, noch viel Zeit mit ihm verbringen zu wollen, aber Sam wartete in der Bibliothek auf sie. „Ich muss los. Hat mich gefreut. Kann ich später noch mal wiederkommen?" Mit einem beherzten Schluck leerte sie ihre Tasse und stellte sie auf den Tisch.

„Jederzeit. Scheinst 'n guter Typ zu sein." Eugens Lachen zeigte auf der einen Seite eine Zahnlücke neben den Eckzähnen, auf der anderen blitzte etwas Goldenes auf. „Musst auch nicht immer so ein teures Zeug mitbringen."

„Hab ich gefunden, stand so rum. Ich schau mal, was beim nächsten Mal rumsteht."

„Und was ist mit deinem Toaster?"

„Da hat einer meiner Kater reingepinkelt. Der wird nicht mehr."

Mathilda beeilte sich, wieder ins Haus zu kommen und die Bibliothek im dritten Stock aufzusuchen.

Direkt unter der Bibliothek war der Vortragsraum und durch den kalten Kamin konnte man die Stimme des Professors hören, der einen Vortrag zu den Gefahren des stressigen Alltags und deren Behandlungsmöglichkeiten hielt. Danach fand das Begrüßungsdinner statt.

„Meine Güte, hier ist ja was los. Sie zuerst." Sam schritt vor dem Regal mit den in Leder gebundenen Klassikern auf und ab. Seine Wangen waren gerötet und die Augen glänzten. Er stand mitten im Geschehen.

Mathilda berichtete ausführlich von der Truhe und Debers Ausflüchten. „Das muss ich mir nochmal anschauen. Selbst wenn da nur das Reh drin ist, frag ich mich, warum die sowas behalten und Ärger in Kauf nehmen."

„Warum? Wenn unsere Auftraggeber wissen, was in der Truhe ist, muss uns das nicht interessieren. Konzentrieren wir uns lieber auf die Dinge, die sie nicht kennen."

Sam hatte damit zwar Recht, aber er wusste auch, dass Mathildas unstillbare Neugier ihr keine Ruhe lassen würde, bis sie den Namen des Rehs und die Schuhgröße des Jägers kannte.

„Noch mehr?" Er sah sie gespannt an.

Sie erzählte von der Wespe und er atmete erleichtert auf, als er hörte, dass sie das Tier frei gelassen hatte. „Das, genau sowas müssen Sie Deber erzählen! Unbedingt!"

„Und einem der schlecht bezahlten Zimmermädchen Probleme bereiten? Auf keinen Fall."

„Hören Sie, für einen Allergiker ist das ein Mordanschlag. Das ist eine ernst zu nehmende Sache! Genau deshalb sind wir hier! Frau Rosenbaum! Ich bitte Sie!!!"

„Ja, schon, es hätte aber einen richtig miesen Typen getroffen. Ich kontrolliere ab jetzt sein Zimmer. Versprochen. Frau Deber hält mich übrigens für die Geliebte ihres Gatten." Sie lachten beide.

Sam wurde wieder ernst. „Dann passen Sie gut auf sich auf. Ich darf da mal Shakespeare zitieren: Das gift'ge Schrei'n der eifersücht'gen Frau wirkt tödlicher als tollen Hundes Zahn."

„Sie sagen es. Aber es gab noch was wirklich Bedenkliches. Hier ist ein Typ angekommen, der nicht eingeladen war. Ein Russe. Papadakis meinte von der Mafia."

„Wie bitte was? Und das teilen Sie mir jetzt erst mit? Wie kann denn sowas passieren?"

„Irgend so ein Herr Thal hat ihm seine Einladung überlassen. Klang nicht gut wie er das sagte. Wie in einem Thriller. Echt gruselig der Typ. Sie sollen ihn im Auge behalten."

Sam wurde blass und blieb stehen. „Ich? Wieso denn ich? Da muss die Polizei eingeschaltet werden. O mein Gott, Frau Rosenbaum, lassen Sie uns die Rollen tauschen, das kann ich nicht leisten. Sie wissen das. Für solche Menschen sind Sie bei uns zuständig, Sie können ihn im Notfall k.o. schlagen, überwältigen, niederstrecken. Aber ich bin ihm hilflos ausgeliefert!"

„Nun mal ganz ruhig. Zum Rollentausch ist es zu spät. Und der wird Sie schon nicht vor aller Augen über den Haufen schießen. Bleiben Sie einfach immer in seiner Nähe und achten Sie darauf, dass er die anderen Gäste nicht verschreckt. Das muss ich Ihnen doch nicht erklären."

Sam rang die Hände und wanderte weiter vor dem Regal hin und her. Jetzt aber mehr wie ein Tiger im Käfig. „Es ließ sich so gut an. Ich habe schon so interessante Bekanntschaften gemacht und dann sowas."

Mathilda hatte eine Idee und rief Ulla an. „Hi, kannst du mal einen Namen recherchieren? Boris Stalow. Was der auf dem Kerbholz hat und in welcher Beziehung er zu der Familie Thal steht. Ja, zu DEM Thal. Gut. Bis später. Lass uns heute Abend telefonieren."

Dann wandte sie sich wieder an Sam. „Also abwarten. Wanzen Sie sich an ihn ran und sobald Ulla Neuigkeiten hat, informiere ich Sie irgendwie. Hören Sie. Wenn Ihnen das zu brenzlig wird brechen wir das Ganze hier ab. Wir haben genug zu tun, auch ohne das hier."

Sam schüttelte nur den Kopf und straffte sich. „Nein, schon in Ordnung. Ich ziehe das durch."

„Geht es wieder um diesen ominösen Gefallen, den Sie Schulte-Hoffmann schulden? Was soll das denn sein? Sie haben es mir immer noch nicht erzählt."

„Das werde ich auch nicht. Nur so viel: Wenn ich hier aufgebe, bin ich gesellschaftlich erledigt. Dann kann ich auswandern. Und jetzt fragen Sie bitte nicht mehr weiter." Für Sam war das eine ungewöhnlich nachdrückliche Ansprache gewesen.

Mathilda sah ihn sehr erstaunt an. „Okay, ich dachte ja nur. Sie sind an der russischen Front, nicht ich."

Sam schaute sie einen Moment an und holte tief Luft. „Wenn mir etwas passiert, kümmern Sie sich dann um Willi? Er vertraut Ihnen."

„Nein, ich verschachere ihn an ein Versuchslabor. Herr Schulz, ich werde langsam sauer! Wir brechen das ab!"

„Wir sollten das Thema wechseln." Sam zog ein Döschen aus der Tasche und nahm ein paar Pillen heraus, die er trocken und mit leidvoll verzogenem Gesicht schluckte. „Was gab es sonst noch?"

Mathilda stöhnte und warf den Kopf in den Nacken. „Mann, Sie sind echt anstrengend. Ich hab den Hausmeister Eugen Salz kennen gelernt. Ein ganz interessanter Typ! Guter Beobachter und er weiß viel über unsere drei Herren und das Gebäude."

Sam runzelte die Stirn. „Das mag ja ganz unterhaltsam sein, aber darüber müssen wir nichts wissen. Die bezahlen uns, sie sind nicht das Beobachtungsziel. Haben Sie das etwa vergessen?"

„Nein nein, keine Sorge." Sie erzählte ihrem Geschäftspartner trotzdem alles haarklein. „Vielleicht hat das was
mit deren Ängsten zu tun. Die sind am Limit. Verfol-
gungswahn. Okay, jetzt mit Stalow haben sie ja auch
Grund dazu."

„Kann schon sein." Sam wirkte skeptisch. „Aber wer
weiß, ob das stimmt. Woher will er das denn alles wissen?"

„Gute Frage. Ich glaube nicht, dass er sich das ausdenkt.
Aber ich versuch mal herauszubekommen, wer ihm das
alles gesagt hat. Und was gab es bei Ihnen?"

„Oh, ich habe zauberhafte Menschen kennen gelernt.
Wunderbar, ganz wunderbar. Haben Sie Barbara Wellen
bemerkt? Dax-Vorstandsvorsitzende. Die Erste in Deutschland. Außerdem noch ..."

Er warf mit Namen um sich und Mathilda schaltete
ab, bis es ihr zu viel wurde. „War irgendwas Auffälliges
dabei?"

„Ja, Frau von Kalbstadt ist mit einer Katze angereist.
Das gab einen kleinen Aufruhr, als sie ausgerissen und
den Vorhang in der Lobby hochgeklettert ist. Die Katze,
nicht Frau von Kalbstadt. Haben Sie den Herrn mit der
gelben Krawatte bemerkt? Millionenschwer." Er senkte die
Stimme. „Hat drei der silbernen Häppchenlöffel gestoh-
len." Sam schüttelte missbilligend den Kopf. „Aber das
hat Deber nicht interessiert. Er meinte, es wird sowieso
alles entwendet, was nicht angekettet oder -geschraubt
ist. Da würde das Vermögen keine Rolle spielen. So, ich
werde mich gleich beim Dinner genauer umhören, was
gesprochen wird. Ich fürchte, man wird mich mit dem
Mafiosi an einen Tisch setzen." Er seufzte theatralisch.
„Und was haben Sie noch vor?"

„Ich bin ebenfalls beim Dinner und schau mir mal den
Blitzableiter Eva-Maria Mohringer-Hellström in Aktion

an. Deber hat dafür gesorgt, dass ich mit ihr an einem Tisch sitze. Und vielleicht kümmere ich mich noch um die Truhe heute Abend."

8.

„Ich persönlich schwöre ja auf die Heilquelle Nordenau. Einmalig, wirklich einmalig. Wir haben uns extra ein Haus in der Nähe zugelegt und verbringen mindestens eine Woche im Jahr dort. Eine angemessene Unterkunft ist da sonst nicht zu finden."

„Tatsächlich? Das ist ja interessant! Ich war noch nie im Sauerland. Uns zieht es mehr in die Dolomiten. Wunderbare Landschaft, auch zum Skifahren, und man kann mit dem Hubschrauber anreisen. Sehr praktisch. Wenn etwas im Geschäft ist, ist man in null Komma nichts wieder weg."

„Ja, nicht wahr? Die Luft ist auch eine ganz andere. Aber zum Skifahren kommt für uns nur Sankt Moritz in Frage. Das Kempinski ist meine zweite Heimat, seit ich ein Kind bin. Ich habe mir dort ein weiteres Büro eingerichtet. Sonst wäre es gar nicht möglich, ein paar Tage mit der Familie zu verbringen."

„Aber Sankt Moritz hat keine Heilquelle."

„So etwas brauche ich auch nicht. Letztes Jahr habe ich mein Portfolio verschlankt und mich mehr spezialisiert. Das hat doch erheblich die Work-Life-Balance verbessert."

„Ich fahre nicht mehr Ski. Vor drei Jahren hatte ich einen schweren Unfall, von dem ich mich bis heute noch nicht vollständig erholt habe. Aber der Physiotherapeut hier ist gut, denn er hat das gleich erkannt."

„Bei mir ist es mehr die Galle. Schulte-Hoffmann will mir dafür jetzt etwas Anderes verschreiben. Ich bin äußerst gespannt."

„Eine Galle habe ich gar nicht mehr, die wurde längst entfernt. Bei mir ist es mehr das Herz das versagt. Der Professor wollte mich schon in die Klinik überweisen, aber wer hat denn Zeit für so etwas? Das muss irgendwie anders gehen. Dann soll er mir eben ein paar Stents setzen, das muss erstmal reichen. Es gibt da etwas ganz Neues aus ..."

Eva-Maria Mohringer-Hellström verbreitete die Ruhe und Gelassenheit eines alten Bernhardiners vor dem Kaminfeuer. Sie hörte mit endloser Geduld den Krankheitsgeschichten am Tisch zu, die sich gegenseitig an Gefährlichkeit und Arzneikosten überboten.

Dabei betonte sie immer wieder unauffällig, wie froh sie sei, hier zu sein, um ihren eigenen von Überarbeitung und Schicksalsschlägen geschundenen Körper mal gründlich überprüfen zu lassen.

Bei so viel Harmonie drohte Mathilda auf ihrem samtenen Polsterstuhl einzuschlafen. Von den anderen Gästen bekam sie nicht allzu viel mit, da die Tische relativ weit auseinanderstanden. Außer von Yannic Gold, der bei jedem Gang auf einen Stuhl stieg und seinen Teller erst von oben fotografierte, dann von allen möglichen Perspektiven.

Seine Begleiterin war inzwischen in einem Hotel außerhalb untergebracht. Man hatte Gold davon überzeugen können, dass sie nicht gut in das Ambiente einer Kurklinik passte.

Das übrige Personal verhielt sich unauffällig, schenkte den Wein verhalten und das Wasser großzügig nach. Vor der Dessertparade, mit der der Patissier brillieren wollte und die schon den ganzen Tag Gegenstand des Küchengesprächs war, verabschiedete Mathilda sich.

Der Keller zog sie magisch an und es hätte ihr keine Ruhe gelassen, wenn sie die Truhe nicht geöffnet hätte.

„Darf ich fragen, wo Sie hinwollen?" Frau Deber sprang ihr in den Weg und sie wäre fast in deren ausladende Oberweite gerannt.

„An die frische Luft. Und Sie?"

„Oh, da wollte ich auch hin."

Schweigend gingen beide vor die Tür. Mathilda setzte sich lächelnd auf eine Bank und streckte die Beine aus. Frau Deber trippelte vor ihr auf und ab. Sie fror sichtlich. Die Detektivin vermutete, dass sie darauf wartete, dass jeden Moment ihr Mann auftauchen würde, um mit Mathilda in der nächsten Besenkammer zu verschwinden.

„Jetzt können wir doch wieder reingehen." Frau Deber schlotterte in ihrem dünnen, zu engen Kleid.

„Ja, gehen Sie nur, ich komm gleich nach."

Frau Deber trippelte noch eine Weile weiter. „Das ist doch lächerlich." Sie drehte sich um und marschierte zurück ins Haus. Durch die offene Tür konnte Mathilda sehen, dass sie im Speisesaal verschwand, wo gerade das Dessert unter großem Getöse zelebriert wurde.

Jetzt war niemand mehr in der Unterwelt des alten Hauses unterwegs. Ihre Schritte hallten ein wenig und das kalte Neonlicht flackerte an einigen Stellen. Mathilda fühlte sich nicht ganz wohl in ihrer Haut denn das hier erinnerte sie an den Keller in ihrem Elternhaus, in dem Heerscharen von Spinnen hausten, die nur darauf warteten sich auf sie zu stürzen und in ihre klebrigen Spinnfäden zu wickeln um sie anschließend auszusaugen.

Erneut öffnete sie den Raum, der ein wenig muffig roch, und zog ihre Dietriche aus der Tasche. Kurz hielt sie inne, als sie glaubte ein Geräusch gehört zu haben. Alle Haare richteten sich auf doch es blieb still, also beugte sie sich über das Schloss und probierte die Dietriche durch.

„Was treiben Sie da?" Herr Deber stand in der Tür.

Also hatte sie doch richtig gehört. Mathilda ließ scheppernd die Dietriche fallen und stützte sich einen Moment auf der Truhe ab, bevor sie antworten konnte. „Wollen Sie mich umbringen? Mann! Ich suche nach Merkwürdigkeiten. Das sollte ich doch."

„Hier ist nichts merkwürdig, das hab ich Ihnen doch schon gesagt." Er klang ungeduldig und ein bisschen verärgert. „Und wegen Ihnen verpasse ich das Dessert. Hören Sie, Sie sind dazu da, die Leute im Haus, speziell das Personal im Auge zu behalten. Es kann nicht sein, dass ich Sie beobachten muss. Also ..."

„Schön, ich hab ihnen nicht geglaubt. Das liegt in meiner Natur, deshalb bin ich Detektivin! Kann ich jetzt in die Truhe gucken?"

Deber nickte. „Gut. Schauen Sie hinein. Ich öffne sie." Umständlich zog er ein Schlüsselbund aus der Tasche, suchte nach dem richtigen Schlüssel und schloss auf. Er sah Mathilda in die Augen, während er langsam den Deckel hob.

9.

„Und was war drin? Nu sag schon!" Ulla klang so aufgeregt am Telefon wie kurz vor einer nagelneuen Folge Navy CIS.

„Ein Reh lag drin. Aber es sah irgendwie komisch aus." Mathilda saß auf ihrem Bett in ihrem Apartment unter dem Dach und sah dem Sonnenuntergang zu, wie er sich Mühe gab, den schlechten Eindruck, den das Wetter am Tag gemacht hatte, wieder auszubügeln.

„Na ja, es war tot und gefroren. Wie soll es da schon aussehen?"

„Wenn ich's mir recht überlege dann ... dann war das gar nicht gefroren. Es hatte zumindest kaum Eis im Fell. Und die Augen sahen ganz normal aus, als ob es noch leben würde. Es hat mich angeschaut."

„O Gott, das klingt ja wie in einem Horrorfilm! Du darfst da auf keinen Fall mehr runter gehen, hörst du? Nachher war das ein Zombie-Reh und greift dich an, wenn du die Truhe noch mal öffnest." Ullas Stimme zitterte leicht.

„Ein Zombi-Reh? Was hast du denn geraucht? Natürlich geh ich da nochmal hin. Dass hier gewildert und unschuldiges Wild abgeknallt wird, geht gar nicht. Frag doch mal beim Tierschutzverein nach, ob da jemand was davon weiß."

„Mach ich. Aber geh nicht allein in den Keller. Kannst du einen von der Security mitnehmen? Die haben doch bestimmt Waffen!"

„Klar. Ich sag denen, die sollen mitkommen, damit sie ein tiefgefrorenes Reh erschießen können, falls es uns angreift."

„Wenn du das so sagst, klingt es irgendwie seltsam. Außerdem war es nicht tiefgefroren. Soll ich nicht mal zu euch kommen? Dann schauen wir uns das Tier gemeinsam an. Und nebenbei könnte ich noch Hansi Muntier kennenlernen. Der ist doch auch da, oder?"

„Ja, ist er, aber woher weißt du das? Das ist doch geheim! Er ist sogar unter falschem Namen hier." Mathilda grinste vor sich hin, als sie an Deutschlands berühmtesten Schauspieler dachte, der mit Sonnenbrille, Hut und langem Mantel angereist war. Wie enttäuscht er war, als er feststellen musste, dass er nicht der begehrteste Gesprächspartner war und auch nicht der bekannteste.

„Gut, kommen wir zu eurem Herrn Stalow." Jetzt klang Ulla wieder vernünftiger.

„Ja, genau. Die Russenmafia. Herr Schulz pieselt sich schon ins Höschen, weil er auf ihn aufpassen soll. Was hast du herausgefunden?"

„Ähm, nichts. Rein gar nichts. Das ist doch verdächtig, oder? Irgendwas findet man doch über jeden, aber er scheint nicht zu existieren. Genau, wie man es von einem Mafia-Boss erwarten würde. Roberts Sekretärin spricht russisch, sie hat auch nichts entdeckt. Bestimmt ist er unter falschem Namen da."

„Meinst du? Er hat einen Ausweis vorgelegt. Aber was soll das schon heißen. Warte mal, ich hör da was! Bleib mal dran."

Nebenan wurde es plötzlich laut. Klatschen und schlagen, dann ein Schrei! Mathilda erstarrte und hielt die Luft an.

„Was war das?" Ullas Stimme war hoch und piepsig geworden. „Tildchen? Bist du noch da? Sag doch was!"

„Was soll ich denn sagen? Hier nebenan ist irgendwas." Sie flüsterte nur noch.

„Wonach hört es sich denn an? Einbrecher?"

„Weiß nicht, als ob da eine Frau eingemauert worden wäre und ihr Letztes geben würde."

„Tildchen! Hör auf damit! Ich kann so nicht schlafen!"

„Ja ich denn? Ich bin neben der Sterbenden. Das klang furchtbar. Ich geh mal runter und frag nach." Mathilda stieg aus dem warmen Bett.

„Wen willst du denn fragen, ob da jemand unterm Dach eingemauert ist? Denk doch mal nach! Wer das weiß, befreit sie oder ... o mein Gott oder er hat ihr das selbst angetan. Tildchen, ich hab Angst, geh jetzt nicht aus dem Zimmer."

„Ulla hör zu, ich ruf dich wieder an, wenn das geklärt ist. Ich glaube, die veranstalten hier zwar so einiges, aber sie mauern keine Leute ein. Ich hab gesagt, das hat sich so angehört, aber nicht, dass es so ist. Also bis gleich."

Kaum hatte sie aufgelegt erklang der Schrei erneut, diesmal länger und verzweifelter. Weiteres Klatschen und Rumpeln.

Leise schlich sie aus ihrem Zimmer und rannte die Treppe hinunter. Um auf den Aufzug zu warten hätte die Zeit nicht gereicht. Im Foyer begegnete sie Maître Olivier, der sie mit gehobenen Augenbrauen von oben bis unten musterte. „Sind Sie sicher, dass es erwünscht ist, wenn Sie in solch eine Habit gesehen werden?"

Mathilda sah an sich herunter. Shirt, Leggins, Wollsocken. Nichts Ungewöhnliches. Den Koch wollte sie aber nicht nach den Vorkommnissen unterm Dach fragen, er wirkte nicht wie jemand, der bei solchen Geräuschen cool bleiben würde.

Sie blickte sich kurz um. An der Rezeption stand eine einsame Frau und blätterte in einer Zeitschrift. Mathilda beschloss, zu Salz' Schuppen zu rennen. Kies pikte durch ihre Strümpfe. Schuhe wären nicht schlecht gewesen.

„Eugen, bei mir spukt es."

Salz saß an einem kleinen Lagerfeuer und rauchte. „Soso. Wo genau?"

„In meinem Zimmer. Neben meinem Zimmer. Da oben." Sie deutete auf das Dach. „Also ich bin echt kein ängstlicher Typ, aber kannst du mal danach schauen? Sonst krieg ich die ganze Nacht kein Auge zu."

„Machst du sowieso nicht. Da oben nisten Schleiereulen und schmeißen grad die letzte Brut raus."

„Schleiereulen?" Mathilda schaute ihn verständnislos an.

„Ja, das Dach ist kaputt. Die leben da schon seit Jahren und brüten. Aber nicht mehr lange. Da sollen weitere Wohnungen rein, soweit ich weiß. Schöne Vögel. Und laut." Er lachte tonlos. „Daran kann ich jetzt auch nichts ändern, außer dir ne Packung Ohrstöpsel anbieten."

„Eulen." Sie lächelte erleichtert. „Danke! Ähm ... warte mal." Sie hatte sich schon wieder zum Gehen umgedreht, kam aber zurück. „Was heißt, nicht mehr lange. Die sind doch geschützt."

Salz sah sie mitleidig an. „Denk doch mal nach. Zwei vergiftete Mäuse und das Problem hat sich erledigt. Meinst du echt, die überlassen dermaßen teuren Raum ein paar Vögeln?"

Zurück in ihrem Zimmer rief sie Ulla wieder an. „Es sind Schleiereulen. Keine eingemauerten Frauen. Also alles harmlos."

Ulla seufzte erleichtert. „Aber Schleiereulen dürfen doch gar nicht getötet werden. Ich werde das mal vorsichtshalber an den Tierschutz weitergeben, damit das dokumentiert wird."

„Gute Idee, mach das. Wie gehts den Katern? Benehmen sie sich? Vermissen sie mich?"

„Ganz bestimmt, aber du kennst sie ja, sie zeigen das nicht. Man kann aber beobachten, dass sie neue Strategien suchen, um Charles wieder zu unterdrücken. Der versucht übrigens Willi auf seine Seite zu ziehen."

Willi war Sams Dobermann, der während der Kliniktage bei Ulla in Pension war. Eine Seele von Hund, verspielt und freundlich, aber nicht dumm. Er hielt sich aus den Streitereien für gewöhnlich heraus.

10.

Auch wenn der Wecker ihn mit einer Klaviersonate von Bach weckte, hasste Sam ihn dafür nicht weniger als das schrill klingelnde Exemplar zu Hause. Ein Blick aus dem Fenster genügte ihm, um zu beschließen, den Tag nicht mit der Frühgymnastik draußen zu beginnen. Es nieselte und sah wesentlich grauer aus, als es einem Septembermorgen zustand.

Zu seinem großen Bedauern stand ihm der hauseigene Butlerservice nicht zur Verfügung und er musste ohne Hilfe das Bad aufsuchen.

Vor dem Frühstück musste Frau Mohringer-Hellström nach dem Mafiosi schauen und sich diesem anschließen, egal, welche Tätigkeit er wählen würde.

Was waren nochmal die Alternativen zur Gymnastik? Joggen – niemals. Schwimmen – zu kalt. Yoga und Meditation – das klang doch einladend. Positiv und fokussiert den Tag beginnen. Für alle angebotenen Aktivitäten gab es für ihn, wie für alle anderen, die passende Kleidung im Schrank, versehen mit einem kleinen Schild, in seiner Größe und seinem fiktiven Einkommen angemessen.

Zufrieden mit der Ausstattung schritt er zügig zum Yogaraum, der im Keller des alten Gebäudeteils lag, vorbei an der kleinen Gruppe unter Aufsicht stretchender

Sportler. Draußen warteten ein paar Gäste auf Papadakis. Sie würden den Tag mit einem Ausritt beginnen. Die Pferde standen bereits gesattelt vor der Tür und schnaubten entspannt.

Frau von Kalbstadt kam ihm entgegen. „Haben Sie Mozart gesehen? Er ist verschwunden. Mozart?" Ohne auf eine Antwort zu warten war sie schon an ihm vorbei geeilt.

Der Yogaraum war niedrig, warm und indirekt beleuchtet, vor dem hinteren Teil hing ein schwerer orangener Vorhang und orientalische Klänge schwebten ihm sanft entgegen. Es duftete nach Räucherwerk und auf dem Boden lagen farbige Matten.

Sam trat als erster Teilnehmer ein. Hoffentlich kamen noch ein paar, sonst würde er nicht rechtfertigen können, dass er hier und nicht bei der Wassergymnastik war.

Plötzlich rannte Papadakis in den Raum, mit Stiefeln und Reithose bekleidet, in der Hand einen Helm und eine Gerte. „Hallo, Sam, keine Sorge, da kommen noch ein paar." Dann zog er den Vorhang beiseite, hinter dem eine verborgene Tür zum Vorschein kam. „Das ist meine geheime Abkürzung. Kannst du den nach mir zuziehen?" Und schon war er verschwunden.

Frau Wellen, die Sam bereits am Vortag kennengelernt hatte und kaum wieder losgeworden war, kam und setzte sich im Schneidersitz auf eine der Matten neben ihn. Er musste sich dringend etwas einfallen lassen. Auf die Art und Weise würde er sich später nicht auf Stalow konzentrieren können, von den anderen Gästen mal ganz zu schweigen. Sie hatte ihm unmissverständlich klar gemacht, dass sie an einem amourösen Abenteuer interessiert war, was in keiner Weise in seinem Interesse lag.

Noch vier weitere Teilnehmer kamen und ließen sich mit fließenden Bewegungen nieder, was Sam beunruhigte.

Er konzentrierte sich erst einmal darauf, sich auf den Boden zu setzen, ohne nach hinten zu rollen und seine Hüftgelenke vorsichtig zu dehnen, damit sie einen Schneidersitz zuließen. Ein hagerer Mann neben ihm nickte ihm aufmunternd zu.

Dann schritt eine Frau nach vorne, die ihn an einen langgliedrigen und eleganten Geparden erinnerte. „Namaste. Ich begrüße euch zu diesem wunderbaren Tag, den wir mit Achtsamkeit und Entspannung beginnen wollen. Mein Name ist Jana und ich begleite euch durch diese Momente der inneren Einkehr. Positive Energie durchströmt uns ...“

Ja, so hatte er sich das vorgestellt. Er hob die Hände mit den Handflächen nach oben über den Kopf und senkte sie aneinandergelegt wieder zum Herzen.

„Jetzt gehen wir in den Vierfüßerstand und erden die Fußrücken.“

Okay, das geht auch noch. Sitzen war aber besser.

„Lasst die Hände und Knie auf der Matte und macht einen Katzenbuckel, den Kopf zwischen die Arme. Dann hebt das Gesäß, stellt die Füße auf den Boden und lauft ein Stück auf eure Hände zu, ohne diese anzuheben.“

Wie sollte das denn gehen. Wie sah das denn aus, wenn der Hintern so hochgereckt ist? Gut, den reckten alle anderen auch, also nicht so schlimm.

„Streckt die Knie langsam durch, bis ihr den herabschauenden Hund erreicht habt, und bleibt einen Moment so. Tief ein und ausatmen.“

Nein, lieber mit den Knien auf der Matte bleiben, sicher ist sicher.

„Auch wenn das eine neue Übung für euch ist, versucht es bitte trotzdem. Die Beine müssen auch noch nicht gerade sein. Spürt ihr die Dehnung der Muskeln? Das tut gut."

Das tat weh. Und das ging gar nicht. Yoga sollte entspannt sein und nicht in irgendwelche Verrenkungen ausarten. Sam versuchte einen Schritt auf seine Hände zuzugehen, dabei entwich ihm ein Furz.

„..."

Los weiter, sonst wird es noch peinlicher. Frau Wellen kicherte schon mit Tränen in den Augen.

„Hier riecht es seltsam."

Okay, es reichte. So schlimm war das nun auch wieder nicht.

„Ja, stimmt, was ist das denn?" Ein weiterer Teilnehmer meldete sich zu Wort.

„Das ist das Räucherwerk. Lasst euch langsam herabsinken in den Fersensitz, bis eure Knie den Boden berühren, erdet die Fußrücken wieder und streckt die Arme weit nach vorn, den Kopf immer noch dazwischen. Wir werden eins mit den Schwingungen der Erde." Die Yogalehrerin versuchte die Stimmung zu erhalten.

Jemand hinter Sam hustete und der Raum wirkte ein wenig dunstig. Die anderen hockten noch vornübergebeugt mit geschlossenen Augen, den Kopf zwischen den Armen auf ihren Matten.

Sam richtete sich komplett auf und roch es jetzt auch. Er drehte sich um. Auf einmal standen die Vorhänge auf beiden Seiten der Tür in Flammen, die schnell auf die gesamte Dekoration und die ersten Matten übersprangen.

Rauchschwaden zogen unter der niedrigen Decke entlang und füllten langsam den Raum. Sie nahmen ihm den Atem, lähmten ihn, seine Angst ließ jede Bewegung doppelt schwer werden. Sam versuchte aufzustehen, konnte keinen klaren Gedanken fassen, was jetzt zu tun war. Schrille Schreie erklangen um ihn herum, alle rannten zur Tür, er wollte hinterher, nur raus. Luft, er brauchte Luft! Dann ein harter Schlag gegen seine Schläfe. Frau Wellen stieß im Eifer des Gefechts mit ihrem Knie an Sams Kopf, der benommen wieder auf die Matte sank.

Die Schreie wurden hysterisch, als die Erste die Tür erreichte und vergeblich versuchte sie zu öffnen. „Hallo! Aufmachen! Hilfeeeee! Ist denn da keiner! Es brennt! Hilfe!!!"

Alle schrien durcheinander, niemand kümmerte sich um Sam, der langsam wieder zu sich kam. Es dauerte eine Weile, bis er die Situation erfasst hatte.

Er hustete, seine Augen brannten. Mühsam, wie unter einer Lawine verschüttet, stemmte er sich hoch. Dann nahm er aus der Dekoration einen metallenen Gong und schlug mit einem Holzklöppel dagegen. „Zurück, weg von der Tür!"

Nach Luft ringend versuchte er die Schreie zu übertönen. Keine Chance. Er ließ den Gong fallen und riss den hinteren Vorhang an einer Stelle die noch nicht brannte herunter. Nikos Papadakis' Geheimtür. Sie war nicht verschlossen. Sam widerstand der Versuchung sie aufzureißen, da das Feuer dadurch nur noch mehr angefacht worden wäre.

Er lief zurück zu den schreienden Leuten, packte die ersten und zeigte auf die Tür auf der anderen Seite des Raums. Sie rannten hinter ihm her darauf zu, Sam drückte sie auf und sie stürzten nach draußen. Mit dem Schwall frischer Luft bekam auch das Feuer noch mehr Sauerstoff und die Flammen schlugen erneut hoch. Aber das war jetzt egal.

Sam stützte die Hände auf die Knie und versuchte zu Atem zu kommen, während die ersten ihm auf den Rücken klopften und sich für sein besonnenes Verhalten bedankten. Frau Wellen fehlte. Er rief nach ihr, bekam aber keine Antwort. Ohne weiter darüber nachzudenken stolperte er wieder in den Raum, aus dem dichter schwarzer Rauch quoll, ließ sich auf die Knie fallen und tastete umher. Die Frau lag zum Glück neben der Tür auf der Seite und war ohnmächtig geworden. Sam packte sie kurzerhand unter den Armen und zog sie ins Freie.

Inzwischen schrillte der Feueralarm durchs Haus. Security und Personal kam angerannt, jemand hatte einen Feuerlöscher dabei und versuchte sein Bestes, Yannic Gold wurde anderweitig beschäftigt.

Gemeinsam mit einem der Sicherheitsleute trug Sam die ohnmächtige Frau nach oben ins Foyer. Noch bevor Professor Schulte-Hoffmann sich um sie kümmern konnte, schlug sie die Augen auf, sah Sam an und lächelte selig. „Mein Retter." Das gab ihm den Rest.

„Wie konnte das nur passieren? Sam, das wäre Deine Aufgabe gewesen, so etwas zu verhindern!" Manfred Deber schritt im Besprechungsraum auf und ab. „Hast du dich vor Beginn alles gründlich angeschaut?"

Sam fühlte sich hundeelend, aber bevor er zugeben musste, dass er das nicht getan hatte, meldete sich Nikos Papadakis zu Wort. „Ich war kurz vorher drin und habe nichts gesehen, was irgendwie ungewöhnlich war. Such jetzt keinen Sündenbock, Manfred. Sam hat die Gäste gerettet. Toll gemacht." Er legte Sam eine Hand auf die Schulter und sah ihn ernst an. „Ich bin froh, dass wir dich hierhaben."

Nach einem Moment, der Sam mehr als peinlich war, drehte er sich wieder um. „Hat schon jemand Plan B aktiviert? Und die Nachrückerin am besten auch gleich. Damit es kein Gerede gibt."

Sam hatte keine Ahnung, wovon die Rede war.

„Ich kümmere mich darum." Deber versuchte sich erst gar nicht mehr als Krisenmanager, sondern ging mit seinem Telefon nach draußen.

Papadakis sah Schulte-Hoffmann an, der auf seine Füße blickte. „Wo ist Salz?"

„Der Hausmeister ist schon unten und schaut nach, was passiert ist. Er versucht den Schaden so schnell wie möglich zu beheben." Sam hustete noch leicht, der Rauch kratzte nach wie vor im Hals. Letzten Endes war der Brand doch noch mit Hausmitteln gelöscht worden und die Feuerwehr wieder weggefahren.

„Ich sags ja immer. Die Elektrik. Ich kann jetzt hier mit ein paar Leuten streichen und neue Vorhänge aufhängen, den Boden reparieren und bunten Plunder hinstellen, aber das ändert nichts." Salz stand, die Hände in die Hüften gestemmt und mit einer Zigarette im Mundwinkel, im verwüsteten Yogaraum und begutachtete den Schaden.

„Müssen Sie jetzt hier rauchen?" Deber war zu ihm getreten und versuchte nicht schmutzig zu werden.

„Wollen Sie mich auf den Arm nehmen? Hier stinkts wie in einer Räucherkammer." Trotzdem trat er die Kippe aus, was Deber wieder die Stirn runzeln ließ. Aber auch ihm war nicht entgangen, dass der dekorative Holzboden ohnehin ruiniert war.

„Rufen Sie alle Handwerker an, die Sie bekommen können. Oder haben Sie noch einen anderen Vorschlag?" Abwartend blickte er auf Deber.

Der zog sein Handy aus der Tasche. „Christina? Ja, ich bin es. Bestell doch mal den Elektriker, Schreiner, Maler und Innenausstatter. Die sollen sich bei Herrn Salz melden. Und beeil dich." Er legte auf und sah den Hausmeister an. „Was glauben Sie, wie lang das dauert?"

„Wenn Sie ordentlich was drauflegen, sollte es morgen, spätestens übermorgen fertig sein. Die müssen dann über Nacht in drei Schichten arbeiten. Alles eine Frage des Preises."

Deber wirkte überrascht. „Wirklich? Dann legen wir was drauf! Wenn wir den Raum so schnell herrichten könnten, würde das den Gästen signalisieren, dass es gar nicht so schlimm war. Machen Sie, machen Sie. Worauf warten Sie noch?"

„Aber Sie wissen schon, dass das nicht mein Job ist?"

„Es ist ein Notfall, das sehen Sie doch. Keine Sorge, es wird Ihr Schaden nicht sein."

Salz lachte tonlos, wischte sich die Nase an seinem Hemdsärmel ab und ging kopfschüttelnd davon. Auf dem Weg zündete er sich eine neue Zigarette an.

Mathilda saß im Kaminzimmer unter den wachsamen Augen des Elches und wartete darauf, dass der Barista ihr den nächsten doppelten Espresso servierte. Sie wusste, dass Sam bei Professor Schulte-Hoffmann in guten Händen war und versorgt wurde.

Trotzdem hatte sie weiche Knie, bei dem Gedanken, was alles hätte passieren können, wenn er diese ominöse Tür hinter dem Vorhang nicht gekannt hätte.

Sie hatte mitbekommen, dass die Gäste der anderen Gruppen beim Frühstück schon ihre Ansichten zur Sicherheit des Hauses ausgetauscht hatten und Frau Mohringer-Hellström alles in ihrer Macht stehende tat, um die Gemüter zu beruhigen.

Auch sie selbst hatte an ihrem Tisch den Vorfall heruntergespielt, genau wie Papadakis, der lustige Anekdoten zu abgebrannten Klöstern zum Besten gab.

Dann hatte Deber eine kleine Sensation angekündigt. Einer der Weltranglisten Ersten im Herrengolf war für den Nachmittag eingeladen worden, um eine Vorführung am Abschlag zu geben. Außerdem würde er für Interessierte einen zweistündigen Workshop leiten.

Der gewöhnliche Mob hätte sicher getobt, aber hier, in diesen gediegenen Kreisen, lachte man beifällig, nickte und fing sofort an Golfgeschichten zu erzählen.

Mathilda war gespannt, wie man die Nicht-Golf-Interessierten einfangen wollte.

Auf einmal hörte man im Foyer Kofferrollen und Rufe nach einem Butler wurden laut. Rasch nahm sie ihre Tasse mit und beobachtete die Szene an der Rezeption.

Eine Frau war angekommen. Frau Deber, die gerade in der Lobby herumlungerte, warf Mathilda einen scharfen Seitenblick zu, der sie an ihrem Platz festnageln sollte, und begrüßte den neuen Gast wie den Papst persönlich.

Der Versuch dessen Aufmerksamkeit zu bekommen, war allerdings vergeblich. Der gelangweilte Blick der Dame aus halb geschlossenen Augen streifte durch den Raum, dann ging sie mit wiegenden Hüften zum Empfang.

Ihr dezentes blaues Kostüm, die weißen Handschuhe und die halbhohen Pumps verrieten deutlich, dass es sich um jemanden handelte, der es gewohnt war in der Öffentlichkeit zu stehen. Diese Ausstrahlung und ihr Auftreten hätten sich selbst mit einem Kartoffelsack nicht verbergen lassen.

Mathilda war fasziniert und versuchte dahinter zu kommen, was diese Wirkung ausmachte. Die Haltung? Der Blick? Dann ärgerte sie sich darüber, dass man sie

nicht informiert hatte, damit sie auch diesen Gast überprüfen konnte.

Natürlich wusste sie, wer das war. Sie kannte das
Gesicht von Ullas Klatschzeitschriften. Der Name war
ihr entfallen, aber sie erinnerte sich noch, dass die Welt
rätselte, ob sie etwas damit zu tun hatte, dass ihr Mann
und ihr Liebhaber zusammen in dem Auto saßen, das
eine Klippe heruntergefallen und vollständig ausgebrannt
war. Wenn das stimmte, war sie eine Hauptverdächtige
und musste beobachtet werden.

Es war das erste Mal seit dem Unfall, dass die Dame
sich in der Öffentlichkeit zeigte. Ulla würde ausflippen,
wenn Mathilda ihr das erzählte. Von dieser hier konnte
sie ihr immerhin erzählen. Anders als bei dem Engländer
würde ihre Freundin sich beherrschen können und nicht
gleich hier auftauchen. Hoffte sie.

Zwei Gäste, die gerade aus dem ersten Stock herunter-
kamen, blieben wie angewurzelt auf der Treppe stehen,
tuschelten kurz, wobei der Name Ingeborg Franzen fiel.
Dann liefen sie so schnell es die Umgangsformen zuließen
wieder zurück nach oben. Die Geschäftsleitung hatte es
geschafft. Bald würde niemand mehr an den Yogaraum
denken.

Professor Schulte-Hoffmann kam dynamisch um die
Ecke, als ob er zwanzig Jahre jünger wäre. Er begrüßte
Ingeborg Franzen mit Küsschen links und rechts, die
selbstverständlich das makellose Make-up nicht berühr-
ten. Sofort taute sie etwas auf und wurde von ihm zu den
Zimmern geführt.

Frau Deber blieb an der Rezeption zurück und ließ ihre
Frustration an dem Blumenarrangement auf dem Tresen
aus, das danach ein wenig zerrupft aussah und von den
Empfangsdamen später heimlich entsorgt werden würde.

Die Handwerker kamen an. Mathilda fragte sich, wie viel ihnen mehr bezahlt wurde, damit sie sofort anrückten und nicht erst in ein paar Wochen. Eugen Salz brachte die Männer in den Keller zum Yogaraum und sie folgte ihnen.

Hier unten befanden sich noch weitere Räume, die Mathilda bisher noch nicht inspiziert hatte, wie zum Beispiel die Behandlungszimmer der Physiotherapeuten und einige Massagekabinen.

Etwas weiter hinten war ein Heizungsraum mit einer ganz neuen Holzpellet-Heizung. Sie wollte nur kurz hineinschauen, aber ihr Blick blieb an einem Rohr hängen, das mit Klebeband an einem Lüftungsschacht befestigt war. Die Konstruktion passte überhaupt nicht in die ansonsten sauber und professionell aufgebaute Anlage.

Sie kehrte zurück zum Yogaraum, aber Eugen hatte keine Zeit sich um sie zu kümmern, da alles möglichst schnell hergerichtet werden sollte. „Ich schau später danach. Jetzt grad nicht."

Also ging Mathilda selbst wieder zur Heizung. Stirnrunzelnd versuchte sie nachzuvollziehen, was hier wohin geleitet wurde. Das Rohr müsste eigentlich in den Kamin gehen. Jedenfalls prangte dort ein Loch der passenden Größe. Der Luftschacht, in den das Rohr jetzt führte, mündete in den nächsten Raum, zumindest sah es so aus. Dort lagerten aber nur Holzpellets. Der Schacht ging von hier aus weiter nach oben. Was war hier drüber?

Mathilda durchquerte den Yogaraum und verließ das Gebäude durch die hintere Tür. Dann zählte sie die Fenster, an denen sie vorbei kam, bis sie vor dem Lagerraum stand. Darüber lag das Kaminzimmer. Nein, nicht ganz. Es handelte sich um einen etwas kleineren Raum neben dem Kaminzimmer, in dem ein Billardtisch aufgebaut war.

Sie eilte durch das Foyer, bog ins Kaminzimmer ab und wäre beinah über Mozart gestolpert. Da sich von hinten Schulte-Hoffmann näherte, packte sie den Kater kurzerhand, warf ihn in den Billardraum und schloss die Tür. Dort würde ihn so schnell keiner finden. Dann trat sie dem Arzt lächelnd entgegen. „Professor Schulte-Hoffman, wie schön Sie zu sehen. Alles in Ordnung bei Ihnen?"

Er sah sie gereizt an. „Nicht ganz. Es hat gebrannt. Aber das ist Ihnen ja nicht entgangen, oder?"

Mathilda sah betreten nach unten. „Natürlich nicht. Wie geht es Herrn Schulz?"

„Soweit gut. Aber ich muss mich jetzt um unsere Gäste kümmern. Das verstehen Sie doch sicherlich." Aus dem Augenwinkel bemerkte er, wie sich von weitem seine Schwiegereltern näherten. Sie wedelten aufgeregt mit den Armen und riefen irgendetwas.

Wie der Blitz drehte er sich auf dem Absatz um und rannte die Treppe hoch. „Sie haben mich nicht gesehen."

„Bernhard! So warte doch! Wo ist er denn jetzt schon wieder hin? Wissen Sie, wo er hin ist?" Der ältere Mann schaute Mathilda fragend an, während seine Frau sich keuchend an einem der Sessel festhielt.

„Er wurde gerade zu einem Notfall gerufen. Ein Patient hat einen Golfball vor den Latz ... ich meine, vor die Brust bekommen. Schreckliche Sache. Sehr kompliziert." Irgendwie schaffte sie es dabei ernst zu bleiben. Die beiden stapften ohne ein Wort weiter.

Schnell drehte Mathilda sich um und öffnete die Tür zum Billardraum. Der Kater lag auf der Seite mitten auf dem Teppich, als ob er schliefe und bewegte sich nicht. Ein leichter Geruch nach verbranntem Holz lag in der Luft, aber darauf achtete sie nicht weiter. Sie kniete neben dem bewegungslosen Kater und versuchte ihn wachzurütteln.

Aber er schlief nicht. Er lag dort wie tot. Mathilda wurde es schwindelig. Das durfte doch nicht wahr sein! Er war doch eben noch ganz munter gewesen. Ihr Kopf tat weh. Das Rohr im Keller. Abgase!

Mit letzter Kraft stemmte sie sich hoch, packte im Aufstehen den Kater, taumelte mit ihm ins Kaminzimmer zurück und dann durch den Speisesaal auf die angrenzende Terrasse nach draußen. „Komm schon! Atme!"

Sie hielt das leblose Tier in den Armen, nahm dann kurzerhand die schmale Schnauze in den Mund und blies ihm etwas Atem in die Lunge. Vorsichtig versuchte sie eine schnelle Herzdruckmassage und beatmete ihn dann wieder. Kurz kam ihr der Gedanke, dass jetzt das fehlende Fell von Vorteil für sie war, sonst hätte sie lauter Haare im Mund gehabt.

Als sie schon kurz davor war aufzugeben, bewegte sich der Kater leicht, schlug die Augen auf und fauchte sie schwach an. Dann begann er zu zittern. Schnell trug sie ihn wieder hinein und legte ihn auf einen weichen Sessel. Sie wollte nur rasch das Fenster im Billardzimmer öffnen, bevor noch jemand zu Schaden kam, da rannte Mozart auch schon los.

„Jetzt sind es nur noch sechs Leben. Pass gut darauf auf." Sie sah ihm aufatmend hinterher und hoffte, dass er sich von selbst wieder erholte.

Salz war immer noch beschäftigt, aber jetzt ließ sie ihn nicht ausreden. „Komm sofort mit, hier ist was passiert."

„Ja, hier auch! Ich kann ..."

„Los jetzt. Ich bin eben fast erstickt. Kohlenmonoxyd. Das ist es doch, was auch beim Grillen in der Wohnung entsteht, oder?"

„Das entsteht auch beim Grillen draußen. Da merkst du es nur nicht. Was ist denn los?"

Mathilda zog ihn in den Heizungskeller und wollte auf das festgeklebte Rohr zeigen. Aber das steckte ordentlich abgedichtet im Kamin.

„Das kann doch nicht sein. Hier! Das war eben noch hier im Lüftungsschacht! Sie sehen doch, dass die Stelle geflickt ist. Da ist das Loch drunter."

Eugen sah sie an, als ob sie nicht ganz dicht wäre. „Hast schon einen Cognac gehabt? Zwei?"

„Nein, verdammt! Das Rohr war hier angeklebt! Ich hab nachgeschaut! Der Schacht geht nach nebenan und dann hoch ins Billardzimmer. Mir ist schwindelig geworden und der Kater ist beinah an dem austretenden Gas gestorben."

Eugen betrachtete schweigend zur Decke. „Ja, hier drüber ist das Billardzimmer. Aber wer sollte das Rohr hin- und wieder zurückgesteckt haben? Bist du dir sicher?"

Mathilda betastete den Luftschacht. „Hier, fühl mal, da sind noch Klebstoffreste. Das war Panzerband oder sowas."

Eugen nickte. „Klebt. Aber trotzdem. Hier war ja niemand. Der hätte ja an uns vorbei gemusst. Weißt du was? Trink mal nen ordentlichen Espresso und denk nochmal nach." Damit drehte er sich um und ging zurück zur Baustelle.

Mathilda rang mit sich, was sie nun tun sollte. Deber. Sie musste ihn informieren, auch wenn sie befürchtete, dass er ähnlich reagierte.

„Eine Kohlenmonoxyd-Vergiftung? Diese hässliche Katze? Ist sie endlich tot?" Deber sah für einen Moment regelrecht erfreut aus.

„Nein, ist sie nicht! Das sagte ich doch. Ich hab sie wiederbelebt, aber …" Sie konnte nicht glauben, was sie hörte.

„Ach Frau Rosenbaum, vielleicht haben Sie sich ja geirrt. Herr Salz hat kein falsch geleitetes Rohr gefunden und diese Katze hat einfach nur unsere Pflanzen angefressen und nicht vertragen." Er nahm seine Brille ab und massierte sich erschöpft den blassen Nasenrücken. „Hören Sie, wir überprüfen das noch einmal. Wenn es einen direkten Zugang vom Billardzimmer zum Heizungsraum gibt, lasse ich ihn verschließen. Diese Systeme können in der Tat Gase abgeben. Eigentlich sollte dort nichts herauskommen, aber man weiß ja nie. Einverstanden? Und jetzt widmen wir uns wieder dem Brand."

Sam und seine Kollegin trafen sich in der Bibliothek.

„Wie gehts Ihnen?" Mathilda sah ungewohnt besorgt und ernst aus. „Das war eine ziemlich coole Nummer von Ihnen, die Frau aus dem brennenden Raum zu retten."

Sam winkte ab. „Sie lag neben der Tür. Ich habe nur noch leichte Kopfschmerzen. Bernhard hat mich mit Sauerstoff versorgt."

Mathilda war erstaunt. Ein Schluck Kuhmilch konnte ihn über Tage aus der Bahn werfen, Katzenhaare brachten ihn fast um, aber ein brennender Raum verursachte keine weiteren Probleme.

„War das jetzt ein Unfall oder ein Anschlag?" Sie sah grübelnd aus dem Fenster. „Wie können wir das rausbekommen?"

„Fragen Sie doch Ihren Freund Salz. Der hat alles genau angeschaut und ist vom Fach. Zumindest tut er so." Sam wirkte jetzt doch etwas blass und setzte sich in einen der Ledersessel.

„Nein, der glaubt, ich spinne. Das war nämlich nicht der einzige Anschlag heute." Sie erzählte ihm von ihrer Entdeckung und der halbtoten Katze.

„Sie haben die Schnauze in den Mund genommen? Ihnen ist schon klar, dass das Tier sich den After leckt, sobald es seine Notdurft verrichtet hat?" Sam verzog das Gesicht und schlug mit einer Hand auf die Sessellehne. „Gottverdammt, Frau Rosenbaum! Warum müssen Sie immer so eklige Sachen anstellen? Behalten Sie doch diesen Teil der Erzählung das nächste Mal für sich. Ich fühle schon, wie ich Herpes bekomme!"

„Die Katze war fast tot, ich hab gerade noch gemerkt, dass im Zimmer was nicht stimmt. Sonst wäre ich auch umgefallen. Und Sie sorgen sich um Ihre Pickel am Mund?" Mathilda schnappte nach Luft, fing sich aber rechtzeitig wieder. „Wenigstens bezweifeln Sie aber nicht das Ganze. Salz meinte, ich hätte mir das nur eingebildet."

„Nein, das haben Sie nicht. Sie sind völlig phantasielos, sonst hätten Sie sich vorher ausgemalt, wo die Katze die Schnauze hatte bevor Sie ..."

„Es reicht! Sie würden Willi doch auch beatmen."

„Willi ist mein Seelenverwandter. Das ist was anderes." Sam betrachtete seine perfekt manikürten Fingernägel.

„Willi ist ein Dobermann und beschnüffelt jeden Laternenpfahl, der sich ihm in den Weg stellt. Aber okay, lassen wir das. Zwei Anschläge heute. Das ist viel. Das ist mir ehrlich gesagt zu viel. Wir müssen mit den Dreien reden und die Polizei verständigen. Ich verzichte gerne auf das Motorrad, aber nicht auf mein Leben. Damit hab ich noch was vor."

Sam sah nur betreten vor sich auf den Boden.

„Was denn? Schon wieder dieser ominöse Gefallen? Solange Sie nicht damit raurücken, was das war, nehm ich keine Rücksicht darauf. Wie groß kann denn so ein Gefallen sein, wenn erst Sie und dann ich dafür draufgehen?"

„Sie haben ja recht. Irgendwie. Aber genau für solche Vorfälle sind wir doch hier. Sehen Sie es positiv! Sie haben heute Ihren Job gemacht und Erfolg gehabt. Wer weiß, wem Sie alles das Leben gerettet haben!"

Mathilda blickte ihn nur kopfschüttelnd an. „Wie haben denn Deber und Papadakis auf das Feuer reagiert? Die müssen ja außer sich sein. Unter den Gästen hat sich der Brand schon rumgesprochen. Die scheinen aber cool zu bleiben. Sie sind deren Held. Vor allem die Blondine sieht in Ihnen einen neuen John Maynard."

„Woher kennen Sie denn John Maynard?" Sam sah zu ihr auf.

„Ich weiß, Sie glauben, dass ich nicht über die vierte Klasse hinausgekommen bin, aber ich bin vor langer, langer Zeit doch ein paar Jahre mehr zur Schule gegangen und durfte diese wunderbare Ballade auswendig lernen:

John Maynard war unser Steuermann,

aushielt er, bis er das Ufer gewann,

er hat uns gerettet, er trägt die Kron',

er starb für uns, unsre Liebe sein Lohn.

Sie sollten sich dem Volk im Speisesaal zeigen, sonst glauben die am Ende, dass Sie tot sind."

„Ja, ich weiß, aber noch liegen alle im Quellbad. Ich werde zum Mittagessen nach unten gehen. Vorher habe ich noch eine Shiatsu Massage. Mein Qi hat sich aufgestaut."

„Ihr was hat sich aufgestaut? KI wie künstliche Intelligenz? Ich dachte, immer, Sie seien ein Naturtalent."

„Kaum lassen Sie einen Hauch Bildung erkennen, zerstören Sie diesen Eindruck schon im nächsten Satz. Bei meinem Qi handelt es sich um die Lebensenergie, sie muss ungehindert fließen. Und wenn das nicht gewährleistet ist, kann eine kundige Hand solche Blockaden lösen."

„Und Sie mutieren gerade vom Helden zur Memme. Das ist nicht Ihre Lebensenergie, die gestaut ist, Sie haben einfach nur Verstopfung. Kommt von zu viel Weißbrot und zu wenig Bewegung."

„Also wirklich, Frau Rosenbaum, da fehlt Ihnen doch die nötige Kompetenz. Jedenfalls muss ich dann noch diese Frau Wellen loswerden, sie verhindert, dass ich mich mit der Mafia verbrüdere und mit den anderen Gästen ins Gespräch komme. Sie haben wohl keine hilfreiche Idee dazu?"

Mathilda überlegte einen kurzen Moment. „Sagen Sie ihr, Sie seien schwul. Dann weiß sie, dass sie sich anderweitig nach Unterhaltung umsehen muss."

Sam schüttelte den Kopf. „Nein, nicht hilfreich. Das entspräche nicht meiner Natur und wer weiß schon, wer sich dann für mich interessiert. Ich werde es wie Sie machen. Ich werde improvisieren."

„Haben Sie eigentlich vom neusten Coup der werten Geschäftsleitung gehört? Um von dem Brand abzulenken kommt heute Nachmittag irgend so ein Golfprofi und zeigt den Herrschaften, wie rum man den Schläger halten muss."

„Ja, ich habe es gerade eben gehört, das wird ein unvergessliches Erlebnis! Ich bin schon ganz aufgeregt!" Sams blasses Gesicht rötete sich vor Vorfreude. „Ich werde ihn fragen, was er von meinem Flop hält. Das ist meine Spezialität."

„Ähm ... ja. Machen Sie das."

„Was haben Sie schon erlebt?"

„Bei weitem nicht so viel wie Sie! Neben meinem Zimmer nisten Schleiereulen. Ich hab heute Vormittag nur Gespräche belauscht und eine neue Wespe befreit. Ich muss mit dem Zimmermädchen doch mal ein Wörtchen reden, sonst bringt sie den wirklich noch um. Außerdem hat der verdammte Koch versucht die Gänseleberpastete auf dem Frühstücksbuffet unterzubringen. Und er wollte für Sushi tatsächlich Blauflossenthunfisch bestellen und hat behauptet, dass er nicht wüsste, dass die kurz vor dem Aussterben stehen. Gab dann auch wieder Diskussionen mit der gnädigen Frau, die meinte, dass der Fisch doch eh schon tot sei. So viel Ignoranz auf einem Haufen ist erstaunlich. Ulla hat übrigens zu Stalow nichts gefunden. Das kann gut oder schlecht sein. Also seien Sie auf alles gefasst. Und ich besuch jetzt nochmal Salz." Mathilda wandte sich zum Gehen, aber Sam hielt sie auf.

„Moment! Was war in der Truhe?"

„Woher wissen Sie, dass ich nochmal dort war?"

„Weil ich Sie kenne. Sie sind völlig unfähig sowas auf sich beruhen zu lassen. Also?"

„Ein Reh."

„Nein."

„Doch."

„Haben Sie versucht, es auch wiederzubeleben?"

„Keine Chance."

„Und jetzt? Sie regen sich nicht angemessen auf. Was ist los?"

„Irgendwas stimmte nicht mit dem Reh. Es war nicht richtig gefroren und es sah ... keine Ahnung ... es sah aus, wie ausgestopft. Ich muss da nochmal hin."

Sie fand den Hausmeister in seiner Werkstatt, wo er einen kleinen Intarsienschrank auf dem Arbeitstisch untersuchte.

„Ist er noch zu retten?"

„Wer? Der Laden hier? Glaub ich nicht."

„Ich meinte das Schränkchen."

„Ja, das ja. Das wird uns noch alle überleben." Vorsichtig entfernte Salz einen der silbernen Möbelknöpfe.

Mathilda setzte sich in die Ecke und sah ihm einen Moment lang schweigend zu. Er wischte und polierte, untersuchte und schraubte. „War das ein Unfall?"

„Keine Ahnung. Man könnte sagen es war Fahrlässigkeit." Die Frage schien ihn nicht zu erstaunen. „Aber vielleicht hat auch einer absichtlich was gezündelt. Wer weiß das schon?"

„Wer könnte das sein?" Mathildas Puls trat aufs Gas.

Eugen drehte sich zu ihr um. „Glaubst du, die drei Vögel waren die Einzigen, die das Haus haben wollten? Das ist Toplage, ein Traum. Wenn man sich nicht blöd anstellt sogar eine Gelddruckerei."

„Und wer hatte noch Interesse?"

„Ein Hotelkonzern hat noch mitgeboten. Deshalb ist der Preis auch viel zu hoch gegangen. Dem Konzern war das egal. Die spekulieren glaub ich drauf, dass die hier pleitegehen und sie dann das Ding voll ausgestattet für einen Appel und 'n Ei kaufen können. Ich schließ jetzt mal nicht aus, dass die das nicht ein bisschen beschleunigen würden."

Mathilda war baff. Endlich ein Verdächtiger. „War noch jemand interessiert?"

„Ja, noch so eine Klinikkette. Aber die waren eher verhalten, wegen dem Denkmalschutz. Im Prinzip darfst du ja noch nicht mal eine Hundehütte in den Park bauen. Wie die das hier mit den Anbauten hinbekommen haben, ist mir ein Rätsel."

Also zwei Verdächtige, die das Unternehmen gerne den Bach runtergehen lassen würden. Wenn es denn stimmte. Wie war das noch? Wenn Nikos Papadakis getrunken hatte, sagte er die Wahrheit. Mathilda brach bald darauf auf.

Als Erstes wollte sie versuchen mit Papadakis zu reden, den sie noch nicht richtig einschätzen konnte. Frau Deber hatte sich hinter einer Säule versteckt und wollte ihr in den Weg springen, aber Mathilda tat ihr nicht den Gefallen direkt an ihr vorbeizugehen, sondern umrundete sie in einem Bogen und lächelte sie unschuldig an.

Sie traf Papadakis und Professor Schulte-Hoffmann im Kaminzimmer und setzte sich mit einem doppelten Espresso dazu. „Ich hoffe, ich störe nicht. Alles in Ordnung? Irgendwas Auffälliges?" Sie rührte drei große Löffel Zucker in das Gebräu.

Papadakis presste die Lippen zusammen und wippte mit einem Knie auf und ab.

„Der Kollege Papadakis ist unzufrieden, weil er das Kindermädchen für unseren Gast Yannic Gold spielen muss. Was hast du eigentlich heute Morgen mit ihm veranstaltet?" Professor Schulte-Hoffmann ließ sich grinsend in den Sessel zurücksinken und nahm vom Barista einen Kaffee entgegen.

„Ich habe ihm eine Nahtod-Erfahrung verschafft. Fallschirmspringen mit verklemmtem Fallschirm. Schauen Sie mich nicht so an, Frau Rosenberg. Ich hatte die Situation vollkommen unter Kontrolle. Leider hat es ihn nur mäßig beeindruckt. Er fand es cool. Das war alles. Cool. Was erwartet der denn? Wir sind eine Kurklinik! Ich wollte jetzt nicht den Reiseleiter für gelangweilte Yuppies spielen!"

Schulte-Hoffmann lachte. „Du Armer, ist doch nur die eine Woche! War er eigentlich schon zur Komplettuntersuchung? Schick ihn doch zu mir, ich finde bestimmt etwas, das ihn ein bisschen auf den Teppich holt."

Papadakis warf ihm einen Seitenblick zu und grinste. „Sag ihm er muss sich dringend schonen, sonst fallen ihm bald die Haare aus."

Der Professor nickte nachdenklich. „Auch eine Idee. Ich dachte zwar an Stress-Akne, aber warum nicht Haarausfall."

Papadakis und er gaben sich high five. „Bis heute Abend, ich muss mich jetzt dringend um den Stapel Papier auf meinem Schreibtisch kümmern. Man sieht sich."

Die Männer standen auf und gingen. Mathilda würde es später noch einmal versuchen. Am Abend, wenn die anderen im Vortrag saßen. Bei diesem ging es um die Auswirkungen von Alkohol und Zucker auf den Organismus. Den würde er sich sicherlich nicht antun.

Mathilda beschloss, sich eine kleine Auszeit zu nehmen. Der Job war doch wesentlich anstrengender, als sie gedacht hätte.

11.

Die Gäste hatten den ganzen Tag über Programm gehabt. Jeder war ausführlich untersucht worden, hatte einen individuellen Plan für die Woche bekommen und sofort mit den unterschiedlichsten Aktivitäten angefangen.

Das MRT stand nicht still, vor allem die verschiedenen Massagen waren sehr gefragt sowie Aquagymnastik und Saunen. Aber einige der Eingeladenen besuchten auch die therapeutischen Gespräche oder ließen sich hypnotisieren um schlechte Angewohnheiten aus dem Unterbewusstsein zu verbannen.

Ein Gast war ins Krankenhaus eingeliefert worden. Das Gerücht ging um, dass Professor Schulte-Hoffmann etwas Bedrohliches diagnostiziert hatte und er unverzüglich operiert werden musste. Anerkennendes Gemurmel folgte zu dem Thema. Vielleicht hatte die Woche einem von ihnen das Leben gerettet. Gut, dass sie hier waren.

Keiner erwähnte mehr den Brand. Die Handwerker arbeiteten schnell und diskret, man hatte sich anderen Themen zugewandt. Die meisten standen mit dem Golfprofi am Abschlagplatz.

Thema Nummer zwei war der neue Gast, Ingeborg Franzen. Um sie direkt anzusprechen war man zu wohlerzogen, Neugier offen zu zeigen so etwas tat man ebenfalls nicht. Nur Yannic Gold fotografiert sich mit ihr, suchte dann aber wieder das Weite. Von allen anderen wurde die Arme nur aus der Ferne beobachtet und höchstens mit höflichem Nicken bedacht.

Sobald man unter sich war, blühte der Tratsch wie eine Frühlingswiese in allen Farben, aber erst, nachdem man sich gegenseitig mehrmals versichert hatte, dass man Klatschzeitschriften ja gar nicht las. Das Leben dieser Menschen – vor allem solcher – waren einem ja im Prinzip egal. Man hatte schließlich wesentlich Wichtigeres zu tun, spielte in einer ganz anderen Liga, hatte ein eigenes, interessantes Dasein.

Auf der Suche nach Störungen, Gesprächspartnern und Hinweisen auf Attentate schlenderte Mathilda durch die Klinik, hatte das Bett des Wurstfabrikanten erneut nach Wespen abgesucht und ein kurzes aber ernstes Gespräch mit einem der Zimmermädchen geführt, das sich schnell einsichtig gezeigt hatte.

Wann immer sich die Möglichkeit ergab, ließe sie dem Personal gegenüber ein paar abfällige Bemerkungen über Deber fallen, aber ihr Plan, so deren Vertrauen zu gewinnen, ging nicht auf.

Im Kaminzimmer saß die Nacktkatze auf einem der Ledersessel und verrenkte sich bizarr, um sich den Po sauberlecken zu können, was bei haarigen Katzen schon seltsam genug aussah. Mozart hatte dazu noch ein faltiges Gesicht, das immer missbilligend wirkte, und Mathilda ging schnell weiter, da sie sich von ihm beim Zuschauen ertappt fühlte.

Sie besuchte den Raum der Security, wo die Monitore die verschiedenen Kamerabilder der Flure, Wartebereiche und ein paar Außenbereiche zeigten.

Auf einem der Monitore erregte ein Mann mit wilden, strohblonden Haaren wie der englische Premier Boris Johnson, Mathildas Aufmerksamkeit, der allein neben einer Säule in einem Gang mit Zimmern stand, die nicht belegt waren. Er sah wütend aus, gestikulierte, aber leider konnte man nicht hören, was er sagte.

Mathilda ließ sich auf einem Plan zeigen, um welchen Flur es sich handelte, verließ den Raum und lief schnell in die angezeigte Richtung. Ein wenig aus der Puste blieb sie hinter einer Ecke stehen und zwang sich dazu, ruhiger zu atmen, um besser hören zu können.

„Die bringen mich um, wenn ich jetzt nicht handele. Verstehst du das? Ich bin am Ende, also was bleibt mir da noch übrig?"

Als der Andere sprach, entstand eine Pause, während der der Boris Johnson Verschnitt hin und her lief.

„Nein, ich werde jetzt an mich denken. Soll der Laden doch in die Luft gehen, das ist mir egal."

Wieder eine Pause während der er mit rotem Kopf und schwer atmend aus dem hinteren Flurfenster sah.

„Noch diese Woche. Ja. Du hörst von mir."

Er ließ die Hand mit dem Handy sinken und starrte weiter nach draußen.

Mathilda war alarmiert. War mit dem Laden die Klinik gemeint? Sie musste sofort mit jemandem darüber reden.

Mathilda fand Sam bei der Pediküre, wo er sich angeregt mit einem Mann mit deutlichem Schweizer Akzent unterhielt.

„Ich würde das hier ja vollkommen anders organisieren. Effizienter. Nehmen wir beispielsweise den Raucherpavillon draußen. So ist er doch eine reine Vergeudung. Dort muss ein Whirlpool hinein, verstehen Sie? Stellen Sie sich vor, wie Sie im Winter, wenn alles tief verschneit ist, mit einem Glas Champagner in diesem Whirlpool sitzen. Das ist doch mal eine vortreffliche Sache. Ich hätte auch schon eine Idee, wie das umgesetzt werden kann. Morgen lege ich Herrn Papadakis einen entsprechenden Plan vor."

Mathilda versuchte ihrem Kollegen unauffällig ein Zeichen zu geben, woraufhin er seufzend die Behandlung und das Gespräch beendete und zu ihr kam.

„Wo ist die Mafia?"

Sam verdrehte die Augen. „Nicht so laut! Herr Stalow ist nebenan zur Massage und hat danach Physiotherapie, da er ein schiefes Becken hat."

„Oh, Sie scheinen sich ja richtig reinzuhängen! Löblich! Es gab Interessenten für das Haus hier, die immer noch darauf warten zuschlagen zu können."

„Wie bitte? Zuschlagen? Ich verstehe nicht ganz."

„Nicht im wörtlichen Sinne." Mathilda erzählte ihm von den Kaufinteressenten und dass Salz einen Anschlag zumindest nicht ausschloss.

„Ich spreche mal mit Bernhard. Das hätte er uns doch sagen müssen! Noch etwas?"

„Ja, ich hab einen Typ belauscht, sah aus wie Boris Johnson, der handeln will, weil sonst der Laden in die Luft fliegt. Ich habs nicht ganz verstanden. Könnte woanders sein, könnte hier sein."

Sam wanderte stirnrunzelnd auf und ab. „Den Kerl kenne ich nicht, aber Bernhard bestimmt. Ich sehe zu, dass ich so schnell wie möglich einen Gesprächstermin mit ihm und Deber bekomme. Dann passen Sie solange auf unser russisches Sorgenkind auf."

„Wo haben Sie denn diese absurde Geschichte her? Niemand wartet darauf, dass wir pleitegehen. Wir fangen gerade an!" Der Blick, den Deber bei der Ansprache dem Kollegen Schulte-Hoffmann zuwarf, sagte allerdings etwas anderes. Der sah auf seine Hände und erwiderte nichts.

Mathildas Brauen zogen sich zusammen und es lag Gewitterstimmung auf ihrem Gesicht. Damit kein Porzellan zerschlagen wurde, schaltete Sam sich ein. „Vielleicht ist euch der Gedanke ja noch gar nicht gekommen, aber ich muss euch darauf hinweisen, dass wir nur effektiv arbeiten können, wenn wir über alles Bescheid wissen."

Die beiden Gesellschafter schauten sich an und Schulte-Hoffmann zuckte leicht mit den Schultern, woraufhin Deber resigniert schnaufte. „Na ja, so ganz ist der Verdacht vielleicht doch nicht von der Hand zu weisen. Aber ich glaube nicht, dass die Mitbewerber unseren Yogaraum angezündet haben. Wie sollte das gehen?"

„Das weiß ich nicht. Um wen genau handelt es sich denn bei diesem Interessenten? Wir müssen ihn überprüfen." Mathilda zog ihr Handy aus der Tasche, um sich Notizen zu machen.

Deber rang die Hände. „Das ist doch keine einzelne Person, das sind Investorengruppen. Deswegen halte ich das auch für unwahrscheinlich. Die haben damals versucht, das Objekt zu bekommen, es hat nicht geklappt, also suchen sie sich ein neues. Solche Firmen sind zwar skrupellos, aber nicht in der Art und Weise, dass sie Vorhänge in Brand setzen oder derlei in der Art."

Schulte-Hoffmann wiegte den Kopf hin und her. „Da bin ich mir nicht so sicher. EinePerson, die mit uns verhandelt hat, hatte schon eine persönliche Beziehung zu dem Haus. Es gehörte früher einmal seiner Familie. Als er nicht mehr weiter bieten durfte und wir den Zuschlag bekamen, hat ihn das schon gewurmt. Ich suche mal den Namen heraus. Er findet sich bestimmt in den Unterlagen.

Könnt ihr ihn überprüfen, obwohl ihr hier seid? Vielleicht steht ja irgendwo etwas über ihn. Es war ein komischer Kerl, irgendwie anders als diese Investment-Typen sonst so sind."

Mathilda wurde neugierig. „Wie sind die denn sonst so?"

Schulte-Hoffmann hob die Hände ein Stück. „Unter unseren Gästen sind einige. Vom Typ her sind sie eher distanzierter, bleiben an der Sache, werden nicht persönlich. Sie sind beherrscht und meistens auch ziemlich arrogant. Immerhin wissen sie einen Konzern mit viel Geld hinter sich. Da können durchaus Allmachtsphantasien aufkommen. Irgendwann brechen sie aber zusammen und dann sind wir für sie da und päppeln sie wieder auf. Dieser Typ damals wirkte jedenfalls nervös, man spürte deutlich sein persönliches Interesse. Er war wütend auf uns, weil wir so hoch geboten haben, und wurde regelrecht beleidigend. Vielleicht hatte er auch irgendetwas eingeworfen."

Sam nickte. „Unser Büro ist besetzt. Kein Problem. Wenn es etwas über ihn gibt, finden wir das. Ich brauche nur noch seinen vollständigen Name und die Firma, für die er arbeitet."

„Warte mal, hier ist er doch. Wilhelm Mintzler Junior und die Firma für die er arbeitet heißt Höhler-Invest."

Deber sah auf seine Uhr. „War es das? Ich will noch zum Vortrag."

„Nein, ich hätte da noch was." Mathilda fasste das belauschte Gespräch im Flur zusammen.

„Weißt du, wer das sein soll?" Deber schaute Schulte-Hoffmann fragend an, der griff zum Telefon. „Hi, Nikos, ich bin's. Haben wir einen Gast, der wie Boris Johnson aussieht? Ah der. Gut, danke." Er beendete das Gespräch und steckte das Handy wieder ein. „Hansen. Sagt dir der was, Manfred?"

Deber nickte. „Ja, leider. Er ist mit ein paar krummen Geschäften aufgefallen und verliert seinen Posten – und wenn er Pech hat nicht nur den. Ich glaube nicht, dass wir ihn, wenn die Woche vorbei ist, hier nochmal sehen. Höchstens wenn er sich als Nachtwächter bewirbt. Aber er wird sich benehmen. Das Geschimpfe bezieht sich auf seine Firmen."

„Ah, jetzt weiß ich, wen ihr meint. Ja, der hatte einen verdammt hohen Blutdruck. Behaltet ihn trotzdem ein bisschen im Auge. Nicht, dass der am Ende noch Amok läuft."

Mathilda nickte und ging zur Tür, als Deber sie einholte und ansprach. „Mir ist zu Ohren gekommen, dass Sie über mich geredet haben. Meine Mitarbeiter haben sich über Sie beschwert. Ich glaube, Sie sind da auf einem falschen Weg."

Mathilda zuckte nur die Achseln. „Hab ich ja angekündigt. Jetzt wissen Sie wenigstens, dass die schon mal loyal sind."

Als er fort war, ging Sam, der auf Mathilda gewartet hatte, zum Aufzug, während sie die Treppen nehmen wollte.

„Alles in Ordnung mit Deber?"

„Ja, er scheint beim Personal recht beliebt zu sein." Sie schüttelte ungläubig den Kopf.

„Warum auch nicht. Gehen Sie auch zum Vortrag?" Sam hatte es nicht eilig wieder nach unten zu fahren.

„Nein, ich such nach Papadakis. Ich will ihn näher kennen lernen. Und vielleicht besuch ich nochmal allein das Reh. Mal sehen, was es zu erzählen hat." Mathilda blieb auf der obersten Stufe stehen. „Alles okay mit Ihnen?"

Sam seufzte tief. „Frau Wellen will sich mit mir an der Kräutertee-Bar neben dem Schwimmbad treffen, wenn die anderen im Vortragsraum sind."

„Na bravo! Warum nicht den Job mit ein bisschen Vergnügen verbinden. Herr Schulz, das hätte ich Ihnen nicht zugetraut."

„Also bitte! Das wird auch nicht passieren. Ich werde ihr mitteilen, dass aus uns nichts wird, sonst kann ich nicht arbeiten. Das wird mir allmählich zu nervenaufreibend mit ihr."

„Auweia, na dann viel Erfolg. Machen Sie es, wie Pflaster abreißen. Kurz und schmerzlos. Sie wird sich schnell einen anderen angeln." Mathilda versuchte nicht zu grinsen, was ihr aber angesichts Sams Verzweiflung schwerfiel.

An der Smoothie-Bar traf sie Papadakis, der hinter dem Tresen seinen Orangensaft mit einem Schluck aus einem Flachmann aufpeppte.

„Haben Sie Mozart gesehen?" Frau von Kalbstadt wehte durch die Räume heran und sah die beiden flehend an. „Er ist seit heute Morgen verschwunden."

Papadakis schüttelte den Kopf und sah ihr tief in die Augen. „Nein, aber keine Sorge. Er wird sicherlich nicht rausgehen, da ist es zu kalt und hier drinnen kann ihm nichts passieren. Er erlebt hier ein paar schöne Tage! Versuchen Sie das Gleiche."

Mathilda wartete, bis Frau von Kalbstadt weitergegangen war. „Und wo ist Mozart?"

Papadakis bückte sich und hob den Kater auf, der sich dort versteckt hatte. „Ich habe ihn heute Morgen aus ihrem Zimmer gelassen. Der arme Kerl hockt da den ganzen Tag allein herum. Er ist zwar kein schöner Anblick, aber nett ist er. Hm?" Er tippte mit seiner Nase die Nase des schnurrenden Tiers an, das sich an ihn schmiegte. Mathilda überlegte, ob ihre Kater unter ihrem Fell auch so bizarr aussahen.

„Was kann ich für Sie tun? Gab es Beschwerden? Irgendwas besonders?" Papadakis ließ den Kater wieder auf den Boden, worauf er sich schnurrend an seinen Beinen rieb.

„Nein, nichts Wichtiges. Der Bewohner aus Zimmer vier hat sich aufgeregt, weil es im Flur angeblich nach Marihuana riecht."

Papadakis grinste. „Wenn es mal so wäre. Das ist der Bewohner aus Zimmer sieben, der hat seine Räume mit einem Räucherritual gereinigt, bevor er ausgepackt hat. Das duftet so ähnlich."

„Ja, ich weiß, hab ich ihm auch gesagt, hat er aber nicht geglaubt. Na egal. Ich komm wegen was ganz anderem zu Ihnen. Haben Sie ein bisschen Zeit?"

„Aber sicher. Der goldene Yannic weiß jetzt, dass er krank ist und somit habe ich Feierabend. Worum gehts denn?"

„Um Motorräder. Ich will mir eventuell eine Enduro kaufen. Haben Sie ein paar Tipps für mich?"

Und damit hatte sie auf den richtigen Knopf gedrückt.

„Ah, da kann ich Ihnen eine Menge zu sagen. Ich wohne übrigens hier im Haus, oben unterm Dach. Kommen Sie doch in einer Stunde zu mir, dann zeige ich Ihnen ein paar Zeitschriften, Testergebnisse und Prospekte! Hier der Aufzug fährt direkt vor die Wohnung." Papadakis führte sie zu einer unauffälligen Tür und öffnete sie. Dahinter verbarg sich eine offene Kabine, die mehr an einen kleinen Lastenaufzug erinnerte als an einen Lift für Personen.

Besser konnte es nicht laufen. Mathilda suchte den Barista im Keller auf, wo er seit dem Nachmittag im Wäscheraum einen schwunghaften Handel mit im Haus verbotenen Spirituosen betrieb. Sie erstand eine Flasche Rum, dann gab sie der Küchenhilfe ein paar Euro und bekam ein Netz Limetten und eine Tüte braunen Zucker.

Anschließend frischte sie in ihrem Zimmer das Abdeck-Make-up auf ihren Tattoos auf. Dabei fragte sie sich kurz, wie es wohl Sam ging, schob das aber beiseite. Sie wollte sich jetzt um Papadakis kümmern. Vielleicht hatte Eugen Salz seine Informationen von ihm und das wäre dann eine günstige Gelegenheit nachzuhaken.

Sie musste nur aufpassen, dass sie halbwegs nüchtern blieb. Vorsichtshalber steckte sie ein Diktiergerät ein, damit sie bei einem Filmriss das Gespräch am nächsten Tag abhören konnte.

12.

„Kommen Sie rein, meine Liebe. Ach, unter Bikern duzt man sich doch. Sag bitte Nikos. Komm rein, Mathilda. Was hast du uns denn Gutes mitgebracht? Oh? Beim Barista eingekauft?" Er kam ihr mit offenen Armen entgegen, sobald die kleine Aufzugkabine anhielt.

Mathilda war beeindruckt. Vom Treppenhaus aus betrat man gleich das Wohnzimmer, das keine Zwischendecke bis zum Dachfirst hatte. Ein Fenster auf der gegenüberliegenden Seite reichte vom Boden bis zur Decke und bot einen unglaublichen Ausblick auf die hügelige und bewaldete Landschaft.

Links davon war ein offener Kamin, über dem mehrere Billard-Queues hingen und Pokale aufgereiht waren. Davor stand ein Sofa und zwei Sessel. Sie notierte sich im Geist, Ulla darauf anzusprechen, dass sie unbedingt auch einen Kamin brauchten!

Nikos verschwand nach rechts in der offenen Küche und bereitete aus Mathildas Mitbringseln zwei Mojitos zu. „Wunderbar, du hast einen guten Geschmack! Hier sind noch ein paar Snacks." Auf einem Tablett standen einige Schälchen mit Dips und Tortilla Chips.

„Du spielst Billard?" Eine blöde Frage, aber irgendwie musste sie ja anfangen.

„Ja, damit hab ich mir mein Studium finanziert. Inzwischen habe ich aber Hausverbot in allen lukrativen Hallen und spiele nur noch für mich. Dann erzähl mal, an was für eine Maschine hast du denn gedacht?"

Der Abend konnte beginnen.

Nach zwei Stunden hatte Mathilda einen umfassenden Überblick über die aktuellen Modelle auf dem Markt und einen leichten Schwips. Zwischendrin hatte sie immer wieder Wasser getrunken und nach dem ersten Glas selbst das Mixen der Getränke übernommen.

Nikos hielt sich noch gut, hatte aber erheblich mehr intus als sie und ließ sich endlich vom Thema ablenken, so gerne Mathilda auch weiter über die Geländemaschinen gesprochen hätte, aber deswegen war sie nicht hier.

„Ich hab im Keller eine Espressomaschine entdeckt, genau wie die, die ihr in der Kaffeebar habt. Weißt du, was mit der los ist?" Deswegen war sie auch nicht hier, aber es ließ ihr keine Ruhe.

Nikos zuckte mit den Schultern. „Manfred sagte etwas von Fehlbedienung und dass die Garantie nicht greifen würde. Willst du sie haben und dir reparieren? Ich habe schon gemerkt, dass du süchtig bist nach dem Zeug."

„Oh, das wäre toll! Ja, gerne!" Im Büro hatten sie dank Mathildas verstorbenem Chef einen ähnlichen Ferrari stehen, aber nicht zu Hause, da Ulla nur Earl Grey aus Bone China Porzellan trank.

Der gute alte Espressokocher für die Herdplatte, den Mathilda sonst immer verwendete, machte nur einen leidlich guten Job. Aber das hier, das wäre doch etwas vollkommen anderes. Das war wie der Topf am Ende des Regenbogens. Sie würde dieser Maschine einen Namen geben und mit ihr sprechen.

„Na dann pack sie dir ins Auto. Wenn einer fragt, kannst du sagen, dass ich sie dir geschenkt habe." Zufrieden seufzend lehnte Nikos sich nach der guten Tat in seinem Sessel zurück und sah ins flackernde Feuer.

„Wie kamst du eigentlich darauf, dass Stalow bei der Russenmafia ist? Kennst du ihn?" Noch ein Thema, das Mathilda auf der Seele lag.

„Nein, ich habe ihn nie zuvor gesehen. Ist er denn nicht dabei? Ich dachte, die wären da alle irgendwie verstrickt. Vor Jahren haben mal so Typen versucht mich zu erpressen. Deswegen mache ich keine Geschäfte mehr im Osten."

„Nein, wir glauben nicht, dass er dort organisiert ist. Und ich bin mir sicher, die meisten anderen Russen auch nicht." Jetzt aber zum eigentlichen Grund ihres Besuchs. „Mit dem Gebäude hier habt ihr aber Glück gehabt. Hattet ihr noch weitere Objekte, die geeignet gewesen wären?"

Nikos schüttelte den Kopf. „Nein, das Haus und vor allem die Quelle waren sogar der Auslöser für unsere Idee. Das war genau, was wir wollten. Dann kam erst das Konzept. Ist ein bisschen teurer geworden als geplant, aber was solls? Es hat sich doch gelohnt, oder?" Er sah zu Mathilda, die eifrig nickte.

„Unbedingt! Es ist toll! Hätte auch als Hotel funktioniert."

Daraufhin schüttelte er den Kopf. „Keine Berge, kein Meer, keine interessante Stadt in der Nähe. Frau Mohringer-Hellström sagte schon, dass es die ersten Beschwerden gab, dass man nirgendwo ein Segelschiff mieten könne." Sie lachten zusammen.

„Wessen Idee war das denn, das hier trotz fehlendem Strand aufzuziehen? Hast du das Haus hier entdeckt?"

Nikos schwieg eine Weile und starrte in die Flammen. Plötzlich sah er nicht mehr ganz so heiter aus.

Mathilda gab sich einen Ruck. „Ich rühr mir noch einen Mojito zusammen. Willst du auch noch einen? Als Schlummertrunk?"

Er nickte nur und sie kippte ordentlich Rum in sein Glas, während er in Gedanken vertieft immer weiter in den Sessel sank.

„Hier, auf das Haus!" Sie reichte ihm sein Glas.

„Aufs Haus." Er trank einen großen Schluck und sie sah, wie seine Augen etwas glasig wurden. Jetzt hatte er endlich die Pantöffelchen voll.

„Du wolltest mir erzählen, wer die Idee zu der Klinik hatte."

Er sah sie an, als ob er nicht mehr damit gerechnet hätte, dass sie noch dort saß. „Schade."

„Schade? Was ist denn schade?"

„Schade hatte die Idee. Herrmann Schade. Unser vierter Mann. Eigentlich der erste Mann. Verrats keinem, dass ich dir davon erzählt hab."

„Natürlich nicht. Und wo ist Herrmann Schade jetzt?"

Nikos zuckte mit den Schultern. „Wer weiß das schon. Vermutlich zu Hause und schmiedet Rachepläne. Wir haben ihn rausgeschmissen. Um auf seine Vorstellungen keine Rücksicht nehmen zu müssen. Haben ihn nicht mehr gebraucht." Er sah sie aus seinen blauen, inzwischen etwas wässrigen Augen an. „Wir waren Schweine. Profitgierige Schweine. Er hatte nicht genug Geld auftreiben können, um mitzuhalten, als wir immer mehr, immer größer und immer teurer geplant haben. Aber als Initiator hätte er das doch gar nicht gebraucht, oder? War die Idee nicht viel mehr wert?"

Mathilda schwieg betroffen.

„Da haben wir seinen Anteil übernommen und weg war er. So schnell geht das. Heute hast du Freunde und teilst deine Pläne mit ihnen und morgen kriegst du einen Tritt in den Arsch. Er kannte das Haus und die Legende des Heiligen Waldemut seit seiner Kindheit und hat immer davon geträumt es zu besitzen. Was daraus entstehen zu lassen. Etwas Besonderes. Es in den ursprünglichen Zustand zurückzuversetzen. Er hat es geliebt und hat sein ganzes Leben darauf ausgerichtet. Herrmann Schade. Pass gut auf, wenn du ihn siehst. Sag nicht, dass du zu uns gehörst. Dann bist du der Feind."

„Ihr habt einfach seinen Anteil übernommen? Ging das denn?"

Nikos nickte. „Ja, und wir sind selbst damit bis an den Rand unserer Möglichkeiten gegangen. Ich hab alles investiert, was ich habe. Deshalb wohne ich auch hier unterm Dach. Ich hab mein Haus dafür aufgegeben und den Rest, den ich besitze, beliehen. Manfred wohnt noch in seinem, aber ihm gehört nicht mal mehr das Unkraut im Garten. Seine Frau hat ihm deswegen die Hölle heiß gemacht. Wenn sie noch könnte, würde sie ihn verlassen, aber dann ginge sie leer aus. Bernhard konnte auch nicht mithalten. Seine Schwiegereltern sind eingesprungen und haben ihr gesamtes Vermögen hier reingesteckt. Sind sie dir schon mal aufgefallen? Das sind die beiden Mumien, die hier manchmal herumwandern und nach dem Rechten sehen. Die haben schon während der Bauphase die Handwerker erschreckt." Nikos starrte in die Glut des Kamins. Wie ein optimistischer und motivierter Unternehmer wirkte er nicht.

„Warum habt ihr kein anderes Haus gesucht? Ich mein, das hier ist schon toll, aber jetzt auch nicht so einmalig, dass man nicht was Vergleichbares gefunden hätte, oder?"

„Doch. Es ist einmalig. Die Waldemut-Quelle. Hier sind überall Quellen, aber unserer Quelle werden Wunderkräfte zugesprochen. Ohne die wären wir nur ein Laden von vielen. Kennst du die Geschichte?"

„Ja sicher. Aber jetzt läuft doch alles. Die Klinik sieht toll aus, eure Patienten scheinen zufrieden zu sein, ihr habt, glaub ich, schon Buchungen und wenn du ein schlechtes Gewissen hast, dann hol diesen Herrmann irgendwie wieder ins Boot."

Nikos schüttelte den Kopf. „Nein, er hatte auch andere Vorstellungen gehabt. Wollte die Klinik für alle öffnen, nicht so exklusiv sein. Aber da hättest du Manfred mal hören sollen. Bei der Erwähnung von Mutter-Kind-Kuren hätte er sich fast aus dem Fenster gestürzt. Sein Traum war es, eine Klinik einzurichten, in der weder Kinder noch Haustiere seine tollen Möbel zerstören. Soetwas hat er ja zu Hause nicht. Sein Sohn ist ein echtes Arschlochkind. Ja, kuck mich nicht so an, lern ihn erstmal kennen. Wirst du aber keine Gelegenheit zu haben. Er lässt ihn hier nicht rein."

Mathilda kicherte leise. „Dann kann ich mir auch vorstellen, wie sehr er unter Mozart leidet."

„Unter dieser hässlichen Katze? Das arme Vieh. Sieht total krank aus, so nackt und faltig. Ja, die macht ihn fertig. Hat heute Mittag in irgendeinen Pflanzenkübel gekackt. Der Wintergarten hat bestialisch gestunken." Nikos lachte, bis er husten musste. Dann kippte er den Rest seines Mojitos hinunter und versuchte, sich aus dem Sessel zu stemmen.

Mathilda hielt ihm eine Hand hin und zog ihn hoch. „Verdammt spät geworden. Bis morgen, Nikos. Komm schon, Kopf hoch. Vielleicht könnt ihr es ja wiedergutmachen. Ruf ihn doch mal an, es scheint dich ja wirklich zu verfolgen."

Aber Nikos schüttelte den Kopf. „Morgen früh ist es mir egal. Dann zählt der Gewinn, der irgendwann kommen wird. Und die Patienten. Das ist mein Ding, mein Leben und nicht irgendein Herrmann, der uns untergehen sehen will. Soll er doch bleiben, wo der Pfeffer wächst."

Er drehte sich um und schlurfte wortlos in sein Schlafzimmer.

Mathilda fuhr mit Nikos' eigenem Aufzug ein Stück nach unten und mit dem Hausaufzug am Ende des Gangs wieder hoch zu ihrem Apartment. Nachdenklich und aufgewühlt fand sie aber nicht die Ruhe ins Bett zu gehen.

Sie wollte dringend mit jemandem reden und rief Sam an. „Jaja, ich weiß, wie spät es ist. Können wir uns kurz in der Bibliothek treffen? Gut, ich bin auch gleich da."

Sie musste nicht lange warten bis ihr Kollege im dunkelblauen Bademantel hereinkam. Sie durfte nicht vergessen noch einen für Ulla zu organisieren.

„Sie kennen mein Schlafbedürfnis. Morgen werde ich zu nichts zu gebrauchen sein. Also, was ist wichtiger als meine uneingeschränkte Arbeitskraft?" Er sah sie missgelaunt an, ließ sich in einen der Sessel fallen und schlug die Beine übereinander.

„Es gab einen vierten Mann. Die Idee zu alldem hier hatte ein anderer und der ist jetzt mächtig sauer." Mathilda erzählte kurz, was sie über Herrmann Schade wusste und hatte sofort Sams ganze Aufmerksamkeit.

„Dann haben wir jetzt neben Mintzler Junior eine zweite ernstzunehmende Bedrohung, deren Ziel es möglicherweise ist die Waldemut-Klinik in den Ruin zu treiben. Und dazu ist diese Woche natürlich bestens geeignet. Kein Wunder, dass die uns engagiert haben. Bernhard wird morgen etwas von mir zu hören bekommen. Unter solchen Umständen hätten die Verhältnisse doch erstmal geklärt werden müssen! Zumindest hätte er uns in Kenntnis setzen müssen, damit wir uns im Vorfeld schon mal nach den beiden Parteien erkundigen. Ach, ist das unerquicklich." Nachdenklich wippte er mit einem Fuß und starrte zur Seite ins Leere.

Mathilda stand mit dem Rücken zum Fenster und stützte sich mit den Händen auf dem Fensterbrett ab. „Noch drei volle Tage. Gut, sie haben wirklich ausreichend Security hier, aber ich hab im Überwachungsraum gesehen, dass viele der Bildschirme schwarz waren, weil die Kameras nicht alle funktionieren."

„Gehen wir mal davon aus, dass beide wollen, dass die Klinik in Konkurs geht. Wie können sie das am besten erreichen? Indem keine Patienten kommen. Weil die, die hier sind, schlecht über das Haus sprechen, womöglich im Internet darüber schreiben oder schreiben lassen. Vor allem Yannic."

„Und warum könnten sie schlecht hierüber sprechen? Zum Beispiel weil der Service nicht funktioniert", überlegte Mathilda weiter.

„Die Ärzte sind top, das Essen unvergleichlich, obwohl moniert wurde, dass die Toastscheiben nicht einheitlich gebräunt waren. Das hat die Küche aber irgendwie gelöst. Das Angebot ist auf dem allerneusten Stand und bietet von Ayurveda bis Waldbaden, Fallschirmspringen und Malen mit Fingerfarben wirklich alles."

„Tja, die Nummer mit dem Yogaraum hätte auch anders ausgehen können. Vor allem ohne Ihr Eingreifen. Das wäre ein möglicher Punkt." Sie biss sich auf die Lippen.

Sam schüttelte den Kopf. „Das war schlimm, aber immer noch ein Unfall. Ein weiterer Unfall dieser Art wäre schon nicht mehr so leicht auszubügeln. Ein dritter und der Schaden wäre kaum noch zu beheben. Die Gäste würden die Flucht ergreifen."

„Wenn sich die Gäste nicht sicher fühlen, kann jedes Haus schließen. Ganz klar. Hier kommt sogar noch ein Szenario dazu: wenn der Pöbel hier auftaucht. Das wäre eine Katastrophe. Die wollen unter sich sein."

Er nickte zustimmend. „Ja, aber wissen Sie was ein Zimmer hier pro Nacht kostet?"

„Nein. Ich schätze mal bestimmt 800 Euro oder?"

Sam lachte kurz auf. „Dann wäre die Gefahr, dass ungebetene Gäste erscheinen, zu hoch. Ab 6000 Euro aufwärts. Und dafür wird etwas erwartet. Von der medizinischen Ausstattung einmal abgesehen, die natürlich den Hauptteil ausmacht. Alle Fenster sind mit Sicherheitsglas ausgestattet, jedem steht ein eigener Butler zur Verfügung und ein Whirlpool im Bad. Jeder kann sich einen persönlichen Bodyguard zur Seite stellen lassen, es gibt einen Hubschrauberlandeplatz und das Aquarium im Zimmer von diesem Muntier ist auch inklusive. Es wurde übrigens wieder abgebaut. Die Fische waren zu hektisch und sahen ihm zu dümmlich aus."

„Wo sind die Fische jetzt?"

„Bei den Sekretärinnen. Keine Sorge, die sind gut versorgt und haben alle eine Krankenversicherung. Aber wir sind abgeschweift. Sie haben doch kriminelles Potential. Was würden Sie denn anstellen, um dem Unternehmen nachhaltig zu schaden?"

„Ich habe was?" Mathilda war empört.

„Ach kommen Sie schon. Sie wissen, was ich meine. Also?"

Sie sah einen Moment zur Seite. „Indiskretion würde am meisten schaden, glaub ich. Wenn ich zulasse, dass nach außen dringt, dass sich der Chef von der Klaren-Bank mit

Fingerfarbe austobt und das dann auch noch fotografiere, ist Ende auf dem Gelände. Oder wenn die Namen derer, die eine Psychotherapie angefangen haben, an die Öffentlichkeit dringen würden. Einfach ein paar Paparazzi hier reinschmuggeln und der Laden ist Geschichte."

Sam nickte. „Qualität, Diskretion und Sicherheit. Das muss gewährleistet sein. Ein breites Feld. Können Sie versuchen Fotos von den beiden Verdächtigen zu beschaffen? Ich meine von dem Investment-Menschen und von Schade ."

„Klar, aber die werden hier nicht persönlich auftauchen. Wenn die überhaupt was planen, dann ist schon jemand hier, der in ihrem Auftrag handelt."

„Und was können wir dagegen unternehmen?"

Mathilda gähnte. „Erst mal schlafen gehen und dann nehm ich mir morgen den ganzen Vormittag und check alle unsere Leute hier zusammen mit Ulla durch. Wie ist denn Ihr Rendezvous verlaufen?"

Sam wurde rot. „Das müssen wir nicht jetzt besprechen." Er erhob sich und ging einen Schritt zur Tür, drehte sich aber nochmal um. „Nur eine Frage. Wissen Sie, ob im Schwimmbad Kameras installiert sind?"

Mathilda sah ihn erst mit offenem Mund an und lachte dann. „Ist das Ihr Ernst? Im Schwimmbad?"

Er zögerte einen Moment, machte eine wegwerfende Handbewegung und öffnete die Tür. „Vergessen Sie es einfach, Sie haben ja wirklich keinerlei Feingefühl."

Neues Kapitel

„Ulla? Ich bin's. Wir haben ein Problem. Könntest du bitte die beiden Bürorechner einpacken und hierher kommen? Wir müssen alle Mitarbeiter und Gäste erneut überprüfen und das geht am besten auf unseren eigenen

Rechnern. Da haben wir die richtigen Programme. Ich kann aber nicht hier weg."

Ulla ließ einen kleinen begeisterten Quietscher hören. „Ja sicher komme ich! Wir sollten dann unbedingt ..."

„Moooment." Mathilda unterbrach sie nur ungern. „Es tut mir leid, wir müssen wirklich arbeiten und das mit Hochdruck. Ich erzähl dir alles, wenn du da bist, ja? Bitte beeil dich, es ist dringend. Das Telefon kannst du auf dein Handy umleiten. Komm in etwa einer Stunde zum Hintereingang. "

Ulla schnaufte enttäuscht. „Zum Lieferanteneingang? Muss das sein?" Sie hatte vermutlich schon ihren großen Auftritt im Foyer geplant und überlegt, was sie anziehen soll.

„Komm einfach, ich hab Kopfschmerzen und bin müde. Die Eulen haben die ganze Nacht Radau gemacht. Lass mich nicht hängen, okay?"

Im Foyer bekam Mathilda eine Schmerztablette, danach benachrichtigte sie Deber, dass sie sich mit einer Mitarbeiterin in der Bibliothek verschanzen, aber zur Verfügung stehen würde, wenn man sie brauchte.

Dann ging sie in den Park, um noch ein bisschen frische Luft zu bekommen. Sie setzte sich im Raucherpavillon auf den Tisch, zog die Beine an und sah den Vögeln zu, wie sie im Sonnenschein durch die Baumkronen flatterten, den Eichhörnchen, die die glatten Stämme mühelos rauf und runter flitzten und den Schmetterlingen, die vom Herbst nichts ahnten, obwohl er so kurz bevorstand.

Sie war sauer. Ihre Auftraggeber hatten sie belogen, was die Gefahren betraf, hielten wichtige Informationen zurück und setzten damit das Leben der Gäste aufs Spiel. Die Verantwortung versuchten sie auf Mathilda und Sam abzuwälzen, die einfach ins Blaue ermitteln sollten.

Außerdem hatte sie den Tötungsversuch mit dem Gas entdeckt und niemand glaubte ihr. Gut, Sam glaubte ihr, schien aber nicht ganz die Tragweite erkannt zu haben. Am liebsten würde sie auf der Stelle alles hinwerfen und zur Polizei gehen. Aber nein, das ging ja auch nicht, weil ihr Partner mit irgendwas erpresst wurde, was er ihr aber nicht erzählte. Da musste sie sich doch die Frage stellen, ob sie so weiterarbeiten konnte.

Schritte knirschten auf dem Kiesweg und kamen näher. Eugen Salz bog um die Ecke, sah sie und setzte sich schweigend zu ihr.

„Wie weit ist der Yogaraum?" Mathilda konnte das Schweigen nicht lange ertragen.

„Sieht ordentlich aus. Nicht mehr ganz so viel Plunder drin, was es eher aufwertet und den leichten Brandgeruch kann man mit Räucherstäbchen überdecken."

Mathilda nickte. „Schön. Wieder was übertüncht."

Eugen schwieg.

„Ich bin sauer auf dich." Sie sah ihn von der Seite an.

„Auf mich? Warum?"

„Weil du mir nicht geglaubt hast. Die Sache mit dem Rohr und dem Kohlenmonoxyd. Keiner hat mir das geglaubt."

Eugen schnaufte, dann kramte er in seiner Hosentasche und zog eine kleine schwarze Katze hervor. „Hab ich für dich geschnitzt, aus Ebenholz. Weil du das scheußliche Vieh gerettet hast. Nimmst du das als Entschuldigung an?"

Mathilda nahm die kleine blank polierte Figur und drehte sie in ihren Händen. Sie war aus groben Flächen geformt, wie mit einer winzigen Kettensäge geschnitten und hatte doch eine solche Eleganz, dass das Wesen der Katzen eingefangen war. „Wo hast du denn Ebenholz her?"

„Gibts als Feuerholz. Beim Ebenholzbaum ist nur der Kern schwarz, der Rand ist Abfall. Wenn die die Bretter schneiden, ist an den Resten noch genug wertvolles Holz um daraus Katzen zu schnitzen. Oder was anderes."

„Danke. Die ist toll." Sie lächelte. „Also gut. Glaubst du mir jetzt?"

„Tja, wird schon so gewesen sein."

„Und nun? Damit muss ich doch zur Polizei! Das war doch ein Mordversuch an wem auch immer. Auf jeden Fall am nächsten, der in den Raum gegangen wäre."

„Schon möglich, aber du kannst es nicht beweisen. Also glauben sie dir nicht. Und die schnitzen dir hinterher keine Katzen. Sie werden das mit großem Tamtam untersuchen, weil sie es müssen, und nichts finden. Und dann stehst du blöd da."

„Na klasse, ich verhindere eine Katastrophe und dann muss ich selbst nach Beweisen suchen, dass diese überhaupt stattfinden sollte."

„So ungefähr. Im Yogaraum war nichts zu finden. Ich hab alles abgesucht. Kein Brandbeschleuniger, nichts."

Mathilda legte den Kopf auf die angezogenen Knie.

„Gehört so eine Suche eigentlich zu deinem Job? Als ... Assistentin?"

Sie hob den Kopf wieder. „Ich bin keine Assistentin."

„Hab ich mir schon gedacht."

„Ich bin Detektivin und soll genau solche Fallen finden, bevor was passiert."

Eugen nickte nur.

„Ich muss wieder rein, gleich kommt jemand, der mir hilft, die Leute, die hier arbeiten, nochmal durchzuchecken."

„Mach das. Ich halt mit die Augen offen."

Da Ulla immer noch nicht da war, setzte Mathilda sich in den Aufenthaltsraum für das Personal an einen Tisch mit einem der Masseure und dem Bademeister. Eine Zeitlang unterhielten sich die beiden über Fußball, ein Thema, von dem sie nicht die leiseste Ahnung hatte und sich mit jedem Wort blamiert hätte.

Sie machten keine Anstalten, sie mit einzubeziehen. Auch die anderen Mitarbeiter beachteten sie nicht.

Als die Gelegenheit sich bot, brachte sie das Gespräch auf das Haus und die Chefetage. „Leute, ich bin fix und fertig. Der Deber hat mich heute rumkommandiert! Ich hätte ihm am liebsten alles vor die Füße geworfen."

Die beiden nickten nur stumm und schauten betreten vor sich.

„Der lässt bestimmt nur seinen Frust an mir aus, weil seine Alte ihn so stresst." Mathilda schnaufte und sah sich um. Auch an den anderen Tischen war niemand zu finden, der ihr zustimmen wollte. Sie würde warten, ob sich später noch jemand allein an sie wandte um mit ihr über die Geschäftsleitung herzuziehen.

Sie versuchte noch über das Essen zu reden und die neue Patientin, die gerade wieder abgereist war, aber niemand sprang auf eines der Themen an.

„Warum redet keiner mit mir? Hab ich Mundgeruch? Oder den bösen Blick?"

Ihre beiden Tischgenossen sahen sich nur an. „Das ist der Raum für das Personal und wir sind uns nicht so sicher, ob Sie dazu gehören."

„Natürlich gehör ich dazu! Und warum sagst du Sie zu mir? Ich dachte wir duzen uns alle."

„Das Personal schon, aber Sie sind vielleicht Teil der Geschäftsleitung. Sie sitzen mit den Gästen am Tisch und keiner weiß so genau, was eigentlich Ihr Job ist."

Mathilda war baff. „Hab ich doch gesagt, ich bin Debers Assistentin. Und ich sitze mit den Gästen am Tisch, um mir ein Stimmungsbild zu machen, damit wir auf Kritik oder Wünsche schnell eingehen können."

Der Masseur grinste abfällig. „Klar. Und dann haben Sie letzte Nacht Papadakis in seiner Wohnung Bericht erstattet. Ich hab Sie da rauskommen sehen. Ziemlich spät und blau."

„Letzte Nacht? Spionieren Sie mir nach?"

„Nein." Jetzt schaltete sich auch der Bademeister ein. „Wir haben gearbeitet. Zwei Gäste waren noch im Schwimmbad, da ist es meine Aufgabe diskret darauf zu achten, dass niemand ertrinkt."

„Und ich wurde noch von einem Gast gerufen, der eine späte Massage wollte, da er nicht einschlafen konnte." Der Masseur verschränkte die muskulösen Arme vor der Brust und sah sie abschätzend an.

„Ich hab mit Herrn Papadakis über Motorräder gesprochen, weil ich mir eins kaufen will. Sonst nichts!"

„Na dann ist ja alles bestens." Die beiden drehten sich wieder zueinander.

„Äh Moment." Mathilda war noch nicht ganz fertig. „Wer war denn um die Zeit noch im Schwimmbad? Der Dicke und die aufgetakelte Blondine?" In Gedanken entschuldigte sie sich bei Sam.

„Zu meiner Arbeit gehört Diskretion. Ich verbreite garantiert keine Gerüchte und Geschichten. Probieren Sie das woanders." Der Bademeister wurde ungeduldig und räumte seine Zeitung zusammen.

„So war das doch gar nicht gemeint. Aber finden Sie beide das nicht snobistisch, wenn Sie mitten in der Nacht für jeden parat stehen müssen?"

„Nein, finden wir nicht. Dazu sind wir da. Die Patienten sind hier, damit sie genau das tun können. Und glauben Sie mir, ich mache das gerne. Die Gäste wissen das nämlich zu schätzen und lassen dafür ein sehr großzügiges Trinkgeld springen, obwohl sie das weiß Gott nicht müssten." Beide standen auf und gingen.

In wenigen Minuten war der Raum leer und Mathilda fragte sich betreten, ob das an ihr lag. Sie würde es später noch einmal mit anderer Besetzung probieren. So viel Loyalität war ja unerträglich. Das war jedenfalls ein Flop gewesen.

Nach einer Nachricht von Ulla ging Mathilda zum Lieferanteneingang, wo ihre Freundin gerade angekommen war und Charles aus dem Auto ließ. Robert begleitete sie und zusammen schafften sie die Rechner nach oben.

Unterwegs mussten sie Ulla immer wieder davon abhalten ihr Gerät abzustellen und in Zimmer und Flure abzubiegen.

In der Bibliothek angekommen, suchte Robert nach einer günstig gelegenen Steckdose, ohne Anstalten zu machen, zu gehen. „Ich hab mir heute frei genommen und helfe beim Suchen. Hier ist es im Moment interessanter als bei mir im Büro. Ich habe einen neuen Referendar, der sich äußerst geschickt anstellt und mir ein paar Freiräume verschafft. Also. Was kann ich übernehmen?" Er schwang sich auf einen der Stühle, steckte Tastatur- und Mauskabel in den vor ihm stehenden Rechner, der eigentlich für Sam gedacht war, und sah Mathilda erwartungsvoll an.

„Warum ist es hier interessanter? Bist du etwa auch ein Fan von Muntier und hinter einem Autogramm her?"

Robert lachte glucksend. „Nein, mitnichten. Aber das Haus ist voller potentieller Klienten. Eine Goldgrube für einen Scheidungsanwalt wie mich. Nicht, dass ich Akquise nötig hätte, aber eine eigene Burg zu unterhalten ist teuer und die zu erwartenden Scheidungen hier hier haben das Potential die Mittel für eine archäologische Ausgrabung neben dem Turnierplatz einzubringen. Ich vermute, dass es dort mal eine Abfallgrube gab und sowas ist immer von hohem Wert."

„Was hast du denn inzwischen über Mintzler Junior rausbekommen und die Höhler-Invest?" Mathilda schaltete den Rechner vor sich ein.

„Wenig. Höhler-Invest bauen ein Hotel nach dem anderen, hauptsächlich kleine, exklusive Tagungsbuden mit Club-Ambiente. Das hier wäre ideal gewesen. Mintzler Junior arbeitet seit zwei Jahren bei denen, war vorher in den USA und kommt hier aus der Gegend. In seinem Lebenslauf war aber kein Wort zu finden, was einen Hinweis darauf gegeben hätte, warum er so scharf auf den Laden hier war. Es wäre doch sowieso nicht seiner gewesen. Mintzler Senior ist Privatier und lebt in der Schweiz, also auch hier keine Verbindung. Vielleicht hatte der Knabe sich da einfach ein bisschen in etwas hineingesteigert, um sich zu profilieren."

Mathilda nickte. „Kann gut sein. Dann stellen wir den mal hinten an."

„Ähm Moment, ich habe da noch was." Ulla zog einen Handbohrer aus einer der Taschen, der so groß war, dass man mit ihm im Park nach Öl bohren konnte.

Mathilda sah sie entsetzt an. „Egal, was du vorhast, wir sitzen hier in historischer Bausubstanz, also vergiss es."

„Wir haben durch Roberts Hilfe doch ein bisschen mehr Zeit. Na ja, ich dachte, wir könnten mal einen kleinen Abstecher in dein Zimmer machen und uns die Eulen ansehen. Ich liebe Schleiereulen!"

„Ich auch, aber ..." Mathilda nahm den Bohrer und drehte an der Kurbel. „Na ja, die Wand ist ganz dünn, glaub ich. Nicht historisch. Vielleicht ... okay, kommt mal mit."

Robert hob abwehrend die Hände. „Da bin ich raus, meine Lieben. Das ist Sachbeschädigung. Aber ich finde deine verbrecherische Ader unglaublich sexy." Er zog Ulla mit Schwung an sich und küsste sie. „Ich warte hier auf euch und stelle verbinde die Rechner schon mal mit dem WLAN hier im Haus."

Die beiden rannten zum Aufzug und fuhren bis unters Dach. Währenddessen hatte Ulla den Bohrer in ihrer Tasche versteckt.

„Wer wohnt denn noch hier?" Ulla sah sich neugierig um.

„Ich hab hier schon einen der Köche gesehen und einen Physiotherapeuten. Die anderen Unterkünfte sind wohl auf der gegenüberliegenden Seite, da wohnen mehr Leute. Hier ist mein Zimmer." Mathilda schloss auf und ließ ihrer Freundin den Vortritt.

„Nett hier. Tolle Aussicht." Ulla strich mit der Hand über die steinerne Fensterbank, dann erstarrte sie. „Das ist doch ..." Sie riss das Fenster auf und beugte sich soweit vor, dass sie fast hinaus fiel. „Sag bloß das ist ..."

Mathilda hielt ihr den Mund zu. „Ja, das ist er. Aber inkognito und jetzt schrei seinen Namen nicht so laut."

„Aber er ist ein ganz naher Verwandter der Queen! Ich glaube, er ist ihr ..."

„Stopp! Wir sind wegen der Eulen hier. Ganz ruhig. Langsam tief ein- und ausatmen. Und nein, du wirst nicht zu ihm gehen, ihn nicht ansprechen. Schwöre."

„Aber ..."

„Schwöre! Oder ich erzähl Robert von der Nacht am Bodensee."

„Das würdest du nicht tun!" Ulla war empört. „Du hast mir versprochen, nie wieder ein Wort darüber zu verlieren."

„Richtig. Und du schwörst mir, kein Wort mit dem Engländer zu wechseln."

Ulla ließ den Kopf hängen. „Ich schwöre. Was ist jetzt mit den Eulen? Hinter der Wand hier?"

„Ja, tagsüber pennen die Viecher, aber du müsstest sie mal nachts hören. Phantastisch! So schau mal, hier hinter dem Kleiderschrank ist die Wand." Mathilda klopfte leicht dagegen.

„Okay, weißt du was? Wir bohren durch die Rückwand des Schranks und dann durch die Wand."

„Aber dann sehen wir doch gar nichts." Mathilda klang ein bisschen enttäuscht.

„Doch, ich hab dir ja noch gar nicht alles gezeigt. Ich habe hier eine Endoskopkamera, die stopfen wir in das Loch ..."

„Wir sind noch bei der Wand und den Eulen, oder? Klingt wie ne Darmuntersuchung."

„Ist ja auch ähnlich. Kamera und Loch. Und dann überträgt das Gerät die Bilder aufs Handy. Dann kannst du sie auch sehen, wenn du nicht hier oben bist. Auch heute Nacht, das Ding hat einen Nachtsichtmodus."

Mathilda nickte und betrachtete die Kamera genauer. Sie sah nicht ganz neu aus und sie verkniff sich die Frage, worin sie vorher gefilmt hatte.

Ulla schob Mathildas Kleidung zur Seite und setzte in Brusthöhe den Bohrer an. Durch das dünne Brett der Rückwand kam sie schnell hindurch. Bei der dahinterliegenden Wand wechselten sie sich ab. Es war doch anstrengender, als sie gedacht hatten.

Schließlich stießen sie aber durch und strahlten sich staubig und verschwitzt an. Mathilda führte die Kamera durch die bröselnde Öffnung und Ulla verband sie mit einer Handy-App. Nach nur wenigen Sekunden wurden gestochen scharfe Bilder des Raums nebenan übertragen. Mathilda rührte ein bisschen mit dem Endoskop und dann entdeckten sie auch schon die Vögel, die verschlafen blinzelnd auf einem Balken hockten. Einer legte den Kopf schräg und blickte genau zu ihnen.

„Wie viele siehst du?" Ulla flüsterte vor Aufregung und um die Tiere nicht noch mehr zu stören.

„Vier, zwei Altvögel und das daneben scheinen zwei Jungvögel zu sein. O mein Gott sind die toll! Ulla, ich fass es nicht. Schleiereulen!"

Sie schauten ihnen eine Weile schweigend zu, bis die Tiere wieder die Augen schlossen und weiter schliefen.

„Und die sollen verschwinden?" Ullas Stimme klang belegt.

Mathilda schüttelte den Kopf. „Niemals. Das schwör ich. Gnade ihnen Gott, wenn den Eulen auch nur eine Feder fehlt."

Sie gingen zurück in die Bibliothek, wo Robert an seinem Laptop irgendein Spiel spielte, bei dem Schwerter blitzten, Köpfe flogen und edle Maiden in Ohnmacht sanken. Als er die Vögel auf dem Handy sah, glitt ein Leuchten über sein Gesicht. „Atemberaubende Tiere. Nicht wie sie da schlafen, aber wenn sie fliegen und jagen. Ich habe bisher nur einmal eine in einer Falknerei gesehen. Das wäre ja vielleicht eine Lösung, oder nicht? Ich meine, bevor sie getötet werden."

Die beiden Frauen schüttelten unisono die Köpfe.

„Die bleiben da oben, dafür sorg ich schon. Ich weiß zwar noch nicht wie, aber die bleiben wild. Ach so, bevor ich es vergesse, bitte sagt Herrn Schulz kein Wort von dem Loch in der Wand. Ich glaube nicht, dass er das verstehen würde." Mathilda legte beide Hände auf die Tischplatte vor sich. „So und jetzt müssen wir anfangen. Hier sind die Listen der Mitarbeiter. Robert, versuch du alles, was öffentlich zu finden ist, zusammenzutragen. Ulla, du schaust bei allen auf die Finanzen, Steuern und Vorstrafen, das geht hiermit." Sie setzte sich neben die Freundin und öffnete die benötigten Programme, loggte sich ein und zeigte ihr, wie sie die Personen überprüfen konnte.

„Nicht dass es mich weiter interessieren würde, aber ist das legal?" Robert sah sie über den Rand seiner Brille an.

„Nein, natürlich nicht. Deswegen suchst du ja auch nur die öffentlich zugänglichen Daten zusammen." Mathilda setzte sich vor den zweiten Bürorechner. „Ich leg jetzt für jeden Klinikmitarbeiter eine Datei an, auf die wir alle drei zugreifen können, und da speichern wir alles drin ab, was wir über ihn finden."

„Was suchen wir eigentlich?" Ulla tippte enthusiastisch auf ihre Tastatur.

„Schwachstellen. Leute, die gekauft oder erpresst werden können. Leute, die gelogen haben, mit Vorstrafen oder Referenzen die nicht stimmen, gefälschten Zeugnissen, Schulden. Wen suchst du da eigentlich? Die steht doch gar nicht auf der Liste! Ulla!"

„Was denn? Ich will doch nur wissen, was die über die blöde Kuh gespeichert haben! Wow, ich wusste gar nicht, dass man so viel über jemanden herausfinden kann!" Ulla blieb der Mund offen stehen, während sie las. „Das war doch klar!"

Mathilda fühlte ein bedrohliches Brodeln in sich. „Mach es kurz! Damit wir endlich anfangen können."

„Wir haben doch eine Neue im Club. Victoria mit c. Hab ich dir noch nicht erzählt, dass sie sich für eine uneheliche Tochter von Prinz Philipp hält? Sie will ihn verklagen und einen Vaterschaftstest erzwingen. Ich wusste, dass sie lügt! Ich wusste es einfach!"

Mathilda ließ sich entnervt auf ihrem Stuhl nach hinten sinken. „Jetzt sag schon, was da steht."

„Da steht, dass sie verurteilt wurde wegen Meineids und sich den Royals in England nicht auf hundert Meter nähern darf und ... da ... liebe Güte, sie wäre beinahe im Gefängnis gelandet, weil sie im Kensington Palace eingebrochen ist. Sie hatte ein Messer dabei, weil sie Blut von Prince Phillip haben wollte, um seine Vaterschaft zu beweisen. Oooookay. Da muss ich doch mal sehen ..." Ullas Augen waren kugelrund und ihre Wangen gerötet, dann bemerkte sie die Verzweiflung im Gesicht ihrer Freundin. „Ist ja schon gut. Ich schaue mir das später nochmal an, ja? Was muss ich jetzt machen?"

Nachdem dieser Fall geklärt war, arbeiteten sie sich zügig durch die Namensliste.

„Hier ist einer mit einer Vorstrafe." Ulla schob zufrieden das Kinn vor.

„Zeig mal." Mathilda rollte mit ihrem Bürostuhl neben sie. „Besitz von Marihuana und Steuerhinterziehung. Hat größere Mengen Rum geschmuggelt. Hm. Ach so, das ist der Barista, nee der ist okay."

„Meinst du, seine Dienstherren wissen davon?"

„Garantiert nicht. Wahrscheinlich hat er seine Zeugnisse gefälscht. Ist aber auch egal. Der ist harmlos."

„Und was ist mit der hier? Hanne Klein. Ist erst vor einem Jahr auf einer Demo festgenommen worden und scheint eine ziemliche Krawallschachtel zu sein. Das könnte deine jüngere Schwester sein." Ulla kicherte.

„Ah, die hatte ich auch schon!" Robert lief um den Tisch und schaute sich an, was Ulla gefunden hatte, nicht ohne ihr dabei die Schultern zu massieren.

„Ja, die ist nicht ohne." Mathilda las ebenfalls den Eintrag. „Wundert mich gar nicht. Die ist hier Zimmermädchen. Ich hab sie schon die ganze Zeit im Auge und bereits ein erstes Wörtchen mit ihr gesprochen. Sie wollte den Wurstfabrikanten um die Ecke bringen. Nicht, dass er es nicht verdient hätte, aber nicht hier und in dieser Woche."

„Wie bitte?" Robert sah sie entsetzt an. „Und sie ist immer noch hier?"

Aber Mathilda winkte nur ab. „Ja, sie hat eingesehen, dass das jetzt nicht passt."

„Na dann." Er schien nicht sehr überzeugt zu sein.

Ein paar Minuten tippte jeder vor sich hin, bis Robert innehielt. „Was? Eugen Salz wohnt hier? Er ist der Hausmeister?"

Mathilda nickte. „Ja, cooler Typ. Hab ihn schon besucht. Er hat eine erstaunliche Beobachtungsgabe."

„Du weißt nicht, wer Eugen Salz ist, oder?" Robert verschränkte die Arme und legte den Kopf schräg.

„Er ist der Hausmeister, das sagte ich doch schon. Was ist denn mit ihm?"

„Eugen Salz ist ein Künstler, der früher unter dem Pseudonym Anton gearbeitet hat. Skulpturen, Möbel aus Holz. Ich hab einen Tisch von ihm zu Hause und die Statue im Eingangsbereich ist von ihm."

„Echt? Wow, die ist toll! Tja, dann muss ich mich in seiner Werkstatt genauer umsehen. Wenn du willst, können wir ihn nach den Tagen hier mal besuchen gehen."

„Unbedingt! Das wäre phantastisch!" Robert strahlte und wandte sich wieder der Arbeit zu.

Dann sah Mathilda auf ihrem Monitor eine interessante Info. „Maître Olivier, wer hätte gedacht, dass du so ein kleiner Schlawiner bist?"

Sofort unterbrachen Robert und Ulla ihre eigenen Recherchen.

„Er hat sein Restaurant und den Stern verloren, weil er seine Küche für ... ach du liebe Güte ..."

„Lies!" Ulla witterte interessanten Klatsch!

„Er hat seine Küche für Orgien zur Verfügung gestellt. Sexuelle Handlungen mehrerer Personen auf, neben und unter den Arbeitsflächen unter Zuhilfenahme von Gemüse und Obst im rohen und gekochten Zustand, sowie diverser Küchenutensilien."

„Und das ist strafbar?" Ulla stellte sich hinter sie und begann zu lesen.

„Wenn man das Gemüse hinterher nicht wegschmeißt, sondern unbeteiligten Gästen serviert schon. Hier, die Passage ist besonders spannend."

Robert stellte sich auf die andere Seite und las ebenfalls. „O mein Gott, das geht?" Er sah Ulla herausfordernd an, die zurück grinste. „Da war aber einer sehr kreativ. Aber warum blanchiert?" Er zeigte auf die entsprechende Zeile.

„Das weiß ich doch nicht! Setzt euch wieder, das wird mir hier zu eng. Los, weg von mir." Mathilda schüttelte sich.

„Steht da auch, warum er aufgeflogen ist?" Ulla konnte sich noch nicht auf ihren Bildschirm konzentrieren.

„Ja, einer der Beteiligten hat wohl in die Hollandaise ejakuliert, die den Gästen später zum Spargel serviert wurde. Und von denen hatte einer einen sehr feinen Geruchsinn, hat eine Probe genommen und eingeschickt. Das war's dann mit dem Möhrchensex. Deshalb konnte er auch hier engagiert werden. Sonst hätte er wohl immer noch ein eigenes Restaurant und seinen Stern behalten. "

„Und er müsste nicht hier arbeiten. Ich geh mal davon aus, dass die Geschäftsleitung Bescheid weiß und ihn günstig verpflichten konnte." Robert grinste vor sich hin. „Ich will gar nicht wissen, bei welcher Gelegenheit sie ihn kennengelernt haben."

Danach stießen sie auf keine nennenswerten Überraschungen mehr. Mathilda bestellte zwischendurch ein zweites Frühstück für alle und Robert ließ Charles im Park laufen. Niemand außer seiner Sekretärin bemerkte, dass das bei Manfred Deber zu einem akuten Anfall von Bluthochdruck führte.

Gegen Mittag tauchte Sam auf, als die Gäste mal wieder im täglichen Quellbad lagen. Er sah noch immer übernächtigt aus, freute sich aber Robert und Ulla anzutreffen. „Wie geht es voran? Habt ihr schon etwas gefunden?"

„Ja! Stell dir vor, Victoria ist im Kensington Palace eingebrochen und mit einem Messer erwischt worden!" Ulla drehte den Bildschirm zu ihm, so dass er die Einträge lesen konnte, die sie wieder neu aufgerufen hatte.

„Victoria mit c? Ist ja nicht zu fassen! Ich habe es gleich geahnt." Sam, der gelegentlich den Treffen des Clubs beiwohnte, fing an zu lesen, bis Mathilda ihn rüde in die Seite stieß.

„Sagen Sie mal, gehts noch? Ich arbeite mir hier den Hintern ab und Sie interessieren sich jetzt auch für diese Tusnelda? Wir haben nichts gefunden, rein gar nichts. Und ich finde, wir sollten uns mal die Gäste genauer anschauen."

Es klopfte an der Tür, Sam öffnete und ergriff das Tablett des dahinter wartenden Barista. Wortlos nahm er einen doppelten Espresso und ein Schälchen Zucker und stellte es vor Mathilda.

„Oh. Danke." Zufrieden rührte sie das Gebräu um und entspannte sich sichtbar.

„Die Gäste sind alle bekannt. Aber wer weiß, vielleicht hat der eine oder andere ja einen Grund, der ihn dazu verleiten würde, sich von einem der Verdächtigen anwerben zu lassen um ... tja, das ist die Frage. Das haben wir ja bei dem Boris-Johnson-Double gesehen. Er ist pleite und wäre einer kleinen Finanzspritze sicher nicht abgeneigt. Frau Rosenbaum und ich sind übereingekommen, dass Indiskretion das Schädlichste wäre, das der Klinik passieren könnte. Oder noch mindestens zwei weitere Unfälle in der Art des Yogaraums."

„Man könnte das Gebäude in die Luft jagen." Robert legte die Fingerspitzen aneinander uns sah versonnen aus dem Fenster.

Sam rieb sich die müden Augen. „Das würde aber niemand in diese Woche legen, da Personenschäden zu riskant sind. Die Bauphase wäre dazu wesentlich geeigneter gewesen. Außerdem ist das Haus dagegen versichert. Sogar so gut, dass sie sich danach einen noch exklusiveren Neubau leisten könnten."

„Sagt wer?"

„Bernhard. Ich habe ihn gefragt, ob es das ist, was sie befürchten. So, Leute, ich weiß, dass viel zu tun ist, aber ich brauche jetzt mal eine Pause. In einer Stunde schaue ich wieder rein. Bis dahin ist der Saunabereich leer und ich kann den endlich mal unbeobachtet ausprobieren. Man sieht sich." Und schon war er draußen.

Mathilda sah ihm grinsend hinterher, während Ulla Charles streichelte, der gelangweilt fiepte. „Komm mal her, mein Schatz." Sie hievte ihn auf ihren Schoß. „Ich konnte ihn mit den Katern nicht allein lassen. Die fallen über ihn her, sobald ich ihnen auch nur den Rücken zudrehe." Charles schleckte ihr begeistert die Nase ab und sie ließ ihn wieder runter. „Warum ist Sam so müde? Habt ihr auch nachts zu tun?"

„Zumindest müssen wir nachts nicht arbeiten. Aber ich glaube, er hat das Schwimmbad mit nem blondierten Geschoss zweckentfremdet und das schlaucht natürlich." Mathilda kicherte und gab dann die nächsten Namen ein.

Robert schüttelte nur den Kopf. „Das kann ich mir bei ihm gar nicht vorstellen. Sollten wir uns aber merken, meine Liebe! Mir schwebt da ein Hotel im schönen Allgäu vor, das solche Chancen auch bietet." Er zwinkerte Ulla liebevoll zu.

„In einem Schwimmbad oder einem hölzernen Badezuber?" Ulla war vorsichtig geworden. Ihr Freund war mehr als nur ein Mittelalter-Fan. Er lebte diese Epoche, wann immer er dazu die Gelegenheit hatte. Eine Einladung zum Essen beinhaltete nicht unbedingt Besteck und Servietten.

„In einem gefliesten, warmen Schwimmbad unserer Zeit, keine Sorge. Aber jetzt wo du es sagst, ich habe noch irgendwo in der Scheune einen Badezuber, sogar einen ziemlich großen. Den sollten wir mal in Betrieb nehmen! Was meinst du?"

Es klopfte und Deber stand vor der Tür. „Frau Rosenbaum, auf ein Wort unter vier Augen bitte."

Mathilda trat auf den Flur und schloss die Tür hinter sich. „Ist was passiert? Gab es Hinweise auf Ärger?"

„Nein nein, nichts dergleichen. Man hat sich nur über Sie beschwert. Bei meiner Frau. Sie haben sich wohl beim Personal abfällig über mich geäußert und ..." Er hob die Hand, als sie ihm ins Wort fallen wollte. „Ich weiß, ich weiß. Das war angekündigt und so geplant. Aber bitte unterlassen Sie das künftig. Vielleicht haben Sie ja noch eine andere Strategie. Sollte meine Frau fragen, Sie erhalten eine Abmahnung und ein Donnerwetter meinerseits ist über Sie hereingebrochen. Seien Sie bitte heute angemessen zerknirscht und zeigen Sie sich ein wenig unterwürfig. Haben Sie ansonsten schon etwas entdeckt?"

„Nein, nichts. Die Vergangenheit Ihres Kochs kennen Sie ja vermutlich und alle anderen scheinen sauber zu sein. Ich arbeite mal weiter. Wir checken nochmal die Gäste und dann schau ich mir die Küche genauer an. Da soll ja heute ein Kochkurs stattfinden."

Deber verabschiedete sich. „Ach ja und achten Sie darauf, dass der Hund hier nicht durchs Haus oder den Park läuft. Tiere sind hier nicht gestattet." Als sie die Tür hinter sich wieder öffnete, flitschte Mozart an ihren Beinen vorbei in die Bibliothek.

Ulla stieß vor Schreck einen spitzen Schrei aus und Robert sprang kampfeslustig auf, bereit, die Liebste mit seinem Leben zu verteidigen. Dann erst sahen beide, worum es sich bei dem Eindringling handelte.

„O Gott, ist das ansteckend?" Er wich einen Schritt zurück. „Die ... oh man sieht deutlich es ist ein Der ... der ist aber an Hässlichkeit nur schwer zu übertreffen."

„Das ist die Rasse. Das muss so sein. Komm mal her, Katerchen, komm!" Ulla beugte sich zu ihm herunter, aber Mozart hatte nur Augen für Charles, der das nackte Tier regungslos anstarrte. Mit steifen Beinen und leicht zuckender Schwanzspitze stakste der Kater auf den Hund zu, bis sich ihre Nasenspitzen berührten.

Mathilda war fasziniert. „Schaut euch das an. Der hat bestimmt noch nie einen Hund gesehen. Oder irgendein anderes Tier. Aber wir sind noch nicht fertig. Ich setz ihn einfach raus. Komm her, Mozart." Sie hob ihn hoch, trug ihn gefolgt vom jetzt begeistert wedelnden Charles zur Tür und setzte ihn dort ab. Wie der Blitz rannte Mozart los. Der Corgi hinterher.

„Charles! Komm her!" Alles Rufen nutzte nichts. Die beiden hetzten die Treppe hinunter und waren verschwunden.

„Das fehlt uns jetzt noch. Verdammt, das gibt Ärger!" Die drei liefen hinterher, aber die Tiere waren nicht mehr aufzufinden.

„Robert, schau du draußen nach, Ulla, komm mit da lang!" Sie waren noch nicht weit gekommen, da hörten sie aus einem der Räume rhythmische Rufe und Klatschen. Abrupt blieb Ulla stehen. „Was ist da los?"

„Keine Ahnung, komm weiter."

„Jaja, sofort, aber vorher muss ich da einen klitzekleinen Blick riskieren."

Noch bevor Mathilda sie daran hindern konnte, hatte Ulla die Tür einen Spalt breit geöffnet und starrte fassungslos hinein. Etwa zehn Leute liefen im Raum durcheinander, in leicht gebückter Haltung, klatschten und riefen dabei laut: „Hahaha!" Immer wieder. Die Ersten kicherten dann tatsächlich.

Eine Frau sperrte den Mund weit auf, riss die Arme hoch und lachte mehr oder weniger echt. Die anderen taten es ihr nach.

„Da ist der Muntier. Kuck dir das an. Tildchen, der Mann spielt Heldenrollen! Hollywood ist an ihm interessiert! Bitte sag ihm, dass er das nicht darf. Oder sag mir, dass das hier alles nicht wahr ist."

Mathilda konnte sie grade noch daran hindern ihr Handy zu zücken.

Zwei Teilnehmerinnen standen am Rand, sahen den übrigen zu und lachten über diese bis die Tränen liefen.

Das steckte wiederum andere an, bis es schlagartig endete, da Ulla und Mathilda entdeckt wurden.

„Haben Sie eine nackte Katze gesehen?" Mehr fiel Ulla spontan nicht ein. Die ersten fingen an zu glucksen und dann brachen alle in haltloses Gelächter aus.

Mathilda schloss schnell wieder die Tür und lehnte sich aufatmend dagegen. „Du kannst hier nicht einfach überall reinplatzen. Wir müssen die verdammten Viecher finden! Los jetzt!"

Sie setzten sich erneut in Bewegung. „Was war das? Was haben die da gemacht?" Ulla hatte sich noch nicht ganz von dem Erlebnis erholt.

„Lachyoga."

„Was?"

„Baut Stress ab und durchlüftet das Hirn. Denk nicht weiter drüber nach, die veranstalten hier lauter so Zeug. Sagt dir Waldbaden was?"

„Nein. Oder doch? Im Wald baden?"

„Den Wald baden oder so ähnlich, was weiß denn ich? Ich geh da immer nur spazieren. CHARLES! MOZART!"

Sie hatten wieder eine Treppe erreicht. „Pass auf, ich hol jetzt Herrn Schulz, er muss uns suchen helfen. Er kann später noch lange genug in der Sauna rumliegen. Du nimmst dir die untere Etage vor, aber diskret. Öffne keine Türen und sprich mit niemandem."

Ulla nickte begeistert. „Klar, mach ich."

„Was?"

„Mach ich nicht, meine ich natürlich." Aber sie sah nicht so aus.

„Das ist mein Ernst! Such nur unauffällig den Hund. Den Kater kannst du laufen lassen. Der ist nicht unser Problem. Und dann geh sofort zurück in die Bibliothek."

Mathilda ließ mutlos die Schultern sinken, da sie nicht das Gefühl hatte, dass ihre Mahnungen bei Ulla ankamen.

13.

Während ihre Freundin die Stufen nach unten lief, folgte Mathilda dem Gang in den Badebereich wo die Saunen waren und in einem offenen Kamin ein Birkenholzfeuer brannte. Der Bademeister würdigte sie keines Blickes und sortierte Handtücher. „Haben Sie Herrn Schulz gesehen?"

„Wer ist denn Herr Schulz?" Ohne Anstalten zu machen, weitere Auskünfte zu erteilen, legte er weiter die Tücher zusammen und räumte sie in ein hölzernes Regal.

„Herrn von Kannenschrank meinte ich. Ich der hier?"

„Kannenschrank? Nie gehört."

Mathilda öffnete die Tür der Kräutersauna. Sie war leer, nur ein warmer, höchst angenehmer Duft nach Zitronenmelisse und Ingwer kam ihr entgegen. Hierhin wollte sie später nochmal zurückkommen. Vielleicht auch mal nachts.

Im Dampfbad konnte sie von der Tür aus nicht alles sehen und musste hinein. Der heiße Nebel brannte in Gesicht und Lunge. Auch hier war niemand drin. Als sie das Dampfbad wieder verließ, war ihre Kleidung unangenehm klamm und sie fröstelte ein bisschen.

In der nächsten Sauna war es nur lauwarm, dafür entdeckte sie ein knutschendes Pärchen in der oberen hinteren Ecke, das sie empört beschimpfte. Ungerührt ließ Mathilda den Blick einmal rundum schweifen und schloss die Tür wieder.

Schon stand der Bademeister vor ihr. „Was wird das denn? Sie können doch nicht einfach hier reinplatzen und alle Türen aufreißen. Das ist ein Saunabereich! Außerdem tragen Sie Straßenschuhe. Raus hier! Sofort oder ich rufe die Security!"

„Ah, gab es ordentlich Trinkgeld für die ungestörte Nutzung? Ich suche immer noch Herrn von Kannenschrank. Wie wäre es, wenn Sie mir mal helfen? Ein einzelner Mann, Anfang dreißig, körperlich nicht gut in Schuss. War er überhaupt hier?"

„Ach der. Er ist vor einer halben Stunde raus gegangen und bisher nicht wiedergekommen. Schauen Sie doch mal in den FKK-Bereich oder in die Außensauna oder ins Tauchbecken. Da müsste auch ein Kollege von mir sein. Aber ziehen Sie vorher die Schuhe aus!"

Mathilda rannte nach draußen über den mit Steinplatten gepflasterten Weg zu einer einzeln stehenden Hütte, aus deren Kamin Rauch quoll. Ein Besen steckte diagonal im Türrahmen und blockierte den Zugang.

Mathilda blieb die Luft weg vor Angst. Sie warf ihn zur Seite und riss mit einem Ruck die Tür auf. Ein Schwall heißer, feuchter Luft traf sie. „Herr Schulz?"

Sam lag ohnmächtig auf der vorderen Holzbank. Sie stürzte auf ihn zu, packte ihn unter den Armen und zog ihn keuchend zur Tür. „Herr Schulz! Wachen Sie auf! Hilfe! Ein Arzt! Hilfe!"

Mehrmals rutschte ihr der verschwitzte Körper aus den Händen und schlug auf dem harten heißen Boden auf. Trotzdem machte sie weiter, bis sie ihn ein Stück des Wegs entlanggezerrt hatte und bemerkte, dass sie ihm offensichtlich auf den rauen Steinen die Haut aufschürfte. Ein

Angestellter war nirgends zu sehen. Sie rannte zurück in die Sauna und schlug immer wieder auf den Notruftaster ein, der anscheinend kaputt war und keinen Mucks von sich gab. Draußen neben der Tür stand ein Eimer mit kaltem Wasser.

Mathilda packte ihn, hastete zu Sam zurück und schüttete einen Teil davon über seine Stirn, einen anderen über die Beine und Füße.

„Stopp, hören Sie auf damit!" Jetzt kam der Bademeister von vorhin angerannt, bevor sie Sam den Rest über den Bauch kippen konnte. „Was ist denn hier passiert?" Er zog sein Handy aus der Tasche. „Notfall, einen Arzt zur Außensauna. Eine Trage dazu." Er kniete sich neben Sam, fühlte den Puls, kontrollierte die Atmung und lagerte seine Beine höher. Dann versuchte er immer wieder ihn anzusprechen, während Mathilda schwer atmend daneben stand und fassungslos zusah.

Tränen liefen über ihr Gesicht. Sam regte sich nicht. Er simulierte nicht, er bildete sich nichts ein, er übertrieb nicht. Was hätte sie jetzt für einen schlauen Spruch gegeben oder eine Zurechtweisung.

Seine Nacktheit ließ ihn noch verletzlicher erscheinen, das Handtuch musste noch in der Sauna sein. Mathilda holte es und breitete es über seiner Körpermitte aus. Ihr war es egal, aber sie wusste, dass es Sam unendlich peinlich gewesen wäre, wenn er derart entblößt von Leuten gesehen wurde.

Eine Ärztin und zwei Krankenpfleger kamen angerannt. Plötzlich bewegte Sam sich und stöhnte leise. Sofort war Mathilda wieder an seiner Seite, tätschelte seine Hand und musterte ihn besorgt. Die beiden Pfleger schoben sie zur Seite, während die Ärztin den Puls und die Atmung überprüfte und die Anweisungen gab, wo er hingebracht werden sollte. Dann legten sie ihn auf eine Trage und brachten ihn auf die Krankenstation.

„Keine Sorge, der wird schon wieder." Der Bademeister stand schnaufend auf und wischte sich die Knie sauber. „Kennen Sie ihn näher?"

„Ob ich ihn ..." Mathilda sah rot. „Sie verdammter Vollidiot! Wie konnte das passieren? Sie haben ihn doch gesehen, als er rausging! Wer war das? Wer hat den Besen in die Tür geklemmt?"

Der Mann wich erschrocken zurück. „Besen? Was? Wovon reden Sie? Was ist denn los?"

Er hatte keine Chance. Mathilda warf ihn mit einem geübten Griff zu Boden und stemmte ihm ein Knie auf die Brust. „Die Tür war versperrt und er kam nicht mehr raus! Hat wohl nicht genug Trinkgeld bezahlt, damit Sie auch auf ihn achten, was? Was kostet es denn, dass Sie diskret im Hintergrund aufpassen, wie letzte Nacht? Das wird Sie Ihren Job kosten! Wenn er nicht wieder vollkommen gesund wird und das in kürzester Zeit, dann gnade Ihnen Gott." Schwer atmend ließ sie von ihm ab.

Der Bademeister blieb noch einen Moment liegen und starrte sie mit vor Schreck aufgerissenen Augen an. „Ich war die ganze Zeit drinnen und habe auf die Patienten in der Biosauna geachtet. Für den Außenbereich ist mein Kollege zuständig!" Er tastete nach seinem Handy, das ihm aus der Hosentasche gefallen war. Mathilda kickte es voller Wut ins Blumenbeet, dann lief sie der Trage hinterher.

In der Krankenstation kam Professor Schulte-Hoffmann angerannt und ließ sich über Sams Zustand aufklären. „Hängt ihn an den Tropf. Er braucht jetzt Flüssigkeit und Elektrolyte. Und macht ein EKG, wenn er sich ein bisschen erholt hat. Mein Gott, wie konnte das denn passieren?

Kommen Sie, Frau Rosenbaum. Ich habe schon Herrn Deber benachrichtigt. Papadakis ist nicht erreichbar."

Sie betraten Schulte-Hoffmanns Sprechzimmer, der über die Sprechanlage Kaffee und Espresso bestellte. „Und schicken Sie meine Termine alle zu den anderen Ärzten."

Er reichte ihr ein Taschentuch. „Wir kümmern uns um ihn, keine Sorge. Das passiert Anfängern schon mal in der Sauna. Sam hätte auch niemals allein dort hineingehen dürfen."

Mathilda schniefte. „Das war nicht das Problem. Jemand hatte die Tür mit einem Besen blockiert, er kam nicht mehr raus. Der Notruftaster ist außerdem kaputt und der zuständige Bademeister war auch nicht in der Nähe."

„Wie bitte?" Er sah sie alarmiert an. In dem Moment betrat Deber das Büro und der Professor fasste die Sachlage für ihn zusammen.

„Die Tür war blockiert? Wer war draußen zuständig?" Deber hielt sein Handy ans Ohr und bellte kurze Sätze hinein. „Wer hatte Dienst in der Außenanlage? Wo ist er? Herschicken. Sofort!"

Zeitgleich mit dem Barista, der den Kaffee brachte, kam ein blasser, muskulöser Mann um die Dreißig an, der durchaus bei Baywatch hätte mitspielen können. „Ich habe schon gehört, was passiert ist."

„Gut, dann haben Sie sicherlich eine Erklärung dafür!" Deber sprach leise. Seine angespannten Kiefermuskeln und die weißen Fingerknöchel der auf dem Tisch verschränkten Hände ließen ahnen, dass er seine Beherrschung nur mühsam aufrechterhielt.

„Ich hab den Gast nicht bemerkt. Er muss gekommen sein, kurz nachdem ich in die Technik gerufen wurde. Angeblich stimmte mit der Pumpe für die beiden

Tauchbecken etwas nicht. Dort wären irgendwelche Blätter hineingeraten oder so."

„Wer hatte Sie angerufen?" Deber sah ihn aufmerksam an und schrieb mit.

„Ich weiß nicht, ich glaube der Hausmeister. Das hatte ich nicht richtig verstanden."

„Wann war das genau?"

Der Mann nahm sein Handy und nannte die exakte Uhrzeit.

„Und dann?"

„Die Pumpen waren komplett ausgefallen und ich habe bestimmt eine halbe Stunde gebraucht, um sie wieder in Gang zu bringen. Und danach bin ich in die Pause gegangen, denn meine Schicht war eh vorbei."

„Aha und von wem wurden Sie abgelöst?"

„Ich weiß nicht, wer nach mir dran war. Das müsste auf dem Plan stehen."

Deber sah ihn an, als ob er ihn zum Abendbrot verspeisen wollte. „Sie dürfen Ihren Platz nie verlassen, bevor die Ablösung vor Ort ist. Das ist Ihnen doch bekannt, oder?"

Der Mann nickte betreten.

Schulte-Hoffmann drückte erneut auf die Freisprechanlage. „Wer ist aktuell in der Außenanlage? Wie? Keiner? Was ist das denn? Wurde der Plan geändert?" Er schlug mit der Faust auf den Tisch. „Untersuchen Sie das. So was darf niemals passieren!" Er atmete tief durch und ließ sich auf seinem Stuhl zurücksinken. Auf sein Winken verließ der Bademeister mit eingezogenem Kopf den Raum.

„Erst der Yogaraum, jetzt das hier. Haben die anderen Gäste etwas von dem Vorfall mitbekommen?"

Mathilda schüttelte den Kopf. „Nein, die lagen ja alle noch in ihren Quellbädern. Die Einzigen, denen ich kurz vorher begegnet bin, waren ziemlich miteinander beschäftigt." Sie rührte noch mehr Zucker als sonst in ihren Espresso. „Und was heißt, sowas darf nicht passieren? Das war doch kein Unfall. Das war Absicht! Der Besen ist nicht dorthin geflogen. Und der Notruftaster war auch nicht zufällig kaputt." Sie zog ebenfalls ihr Handy aus der Tasche und rief den Hausmeister an. „Eugen? Hier ist Mathilda. Hattest du einen der Bademeister angerufen, weil eine der Pumpen verstopft war? Nein? Okay, danke." Sie sah Deber und Schulte-Hoffmann scharf an. „Sonst noch Fragen? Das war ein Anschlag. Und in dem Fall ein Mordanschlag. Wenn ich meinen Kollegen nicht gefunden hätte, wäre er jetzt tot."

Schulte-Hoffmann wandte sich erst zu Deber und betrachtete dann seine Hände. „Tja. Nun wissen Sie, warum wir Sie hier haben wollten. Irgendwas ist im Busch und wir haben keine Ahnung was."

„Okay. Ist ja alles schön und gut. Aber langsam sollten Sie mal die Polizei einschalten, meinen Sie nicht? Oder warten Sie lieber, bis der Erste tot ist?"

Mathilda bemerkte zwar den Blick, den Schulte-Hoffmann und Deber sich zuwarfen, konnte ihn aber nicht einordnen.

„Genau das wollen wir vermeiden. Verstehen Sie das nicht? Kein Mord und keine Polizei! Dazu sind Sie doch hier! Und es besteht immer noch die kleine Chance, dass der Besen neben der Tür stand und einfach umfiel." Deber zuckte mit den Schultern.

„Der Notruftaster!" Mathilda biss die Zähne zusammen, um nicht die Beherrschung zu verlieren.

„Ja, das lässt einen Unfall doch recht unwahrscheinlich erscheinen. Gut, jetzt hat es zufällig Sam getroffen, aber das sollte Ihnen eine Mahnung sein, noch wachsamer zu sein. Oder hatte sich Ihr Kollege in den drei Tagen schon jemanden zum Feind gemacht?"

Mathilda schüttelte den Kopf, dabei dachte sie kurz an Frau Wellen, aber das war ja eher das Gegenteil. Und sie konnte sich nicht vorstellen, dass sie so unzufrieden mit Sams Leistungen als Liebhaber war, dass sie ihn am nächsten Tag um die Ecke bringen wollte.

„Auf keinen Fall." Schulte-Hoffmann schüttelte energisch den Kopf. „Ich habe das beobachtet. Er war ein beliebter Gesprächspartner."

„Gut, aber ich werde mich jetzt zumindest dem Personal gegenüber outen. Ich muss die Mitarbeiter befragen, um dahinter zu kommen, wie das passieren konnte. Außerdem kann es nicht schaden, wenn sie sich beobachtet fühlen. Herr Schulz bleibt aber inkognito."

Deber nickte. „Ich schreibe allen eine Nachricht aufs Diensthandy, damit sie wissen, dass sie Ihnen antworten müssen." Er reckte sich, dann griff er nach seinem Handy, das in dem Moment klingelte, und ging hinaus.

„Manfred hat recht." Schulte-Hoffmann klopfte mit einem Kuli auf die Schreibtischunterlage. „Sam wird in ein paar Stunden wieder auf den Beinen sein. Seien Sie wachsam. Nur noch die nächsten beiden Tage. Irgendjemand hier versucht uns zu boykottieren. Finden Sie ihn, egal, wie. Dann ..."

Die Tür ging auf und Papadakis kam hineingestürzt. „Was ist passiert? Wie geht es ihm?"

Schulte-Hoffmann sah ihn strafend an. „Sag mal, wo kommst du denn her? Du kannst doch nicht mitten am Tag verschwinden! Herrn Schulz geht es gut."

Papadakis ließ sich in den freien Sessel fallen. „Ich war im Solebad und hatte Kopfhörer auf. Und jetzt mach mal halblang. Eine Mittagspause steht uns allen zu."

Schulte-Hoffmann rieb sich über das Gesicht. „Ja, natürlich." Er fasste kurz für ihn zusammen, was passiert war, während Mathilda sich verabschiedete und zur Bibliothek ging.

Als sie sich der Bibliothek näherte, kam ihr eine Reinigungskraft mit einem Putzwagen und hochrotem, gesenktem Kopf entgegen und huschte sehr schnell an ihr vorbei. Mathilda blickte ihr irritiert hinterher. Das Rätsel klärte sich auf, als sie den Raum betrat und sah, dass Ulla sich gerade das Kleid richtete, während Robert seine Hose schloss.

„Ihr habt doch wohl nicht etwa ..." Dann überkam sie Sprachlosigkeit.

„Wir haben uns gelangweilt", antwortete Ulla ganz ungeniert, wie immer. „Aber in der letzten halben Stunde nicht mehr."

Robert räusperte sich nur. „Gibt es etwas Neues? Du warst lange weg. Charles ist schon wieder da." Er deutete auf den Hund unterm Tisch, der mit Leidensmiene vor sich hinstarrte und noch nicht einmal wedelte.

„Ja, es gab einen Anschlag auf Herrn Schulz. Jemand wollte ihn umbringen."

Sie erzählte ausführlich was passiert war und baute dabei die beiden Rechner und das Laptop ab. „Wir können hiermit heute aufhören. Ulla, mach bitte im Büro weiter. Ich muss jetzt im Haus nachforschen, wer dahinter steckt."

„Können wir dir dabei nicht auch helfen?" Robert war ganz ernst und besorgt.

„Nein, das würde zu viel Unruhe hier reinbringen. Ich schau später nach Herrn Schulz. Laut Professor Schulte-Hoffmann ist er spätestens morgen wieder auf den Beinen und dann sucht er mit. Du kannst aber noch zu Eugen Salz gehen. Ich zeig dir, wo du ihn findest."

14.

Sam lag in seinem Krankenbett und hing am Tropf, sah aber wieder ganz fit aus. Er trug ein Krankenhaushemd, an dem er verlegen zupfte, als Mathilda eintrat und wurde rot wie ein Paradiesapfel.

„Wie gehts Ihnen? Ich seh schon, bei Ihnen wird das Kühlwasser aufgefüllt." Sie versuchte betont fröhlich zu klingen.

„Ja, ähm ... danke. Soweit gut." Er nestelte an seiner Bettdecke. „Sie haben mich gefunden hab ich gehört."

„Ja, kurz bevor Sie durchgegart waren."

„Und ich war unbekleidet. Sie haben mich sozusagen nackt gefunden."

„Ist nu mal so in der Sauna. Hab aber nicht drauf geachtet. Ich fands interessanter dafür zu sorgen, dass Sie am Leben bleiben."

„Jaja, natürlich. Vielen Dank auch! Ähm ... die Schürf-wunden an meinem ... also, ich will mich nicht beschweren, aber man sagte mir, dass eine nicht unerhebliche Fläche Haut fehlt."

„Ach so. Ich konnte Sie nicht tragen und musste Sie über die Steine schleifen. Ist das ein Problem?"

„Nein, nicht im Geringsten. Und die Beulen an meinem Hinterkopf?"

„Sie sind mir ein paar Mal weggeglitscht. Sorry. Tuts weh?"

„Ach. Geht schon. Ja, dann Danke nochmal."

Einen Moment lang schwiegen die beiden, bis Mathilda wieder das Wort ergriff. „Seh ich das richtig, dass die Schrammen an Ihrem Hintern Ihnen mehr Sorgen bereiten als die Tatsache, dass Sie jemand abmurksen wollte?"

„Nein!" Sam sah sie erschrocken an. „Wie kommen Sie denn darauf?"

„Weil es das Erste war, was Sie mich gefragt haben. Nicht wer war das oder wie kam es dazu."

„Natürlich will ich wissen, wer das war. Aber verstehen Sie denn nicht? Es ist mir so ... so unendlich peinlich, dass Sie mich so gesehen haben. Und ... und angefasst haben. Ich war verschwitzt. Außerdem fehlt wirklich viel Haut, es war kurz davor, dass welche hätte transplantiert werden müssen." Er flüsterte fast.

Mathilda stöhnte. „Mann, Sie haben vielleicht Probleme. Vergessen Sie das ganz schnell. Ich leg beim nächsten Mal Rollen drunter wenn ich Sie irgendwohin zerre und zieh Ihnen vor der Wiederbelebung eine Hose über. Haben Sie einen besonderen Wunsch, welche?"

Sam antwortete nicht, sondern warf ihr nur einen Blick mit hochgezogenen Augenbrauen zu.

„Okay, vergessen wir die Aktion von dem Zeitpunkt an, an dem ich Sie gefunden habe. Aber über das davor müssen wir uns dringend Gedanken machen. Ist Ihr Hirn dafür schon wieder ausreichend mit Flüssigkeit versorgt?"

Sam nickte ergeben. „Ja. Sicher. Aber ich bin dabei kaum eine Hilfe. Ich habe nichts bemerkt, bis ich den Raum verlassen wollte. Die Tür war verschlossen und der Notrufschalter defekt. Das Fenster ging nicht auf und niemand hat mich gehört. Dann wurde ich auch schon ohnmächtig."

Mathilda hatte sich ein paar Infos mehr erhofft. „Gut, dann befrage ich jetzt mal etwas ausführlicher die ganzen Mitarbeiter aus dem Badebereich. Soll ich Frau Wellen irgendwas ausrichten? Die vermisst Sie doch bestimmt."

Wieder wurde Sam rot.

„Nein, das tut sie ganz sicher nicht."

„Nein? Gibt es da was, was ich wissen muss? Oder will? Von Ihrer Eskapade im Schwimmbad hab ich schon gehört. Von dem Trinkgeld muss sich der Bademeister wohl ein neues Handy kaufen. Ich hab seins kaputt gemacht."

„Sie haben was? Egal. Nein, das müssen andere Gäste gewesen sein. Hier geht es diesbezüglich ja drunter und drüber. Nein, ich habe Frau Wellen mitgeteilt, dass ich nicht interessiert bin."

„Oh. Wie hat sie es aufgenommen?"

Sam blickte einen Moment zur Seite. „Nicht gut, könnte man sagen. Sie wurde ein wenig ausfallend und ... irgendwie beleidigend." Seine Kieferknochen wirkten angespannt und er sah Mathilda direkt an. „Könnte ich Ihnen bitte die Einzelheiten ersparen? Sie haben sehr an meiner Männlichkeit genagt."

„Dinge, die an Ihrer Männlichkeit nagen, will ich überhaupt nicht kennen. Ich will mir das noch nicht mal vorstellen. Trotzdem sollten wir uns mal unterhalten." Mathilda verschränkte die Arme vor der Brust.

Sam sah an sich herunter. „Muss das jetzt sein? Ich fühle mich mit diesem offenen Gewand so einem Gespräch nicht gewachsen."

Mathilda holte sich einen Stuhl und schob ihn geräuschvoll ans Bett. „Jetzt hören Sie mir mal gut zu. Jeder hier im Haus lügt, hält Informationen zurück oder glaubt mir nicht. Es passieren haarsträubende Dinge und heute sind Sie fast ..." Ihr traten Tränen in die Augen, die sich zu ihrem Bedauern nicht weg atmen ließen. „... fast ums Leben gekommen. Mir reichts! Ich warte hier doch nicht ab, bis Sie oder jemand anderer über die Wupper geht, nur damit diese drei Schnösel ihre Bude pünktlich öffnen können!"

Sam schluckte und blickte dann neben sich aus dem Fenster. „Sie wollen wissen, warum ich Bernhard einen Gefallen schulde? Ist es das?"

„Ja, verdammt. Ich will mal irgendwas zu fassen bekommen. Die Grundlage unserer Geschäftsbeziehung ist absolute Ehrlichkeit und Offenheit. Ohne das brauchen wir ab hier nicht mehr weiter zu arbeiten!"

Sam sah sie einen Moment schweigend an und nickte dann. „Sie haben recht." Er setzte sich auf, zog das Hemd zurecht und faltete die Hände vor dem Bauch. „Ich war in einer Studentenverbindung. Also, bin ich immer noch. Jetzt bin ich einer der Alten Herren."

„Sie benehmen sich wie ein alter Sack, das stimmt, aber was hat das mit unserem Problem zu tun? Und ... Moment mal! Studentenverbindung? Das sind doch diese rechten Vögel! Sagen Sie mir, dass das nicht wahr ist!" Mathilda war bei ihren letzten Worten aufgesprungen.

„Setzen Sie sich wieder hin und hören Sie zu. Ja, es gibt rechte Verbindungen, aber nein, in so einer war ich nicht. Unsere heißt Scientia, sie richtet sich ausschließlich an Studenten der Naturwissenschaften, Medizin und Mathematik."

„Klar. Und nur an Jungs. Frauen haben da nichts zu suchen."

„So ähnlich, aber anders, als Sie denken. Wir waren ursprünglich eine gemischtgeschlechtliche Verbindung, aber unsere Damen wollten eine eigene Gruppe bilden und haben sich abgespalten. Zu gesellschaftlichen Anlässen treffen wir uns aber immer noch gemeinsam."

Mathilda musste grinsen. „Echt jetzt?"

„Ja. Außerdem sind wir eine internationale Verbindung. Keine nationale oder nationalistische."

„Okay. Und was wollten Sie da?"

„Ich war neu an der Hochschule, kannte niemanden, war unsicher. Onkel Walther war einer der Alten Herren und hat mich empfohlen. Also bin ich hingegangen und habe mir das mal angesehen."

„Und zack, schon hatten die Sie am Wickel."

„Wenn es mal so einfach wäre. Ein Jahr war ich Fuchs und musste die Älteren bedienen, egal, was denen einfiel. Zum Glück waren die nicht so fantasiebegabt wie in so manch anderer Verbindung. Trotzdem musste ich auch schon mal nachts aufstehen und einem ein Hemd für den nächsten Tag bügeln."

„Na, das geht doch noch, ich hab da ganz andere Sachen gehört."

„Ja, bei uns gab es auch nicht diese klassischen Saufgelage. Nicht dass wir nicht getrunken hätten, aber es fiel keiner ins Koma und nur die erbrachen sich, die nicht mal einen guten Bordeaux vertrugen."

„So wie Sie."

„Ich vertrage nur keine kalten Getränke. Gegen ein Glas Wein oder Bier in Zimmertemperatur habe ich nichts einzuwenden."

„Weiter. Wann kommt Schulte-Hoffmann ins Spiel? War der einer der Alten Herren? Hat er Sie bei was Peinlichem erwischt?"

„Nein, er ist nicht in unserer Verbindung, er ist bei einer, die Sie nicht gutheißen würden. Wie übrigens auch Papadakis und Deber. Und ein Teil der Gäste. Die Verbindungen sind einer der Ursprünge der Netzwerke, die viele nutzen, um später erfolgreich zu sein. Sie erleichtern manche Karrierewege erheblich. Es werden einem Möglichkeiten eröffnet, die jemand ohne solche Kontakte nicht bekäme."

„Schulte-Hoffmann. Wo kommt Schulte-Hoffmann ins Spiel?"

„Nun warten Sie doch. Wenn man einer Verbindung, egal welcher, beitreten will, gehören Aufnahmerituale dazu. Bei den schlagenden Verbindungen ist das die Mensur, bei anderen lebensgefährliche Besäufnisse, Demütigungen in aller Öffentlichkeit und Mutproben, die nicht jeder überlebt."

„Oje, ich ahne Schreckliches."

„Ja, auch bei uns gab es so etwas. Zum einen wurde ein Intelligenztest verlangt mit einer Mindestpunktzahl, die ich locker erreichte. Dann noch ein paar Verpflichtungen, wie Umgangsformen und Anstand und dann … tja. Dann gab es noch eine weitere Komponente." Sam holte tief Luft und schloss die Augen. Selbst bei der Erinnerung daran wurde er rot. „Wissen Sie, das Maskottchen unseres Hauses war ein Ziegenbock. Ein stinkendes, zotteliges Tier, von einer Größe, die man bei dieser Art nicht erwarten würde. Er wurde das ganze Jahr mit drei weiblichen Ziegen auf einer Weide gehalten und war glücklich. Aber er war auch bösartig. Deswegen hatten wir ihn. Um es kurz zu machen: Wer in die Verbindung aufgenommen werden wollte, musste gegen das Tier antreten. Kämpfen. Und zwar ohne Hilfsmittel. Und im Beisein aller anderen."

„Wie? Der hat einfach angegriffen?"

„Ja, hätte er, aber als erschwerende Maßnahme wurde er einen Tag ohne Futter in einer Scheune gehalten. Das machte ihn ungeheuer wütend. Am Morgen musste der Anwärter dann ein Stück Wiese mähen und das frische Gras in seinen Verschlag bringen. Das bösartige Tier riecht das und versucht an das Futter heranzukommen."

„Versucht?"

„Ja versucht, weil die Aufgabe darin bestand ihn mit bloßen Händen ein halbe Stunde davon abzuhalten. Da brachen auch mal Knochen. Die der Studenten, meine ich."

Mathilda kaschierte ein Lachen mit einem Hustenanfall. „Hab ich mir schon gedacht. Lassen Sie mich raten. Der Bock hat Sie besiegt!"

„Nein, ich triumphierte über das Tier."

„Echt jetzt? Wo ist die Pointe?"

„Bernhard hat mir vorher ein Medikament verabreicht, das mich zum Berserker werden ließ. Es steigerte meine Kampfeslust so sehr, dass ich auch einen Stier besiegt hätte. Das Mittel stammte wohl aus einer Versuchsreihe für amerikanische Soldaten."

Mathilda dachte an ihre tote Oma, um nicht doch noch loszuprusten. „Das ist doch nicht wahr! Woher wusste Schulte-Hoffmann von dieser Sache, wenn er nicht in dem Verein war?"

„Er war der Arzt, der zur Sicherheit anwesend war, um die Wunden und Knochenbrüche zu behandeln. Der neue Verbindungsbruder in der Woche nach mir verlor auf mir unerklärliche Weise seine oberen Schneidezähne und brach sich beide Unterarme. Die neuen Füchse haben ihn wochenlang mit einem Strohhalm gefüttert."

„Echt jetzt? Die Zähne waren weg?"

„Natürlich nicht, wir haben sie aufgehoben, in Milch gelegt und sie wurden wieder eingesetzt. Ich war jedenfalls froh, kein Fuchs mehr zu sein, da er mit den beiden geschienten Armen auch keine Körperpflege mehr betreiben konnte. Aber ich schweife ab." Sam sah sie an wie ein Sünder seinen Beichtvater. „Ich tauge nicht zum Helden. Aber das dürfte nicht neu für Sie sein. So, jetzt kennen Sie mein Geheimnis und glauben Sie mir, ich bin nicht stolz darauf. Davon abgesehen hätte ich Ihnen das gar nicht erzählen dürfen. Es ist bei Strafe verboten mit Außenstehenden über die Interna zu sprechen."

„Ich schweige wie ein Grab, keine Sorge."

„Bitte auch Ulla gegenüber. Wenn das zu Robert durchsickert, wäre das fatal. Auch er ist ein Alter Herr in einer Verbindung."

„Echt? Meine Güte. Ich wusste gar nicht, wie verbreitet das ist."

„Ist es auch nicht, nur bei einigen Fakultäten kommt es etwas häufiger vor als bei anderen. Das tut aber nichts zur Sache. Tatsache ist nur, wenn das herauskommt, werde ich ausgeschlossen und von allen gemieden."

„Ist ja wie bei einer Sekte. Wäre das wirklich so schlimm? Sie haben mit denen doch gar nichts mehr am Hut."

„Doch, das wäre schlimm. Für mich. Vermutlich können Sie das nur schwer nachvollziehen, da Ihr gesellschaftliches Leben nicht davon betroffen ist. Aber ich hätte keine Freunde mehr."

„Es blieben Ihnen noch Ulla und ich. Und vielleicht Robert, wenn er Ihnen den Fehltritt verzeiht."

„Gut, ihr seid mir auch die wertvollsten Freunde, keine Frage. Trotzdem geht mein Leben darüber hinaus. Der Inhaber des Golfclubs ist ein Verbindungsbruder und würde mich bloßstellen. Und was glauben Sie, warum wir es immer so leicht hatten, an Laboranalysen, die Suchprogramme und Passwörter für Datenbanken und andere Informationen zu kommen? Das wäre vorbei. Mein Theaterabo, bei Ausstellungen, überall würde ich den

Menschen begegnen, die bisher mein Leben bereichert haben und wäre der Lächerlichkeit preisgegeben." Er schüttelte den Kopf. „Ich leide seit Jahren darunter, dass Bernhard mein Geheimnis kennt. Dieses Damoklesschwert hat mir so manche schlaflose Nacht bereitet. Dass er jetzt ausgerechnet hierherkommen musste ... ich weiß nicht, wie ich damit umgehen soll."

„Hat er Sie so richtig erpresst?"

„Nein, das wäre nicht sein Stil. Aber er hat mich schon daran erinnert, dass ich ihm einen Gefallen schulde."

Mathilda sah nachdenklich vor sich, dann stand sie auf. „Ich muss mal los und die Badefritzen ausquetschen. Bin sehr gespannt, wer Ihnen da ans Leder wollte. Würden Sie Blondi so was zutrauen?"

„Wenn Sie damit Frau Wellen meinen, nein. Sie hat sich zwar sehr erregt, aber dazu wäre sie nicht in der Lage. Ich denke, sie hat sich bereits anderweitig orientiert."

„Gut, ich werde sie trotzdem im Auge behalten. Man kann ja nie wissen. Und keine Sorge, ich lass Sie nicht hängen. Ich versteh zwar nicht, warum man zu so einem Verein gehören will, aber wir machen weiter."

Sam schluckte und nickte ihr nur zu.

Als sie schon fast draußen war, rief er sie noch einmal zurück. „Wenn Sie jetzt die Mitarbeiter befragen, dann bedenken Sie doch bitte, dass man Mäuse mit Nutellabrot fängt und nicht so lange anschnauzt, bis sie in die Falle laufen."

Mathilda ging als erstes wieder ins Kaminzimmer. Selten hatte sie einen doppelten Espresso so nötig wie jetzt. Auf dem Weg dorthin kam ihr Frau Wellen entgegen. Sie sah überhaupt nicht entspannt aus.

„Frau Wellen! Einen Moment. Alles in Ordnung? Ich wollte mit Ihnen sprechen, wenn Sie gerade keine Anwendung haben."

Die blonde Frau straffte sich und knipste ein professionelles Lächeln an, als sie sich umdrehte. „Natürlich, worum geht es denn?"

Mathilda improvisierte. Sie hatte nicht damit gerechnet ihr so früh zu begegnen. „Herr von Kannenschrank, Sie wissen doch wen ich meine? ..."

„Hören Sie! Ich habe nichts mit Herrn von Kannenschrank zu tun, wir haben uns nur unterhalten, völlig harmlos." Für einen Moment verlor sie jetzt doch die Contenance.

Mathilda war perplex. „Hm, ja natürlich. Das wollte ich gar nicht wissen. Herr von Kannenschrank hatte einen kleinen Unfall in der Sauna. Hatten Sie ihn heute Mittag gesehen? Oder womöglich begleitet?"

„Einen Unfall? Das tut mir leid." Sie sah ehrlich bestürzt aus. „Wie geht es ihm?"

„Soweit gut. Er ist kein erfahrener Saunagänger und ihm ist ein bisschen zu warm geworden."

„Ich habe ihn das letzte Mal gestern Spätabend gesehen. Wir hatten einen kleinen Disput. Entsprechend bin ich ihm beim Frühstück aus dem Weg gegangen. Heute Mittag war ich ganz brav allein im Quellbad, so wie alle anderen."

„Dürfte ich wissen, warum Sie meine Frage so erregt hat? Nicht, dass das Haus etwas versäumt hat." Mathilda war so dienstbeflissen, dass sie innerlich Pickel bekam.

„Unter uns gesagt, mir ist heute Morgen ein bekannter Scheidungsanwalt hier begegnet. Mein letzter Mann hatte ihn schon beauftragt und ich dachte, mein jetziger hätte ihn geschickt." Sie blinzelte unsicher.

„Robert? Robert Gernsheimer? Nein, er war in einer ganz anderen Funktion hier. Keine Sorge." Mathilda tätschelte Frau Wellens Arm und lächelte sie aufmunternd an.

„Dann ist ja gut. Für meine nächste Scheidung will ich ihn nämlich beauftragen. Es wäre schade, wenn mein Mann mir zuvorgekommen wäre. In welcher Funktion war er denn hier?"

Mathilda lächelte immer noch. „Das hat nichts mit unseren Patienten zu tun." Dann senkte sie die Stimme und zwinkerte ihr zu. „Es ist ein Geheimnis." Eine lahme Ausrede, aber auf die Schnelle war ihr nichts Besseres eingefallen.

„Das ist ja spannend!" Frau Wellen schien sehr erleichtert. „Ich verrate niemandem etwas." Sie verschwand in Richtung Bädertrakt, nicht ohne einen weiteren Knopf ihrer Bluse zu öffnen und ihre Haare aufzuschütteln.

Der Barista sah Mathilda nur kurz an und zauberte den besten Espresso, den es außerhalb Italiens je gegeben hatte. Der winzige Hauch Zimt und die delikate Spur Zitronenschale wurden kurz darauf von einer gewaltigen Überdosis jamaikanischen Rohrzuckers erschlagen.

Mathilda saß in Gedanken versunken vor ihrem Espresso und legte sich Fragen zurecht, von denen sie hoffte, dass sie sie auf die Spur des Attentäters bringen würden. Ihr Job hatte sich auf eine Art gewandelt, mit der sie niemals gerechnet hätte: Vom Stochern im Nebel, von dem keiner wusste, ob er überhaupt etwas verbarg, hin zu einer ernsthaften Ermittlung in einem Fall von versuchtem Mord.

Nach ein paar Minuten fiel ihr auf, dass immer wieder Mitarbeiter vorbeikamen, dem Barista etwas gaben und sie dabei böse ansahen. „Was ist denn mit denen los?"

„Ich habe Wetten darauf angenommen, wer oder was Sie sind. Dreiviertel haben auf die Assistentin gesetzt. Ich würde mal sagen, Sie haben Ihre Rolle mit Bravour gespielt."

Mathilda schnappte ungläubig nach Luft. „What? Und wer hat dagegen gewettet?"

„Nur ein paar. Ich zum Beispiel. Ich dachte, Professor Schulte-Hoffmanns Schwiegereltern hätten Sie als Spitzel eingeschleust."

Mathilda blieb fast mit der Zunge am Boden der Espressotasse kleben. „Warum das denn?"

„Sie kamen später und haben sich irgendwie zu souverän verhalten. Das sind Nuancen, aber ich habe früher als Wahrsager auf Volksfesten gearbeitet. Da lernt man, auf solche Kleinigkeiten zu achten. Eine Art Spitzel sind Sie ja auch. Deshalb habe ich gewonnen. Gute Quote."

Und worauf haben die anderen getippt?"

„Drei darauf, dass Sie Debers, zwei, dass Sie Papadakis' Geliebte sind, dann Detektivin, die einen Gast beschatten soll und jemand, der sich einen der reichen Typen angeln will."

„Echt jetzt? So wirke ich?"

Der Barista schüttelte den Kopf und nahm nebenbei von einem der Kellner einen Zwanziger entgegen. „Deber würde sich nie jemanden so selbständigen an die Backe kleben. Außerdem sehen Sie ziemlich gut aus. War klar, dass das Ärger mit seiner Frau gibt. Zu viel unnötiger Stress. Und bei den Patienten haben Sie keine Chance. Verhältnis ja, aber mehr nicht. Ihnen fehlt der Stallgeruch, Sie tun ja noch nicht mal so, als würden Sie dazugehören."

„Meinen Sie, die haben was gemerkt?"

„Nein, die merken nur, was in ihren eigenen Kreisen vor sich geht. Alles andere wird ignoriert."

„Gibt es noch mehr Wetten?"

„Natürlich. Wie lang Debers Ehe noch hält zum Beispiel. Wer am Schluss dichter dran ist, gewinnt den Pott. Abzüglich meiner Provision. Oder wie lang es bis zu Papadakis' nächstem Unfall dauert. Er schluckt ein bisschen zu viel, der Gute."

„Er ist an meinem ersten Tag mit seinem Motorrad im Kurparkteich gelandet. Die Bremsen haben versagt."

„Wirklich? Hab ich gar nicht mitbekommen! Das ist ja phantastisch! Also diesmal Bremsenversagen. Wissen Sie noch die genaue Uhrzeit?" Er notierte sich, was Mathilda ihm sagte. „Gut, dann können Sie jetzt bei der nächsten Runde dabei sein."

„Was hatte er denn noch für Unfälle bisher?"

„Er stand wohl direkt neben dem Mann, der vom Gerüst gefallen ist und tragischerweise starb. Er selbst fiel auch eine Etage tiefer. Am Tag vor der Woche mit den Testgästen fand ihn der Bademeister, der Hans, total unterkühlt im Therapiebecken. Im Park ist er fast unter einen umstürzenden Baum geraten. Und irgendein Testgast hat ihn beim meditativen Zen-Bogenschießen am Arm erwischt. Das wurde dann aus dem Programm genommen."

„Und woher wissen Sie das alles? Das ist doch vor Ihrer Zeit hier passiert. Noch einen Espresso bitte." Mathilda griff in die Schale mit der Schweizer Schokolade und wickelte ein Täfelchen aus.

„Das mit der Baustelle hat der Hausmeister erzählt. Und ein paar von uns sind schon ein paar Wochen hier. Wir waren an der Einrichtung beteiligt. Wenn später die zahlenden Gäste da sind, haben wir draußen noch eine Saftbar und eine Teebar vormittags. Das alles habe ich mitaufgebaut. Und nirgendwo wird Alkohol ausgeschenkt." Der Barista zwinkerte ihr zu.

„Und der Bademeister hat Papadakis gefunden? Was war denn da passiert?"

„Er ist wohl nachts schwimmen gegangen und hat dabei einen gepichelt. Was genau vorgefallen ist weiß ich nicht. Der Hans hat ihn jedenfalls aus dem Wasser gezogen, wiederbelebt und Prof Schulte-Hoffmann gerufen. Papadakis kann sich nicht dran erinnern, wie er da reingeraten ist. Das ist aber ein Geheimnis. Von mir haben Sie das nicht."

Mathilda nickte. „Klar. Dann werde ich den Hans auch dazu mal befragen. Ich sag ihm, Papadakis selbst hätte mir davon erzählt."

Der Bademeister pumpte sich auf, als er sie kommen sah. Mathilda dachte an Sams Metapher von den Mäusen und dem Nutellabrot und legte eines der Schweizer Schokoladentäfelchen vor den Mann.

„Ich esse keine Kohlehydrate seit 1998." Er starrte erst das Täfelchen, dann Mathilda an. „Soll das eine Entschuldigung sein?"

„Nein, natürlich ni... ich meine ja. Haben Sie Ihre Benachrichtigungen gelesen? Sie müssen mit mir reden. Also das heißt, es wäre schön, Sie würden mir ein paar Fragen beantworten." Mathilda holte tief Luft und versuchte sich an einem Lächeln. „Ich will klären, wie es zu diesem Vorfall kommen konnte und wer dahinter steckt. Dazu brauche ich Ihre Unterstützung."

Der Mann nickte und rief eine Kollegin. „Lös mich bitte mal kurz ab, ich werde jetzt verhört."

Mathilda verdrehte die Augen. „Bitte ..." Sie betonte das Wort sehr deutlich. „... erklären Sie mir die Organisation und die Erstellung der Aufsichtspläne. Gibt es hier Kameras?"

Er schüttelte den Kopf. „Nein, einige Gäste gehen nackt in die Sauna. Wenn die eine Kamera entdecken würden, wäre früher Abend. Um das Areal herum ist ein Sichtschutz gebaut und direkt dahinter ist immer Security. Aber die können nicht sehen, was hier passiert. Dafür sind nur wir zuständig."

„Gut. Dann frag ich die gleich, ob sie was gehört haben."

Kopfschütteln. „Ich habe sie schon gefragt. Sie haben nichts gehört." Dann sah er sie offen an. „Ich habe auch ein Interesse daran, dass der Vorfall aufgeklärt wird. Das ist mein Bereich hier. Ich bin der Abteilungsleiter und sowas ist untragbar, das kann mich meinen Job kosten und glauben Sie mir, den will ich behalten."

Mathilda nickte und ließ sich dann noch genau die Pläne erklären, wer dafür zuständig war, wer darauf Zugriff hatte und wie es zu der Änderung kommen konnte. Das Gespräch führte ins Leere. „Ich geh mal nach Spuren suchen."

Der Bademeister nickte. „Ja, ich habe schon alles abgesucht und den Besen gesichert, falls Sie nach Fingerabdrücken schauen wollen. Aber vielleicht fällt Ihnen ja noch etwas auf." Okay, er schien nicht nachtragend zu sein.

„Haben Sie eigentlich Papadakis im Wasser gefunden? Bevor die Testwoche anfing? Er hat mir davon erzählt."

„Ja. Er hatte im Schwimmbadereich eine kleine Privatparty veranstaltet. Mit zwei Frauen von der Stadtverwaltung. Als die weg waren, hat er noch ein bisschen allein weiter gefeiert. Dabei hatte er sich wohl etwas übernommen."

Am Besenstiel war nichts zu finden. Gar nichts, außer Mathildas eigenen Abdrücken. Das ließ darauf schließen, dass der Täter ihn saubergewischt hatte, sonst wären alte Spuren zu erkennen gewesen. Der Notruftaster war komplett vom Strom genommen, vermutlich abgerissen und wieder auf die Wand geklebt worden, damit die Beschädigung nicht auffiel.

Sie sprach noch mit den anderen Angestellten, die an dem Tag in der Bäderabteilung beschäftigt waren, vor allem demjenigen, der für den Außenbereich zuständig war. Leider erfuhr sie nicht das Geringste, das sie weiter gebracht hätte.

Niedergeschlagen zog Mathilda sich auf ihr Zimmer zurück. Zuerst sah sie auf dem Handy nach den Eulen, die aber immer noch schliefen. Dann setzte sie sich vor ihr Laptop. Der vierte Mann, Schade, war ihr nächstes Ziel. Da er das Haus gefunden und schon so lange im Visier gehabt hatte, war es naheliegend, dass er in der Nähe wohnte.

Mathilda überlegte. Einfach anrufen und einen Termin vereinbaren? Lieber spontan aufkreuzen und ihn überraschen? Sie brauchte jedenfalls eine gute Strategie, wie sie ihm gegenübertreten konnte. Direkt zu fragen, ob er in den letzten Tagen beabsichtigt hätte, jemanden in der Klinik umzubringen, war vermutlich nicht die richtige Taktik.

Sie suchte ihn in allen sozialen Netzwerken und versuchte sich ein Bild von ihm zu machen. Auf dem Foto sah sie einen strahlenden Endvierziger der, von ein paar imposanten Hasenzähnen einmal abgesehen, auch Werbung für Kaffee hätte machen können.

Sein beruflicher Werdegang war gespickt mit Firmennamen, die man irgendwo schon mal gehört hatte, aber nie so genau wusste, was ihr Zweck war. Seine Berufsbezeichnung war Consultant, ein Oberbegriff der, außer Brötchenbacken, fast alles beinhalten konnte. Hobbys natürlich Golfen, was sonst, und Segeln. Ehrenamtlich setzte er sich für den regionalen Denkmalschutz ein, hielt Vorträge dazu und hatte gerade erst den Abriss eines Hotels der Gründerzeit verhindert, dessen Name und Fassade über die Region hinaus bekannt waren. Er passte zu den anderen Dreien.

Mathilda schrieb sich die Adresse seines Büros auf und wollte später dort vorbeifahren. Mal sehen, ob sich etwas ergab.

15.

Etwas zufriedener ging sie zu den Überwachungsräumen, in denen die Monitore standen. Kurz davor fing Frau Deber sie wieder einmal ab. „Auf ein Wort. Sie sind also Detektivin. Gut. Wenn Sie irgendetwas Verdächtiges entdecken, dann sagen Sie mir ebenfalls Bescheid. Ich gehöre gewissermaßen auch zur Geschäftsleitung." Mit versteinerter Miene wartete sie Mathildas Antwort ab, die nur nickte.

„Klar doch." Dann schob sie sich an der Frau vorbei und ließ sie stehen.

„Was glauben Sie eigentlich, wer Sie sind? Sie machen hier ..." Sie hielt die Detektivin am Ärmel fest. Das hätte sie besser nicht getan.

Mathilda wirbelte herum und baute sich vor der Frau auf. „Loslassen! Es reicht! Haben Sie nichts anderes zu tun? Suchen Sie Mozart. Frau von Kalbstadt wird sich freuen. Und Ihr Mann auch."

Die Haut am Hals wurde fleckig, die Augen drohten aus den Höhlen zu quellen. „Das ist ja wohl ..."

Den Rest hörte Mathilda nicht mehr, weil sie die Tür des Raums mit den Monitoren hinter sich schloss. Was für eine frustrierte Kuh. Sie war so unsympathisch, dass es

Mathilda schwerfiel Mitleid mit ihr zu haben. Obwohl sie wusste, dass sie bei dem Mann genau das verdient hätte.

Der Chef der Security war nur mäßig erfreut und versuchte immer wieder durchblicken zu lassen, dass es kein Sicherheitsproblem gab, solange er aufrecht stehen konnte. Aber Mathilda bestand darauf, die Aufzeichnungen des Tages anzusehen.

Leider hatte sie nicht damit gerechnet, dass so viele Kameras im Außenbereich und in den Gebäudetrakten installiert waren. Die Flure wurden alle überwacht, auch im Keller, ferner das Restaurant, Kaminzimmer und Foyer.

Außerdem der Vortragsraum und ein Saal, in dem heute Abend eine Tanzveranstaltungen stattfinden würde. Auch die Küche und die Vorratsräume waren mit Kameras ausgestattet.

Sie musterte die Datenträger vor sich und seufzte. Selbst wenn sie alles mit zehnfacher Geschwindigkeit ansah, bräuchte sie Stunden dafür und dann müsste der Besuch bei Schade ins Wasser fallen. Also war wieder ein Anruf bei ihrer Freundin fällig.

„Ulla? Sag mal, hast du heute Abend schon was vor? Wie wäre es mit ein paar Filmen?"

Geteiltes Leid war halbes Leid und Ulla ließ sie nicht im Stich.

Allerdings schien Ulla irgendwas falsch verstanden zu haben, denn sie erschien mit zwei Flaschen bestem Rotwein, Chips und Erdnüssen. Dann rauschte sie in die Küche und flirtete solange mit Maître Olivier, bis er Käsewürfelchen und Weintrauben herausrückte. Er wusste nicht, dass auch Mathilda davon profitieren würde, sonst hätte es höchstens Brot vom Vortag gegeben.

Nach einer kurzen Einweisung wonach sie suchten, setzte sich jede vor einen Monitor im Raum neben dem des Sicherheitspersonals und hielt Ausschau nach Leuten, die unbekannt waren, die sich auffällig benahmen oder die gezielt in Richtung Bäder gingen. Musste Ulla anfangs noch nach den einzelnen Personen fragen, hatte sie schnell raus, wer wohin gehörte.

Ein Security-Mitarbeiter hatte ihnen Fotos von allen Angestellten ausgedruckt und nach Geschlecht, Alter und Haarfarbe sortiert. Außerdem verfügte das System über eine Gesichtserkennungssoftware.

„Der Muntier sieht hier aber ganz schön alt aus. Meinst du die machen den in den Filmen und auf den Fotos jünger? Kuck mal, der bekommt ja hinten eine Glatze." Ulla zoomte näher an die Aufnahme des Schauspielers heran.

„Na ja, die werden hier nicht geschminkt. Aber ich fand auch, dass der beim Frühstück ganz schön fertig aussah. Hab eh nie verstanden, was du an dem findest." Mathilda öffnete die erste Weinflasche.

„Früher war der mal ganz knackig und ich bin eine treue Seele. Der säuft bestimmt." Sie nahm ihr Glas entgegen und prostete Mathilda zu.

„Auf die Liebe und die Treue. Wie gehts Robert? Er ist heute Morgen gesehen worden. Einer der Damen hier ging der Poppes deswegen hart auf Grundeis. Sie dachte ihr Mann hätte ihn geschickt."

Ulla lachte. „Er sagte, wenn er mal neue Klienten sucht, liefert er sich hier ein. Da dürfte jede Menge zu tun sein nach zwei Wochen. Machen die das hier auch? Ich meine, das mit dem Kurschatten?"

„Aber hallo. Überall. Ich hab schon zwei in der Sauna entdeckt, im Schwimmbad waren welche zugange, selbst Herr Schulz sollte verführt werden. Hier, schau mal genau hin." Mathilda deutete auf den Film, den sie gerade ansah. „Glaubst du echt, die zwei gehen in den Ruheraum zum Ruhen? Aber die Meisten benehmen sich ganz zivilisiert. Von anderen Kurkliniken hab ich schon viel brisantere Sachen gehört."

„O ja, ich war vor Jahren mal in einer, als ich Abstand brauchte von Hermann, Gott hab ihn selig. Da gab es zwar auch irgendwelche Bäder und Massagen, Gymnastik und so komische Ruhebetten auf der Terrasse, aber sobald die Sonne untergegangen war haben wir gekifft, geflirtet und getrunken wie die Engländer nach der Eroberung von Jamaika." Sie unterbrach sich und hielt das Bild am Monitor an. „Wer ist das denn? Da steht nichts dabei und ich kann den Typen nicht auf den Fotos finden."

„Das ist einer der Schreiner, die den neuen Boden im Yogaraum verlegt haben." Mathilda sah genauer hin. „Alles okay, der darf da sein."

„Meine Güte, wer ist das denn? Rotbach. Nie gehört. Kennst du den?"

„Ja, er hat Teile von irgendwelchen Firmen und Einkaufszentren. Ich find ja komisch, dass die meisten hier keinen richtigen Beruf haben. Die sind nicht Anwalt oder Klempner oder Lehrer. Die sind nur ihre eigenen Vermögensverwalter. Aber tun so, als ob ohne sie die Welt stillstehen würde."

„So kann man das nicht sagen. Sie sitzen vermutlich in irgendwelchen Aufsichtsräten und entscheiden mit über die Zukunft der Firmen oder über die Richtung, in die sie gehen sollen."

Mathilda kniff die Augen zusammen. „Hier ist der Schreiner ja schon wieder. Was sucht der denn da?"

„Natürlich täte den Herrschaften mal eine Portion Verantwortung und Anstand gut, keine Frage aber ..."

Ulla unterbrach sich. „Hier ist der auch schon wieder. Was soll das denn?"

Mathilda war wie elektrisiert. „Komm, wir versuchen mal ihn komplett zu verfolgen. Von Anfang an."

Der Schreiner kam allein in einem privaten PKW. Aber er schloss sich sofort den anderen Handwerkern an, die zum gleichen Zeitpunkt eintrafen und den Yogaraum betraten.

Kurze Zeit später verließ er die Baustelle und die beiden Frauen konnten ihn über die verschiedenen Flure verfolgen. Zielstrebig ging er weiter, aber die Aufzeichnungen brachen irgendwann leider ab.

„Verflucht nochmal. Warte, ich frag den Sicherheitsmenschen, was da los ist."

Der Mann saß im Raum nebenan und starrte auf die aktuellen Bildschirme. „Die Kamera geht nicht. Ist die Elektrik. Die spinnt hier im Haus manchmal."

„Verdammt!" Mathilda ging zurück. „Hol nochmal das Auto von dem Schreiner. Kannst du das Kennzeichen erkennen?"

„Nein, es ist total verdreckt."

„Das darf doch nicht wahr sein. Such bitte nachher, wenn er wieder fährt, die Bilder, vielleicht kann man es ja von hinten erkennen.

Ulla kaute ihre Chips schneller. „Ist das spannend! Und was machen wir jetzt?"

Mathilda suchte eine Einstellung, auf der das Gesicht des vermeintlichen Schreiners gut zu sehen war, und speicherte sie ab. Dann rief sie den Sicherheitschef an, der gerade den Raum für die Tanzveranstaltung inspizierte. „Ich schick Ihnen jetzt ein Bild aufs Handy, das an alle Ihre Mitarbeiter weitergegeben werden muss! Wir suchen diesen Mann! Wenn er auftaucht, sofort festhalten."

Dann verständigte sie Deber und gab ihm die gleiche Information. Das Bild ging an alle Mitarbeiter, mit dem Hinweis, sofort die Security zu benachrichtigen, wenn er irgendwo gesehen wurde.

„Schau dir weiter die Filme an, ich sag schnell Herrn Schulz Bescheid." Mathilda ließ Ulla mit dem Wein zurück und rannte zu dem Krankenzimmer.

Als sie Sams Zimmer betrat, war dieser gerade dabei sich anzuziehen. Atemlos hielt sie ihm das Bild auf ihrem Handy hin. „Der gehört nicht hierher. Haben Sie ihn gesehen?"

Sam sah genau hin, schüttelte dann aber den Kopf. „Nein, aber ich werde die Augen offen halten, sollte er noch einmal auftauchen. Wie sind Sie auf ihn gekommen?"

Mathilda berichtete kurz, stockte dann aber. „Warum ziehen Sie sich an? Sie sind noch nicht wiederhergestellt!"

„Ich habe beschlossen, zu der Tanzveranstaltung zu gehen. Jemand von uns beiden sollte sich dort aufhalten und Sie sind vermutlich nicht die richtige Besetzung für die Rolle der Ballkönigin. Oder wollten Sie dorthin?" Er band sich eine Fliege um. Erst jetzt bemerkte Mathilda, dass er einen Smoking trug.

„Äh, nein. Ulla ist da, wir schauen die Aufzeichnungen der Sicherheitskameras durch. Sind Sie denn schon wieder fit genug?"

„Ja, die Infusion hat mich ganz wiederhergestellt. Ich wage mal zu behaupten, dass ich fitter bin als Sie. Welchen Wein hat Ulla denn mitgebracht?" Er zwinkerte ihr zu.

„Wie bitte? Keine Ahnung, Roten. Und wenn es nötig ist, dass ich die Ballkönigin bin, dann bin ich die Ballkönigin, verstanden?" Mathilda war eingeschnappt, obwohl sie genau wusste, dass er Recht hatte.

„Kommen Sie, das war nicht böse gemeint. Sie sind bei uns fürs Robuste und ich für die gesellschaftlichen Anlässe zuständig – und ich hab seit Ewigkeiten keine Tanzveranstaltung mehr besucht."

„Sie freuen sich darauf?"

Sam legte den Kopf schief, dachte eine Sekunde nach und grinste dann. „Ja, ich freue mich darauf. Seit ich von diesem Programmpunkt weiß, ehrlich gesagt. So und jetzt muss ich gehen. Ich sitze mit Herrn Muntier am Tisch und zwei Damen, die zum Glück nicht Wellen heißen. Und ja, keine Sorge, ich werde mich schonen und auf ungewöhnliche Vorkommnisse achten."

Beschwingt verließ er den Raum und ließ eine sprachlose Mathilda zurück. Am Mittag noch fast tot und nun zum Tanzen gehen, das sah ihrem Kollegen so gar nicht ähnlich. Sonst verpasste er keine Chance zu leiden und sein Umfeld ausgiebig daran teilhaben zu lassen. Jetzt hatte er endlich einen Grund dazu und machte das Gegenteil. Das sollte mal einer verstehen.

„Er ist ein Partylöwe, wusstest du das nicht?" Ulla, die weiter die Filme angeschaut hatte, hatte sich nachgeschenkt. „Er wäre auch hingegangen, wenn man ihm heute einen Arm amputiert hätte. Sag mal, kennst du eigentlich inzwischen sein Geheimnis?"

Mathilda schüttelte den Kopf. „Nein. Ich glaub, da war auch nichts Spannendes. Habs wohl falsch verstanden."

Ulla sah sie zweifelnd an und dann auf ihre Notizen. „Der Schreiner hat später sein Auto abgeholt ohne nochmal im Haus aufzutauchen. Er ist vermutlich irgendwo außen entlanggegangen. Das Nummernschild konnte ich jedoch immer noch nicht erkennen."

Mathildas Handy klingelte. Frau Deber war dran. „Sie haben den falschen Mann. Das ist der Poolbauer. Ich habe ihn bestellt, weil die Pumpe defekt war. Irgendwer aus dem Bäderbereich rief an, dass sie repariert werden müsse. Er kam zeitgleich mit den anderen Handwerkern. Also blasen Sie die Jagd auf ihn ab."

Ohne eine Antwort abzuwarten, legte sie wieder auf. Mathilda ließ sich auf ihren Stuhl fallen und hielt Ulla schweigend ihr Weinglas hin, die sofort nachfüllte. Währenddessen gab sie per SMS an alle Entwarnung.

„Ist das hier diese Barbara Wellen, die so auf Sam abgefahren ist?" Ulla deutete auf ihren Monitor. „Was für ein Geschoss, kein Wunder, dass er da einen Rückzieher gemacht hat. Und wer ist das da?"

Mathilda sah genauer hin. „Der hat was erfunden, glaub ich. Frag mich jetzt nicht was, aber angeblich gibt es das in jedem Haushalt."

„Wollen wir uns nicht lieber die Party anschauen? Ich würde ja für mein Leben gerne hingehen." Ulla hob abwehrend die Hand, als Mathilda protestieren wollte. „Ist ja schon gut, ich weiß, dass das nicht geht, Ich bin ja gar nicht richtig angezogen. Ich meinte mit anschauen ja auch nur über die Kameras nebenan."

Die beiden Freundinnen zogen um und setzten sich hinter den Mann, der die Monitore überwachte. Die Veranstaltung wurde von Deber eröffnet, der zunächst eine Rede hielt und dann mit seiner Angetrauten über das Parkett walzte.

Mathilda sah Professor Schulte-Hoffmanns Ehemann zum ersten Mal, der zusammen mit seinen Eltern an einem Tisch saß und überrascht lächelte, als sein Mann ihn auf die Tanzfläche führte.

Mathilda wusste, dass der Damenmangel mit Angestellten aufgefüllt worden war, die sich melden konnten und dann ausgelost worden waren.

„Wollen die das ab sofort jede Woche veranstalten?" Ulla sah ganz fasziniert zu und wippte den Takt mit, obwohl kein Ton zu hören war.

„Nein, nicht so. Es soll wohl immer mal eine Tanzveranstaltung stattfinden, aber nur für die Patienten. Die Häuptlinge werden dann auch nicht mehr mit im Speisesaal essen. Das ist jetzt alles nur, damit die Leute genug zu erzählen haben."

„Haben sie bestimmt. Ich glaube es ja nicht! Tildchen! Ist das wahr? Da! Hast du sie gesehen? Die könnte glatt Ingeborg Franzen sein!"

Mathilda tätschelte ihr beruhigend den Arm. „Ist ja gut, das ist Ingeborg Franzen. Sie ist erst seit gestern hier, um von dem Brand im Yogaraum abzulenken."

Ulla fuhr herum und sah ihre beste Freundin mit blitzenden Augen an. „Und das hast du mir nicht gesagt? Das ist doch eine Sensation!" Sie nestelte an ihrem Handy und wollte den Monitor abfotografieren, aber Mathilda konnte sie gerade noch daran hindern, bevor der Security-Mann eingriff.

„Nicht! Hör auf damit!"

„Aber das glaubt mir der Club nie! Ich brauche ein Beweisfoto! Bitte, Tildchen, ich bin dann auch wegen Muntier nicht mehr böse auf dich." Sie sah sie an, wie Charles, wenn der Kühlschrank geöffnet wurde.

„Ulla, das geht nicht, das weißt du doch. Komm, nimm noch ein paar Chips und ich werde vor dem Club bezeugen, dass sie da war und auch noch ein bisschen was erzählen, okay?"

Ulla strahlte wieder. „Klar! Aber erst mir! Was gibt es denn zu erzählen?"

„Keine Ahnung, muss ich mir erst noch ausdenken."

„Was ist denn da los?" Ulla deutete auf einen kleinen Tumult auf der Tanzfläche, der auch den Mann vor ihr aufmerken werden ließ.

„Das ist dieser Influencer, Yannic Gold. Ich glaube, er legt sich gerade hin und fotografiert sich von unten ... ach keine Ahnung. Das macht er schon die ganze Zeit. Scheint niemanden zu stören, solang er darauf achtet, dass keiner auf den Bildern ist, der nicht drauf sein will. Und jetzt trink nicht so viel. Wir müssen noch ein bisschen Material durchsehen."

Kurz darauf fotografierte Gold die Tischdeko und der Tumult löste sich auf.

„Jaja. Ich habe übrigens die Einladungen für Roberts Geburtstagsfeier verschickt. Hier guck mal: „Turnier anlässlich des Wiegentages unseres Herrn Robert von Gernsheimer – geladen sind kämpfendes Rittervolk und Händler aller Art, Gaukler und Sänger, Spielleute und Akrobaten. So esset und trinket reichlich, stoßet an auf seine Gesundheit und lasset ihn hochleben! Dem Sieger des Turniers winken reiche Belohnung und Ehr'!"

„Wow. Hast du das verfasst?"

Ulla wurde ein bisschen rot. „Ja, klingt es authentisch? Es muss authentisch sein. Alles andere verachtet er."

„Ja, klingt unbedingt authentisch. Total alt. Wie viele Leute kommen denn?"

„Es sind eine ganze Menge geworden. Knapp hundert. Aber mit wenigen gibts ja auch keinen Spaß. Robert muss am Abend vorher bei uns schlafen, dann wird in der Nacht alles aufgebaut. Sein Referendar ist ein echter Schatz, er regelt das ganze."

„Und Robert ahnt noch nichts?"

„Nicht das Geringste. Ich hoffe nur, dass er sich freut. Schließlich betont er immer wieder, dass er keine Party haben will."

„Na was soll da schon schiefgehen? Schau mal, ich glaub, das Getanze bei uns hier ist vorbei. Tja, ist halt eine Kurklinik. Um zehn müssen alle in den Bettchen liegen."

Ulla sah in ihr leeres Glas und warf dann einen glasigen Blick auf die sich verabschiedenden Gäste. „Tildchen sei mir nicht bös, aber ich glaube, ich muss auch nach Hause. Wenn du willst, komme ich morgen früh wieder und schaue mit dir weiter."

Mathilda nickte. „Ich arbeite auch nicht mehr so wahnsinnig lang. Wie kommst du denn nach Hause? Fahren kannst du nicht mehr."

„Robert holt mich." Sie stand auf und blieb leicht schwankend stehen. „Aber vorher will ich noch das Reh sehen. Los komm." Sie ging zur Tür, nicht ohne sich unterwegs am Securitymann festzuhalten.

Mathilda wollte zuerst widersprechen, überlegte es sich dann aber anders. Warum nicht das Reh besichtigen? „Warte hier. Ich hol nur schnell meine Dietriche. Sonst bekommen wir das Schloss nicht auf."

Sie war nur wenige Minuten fort gewesen, die aber ausgereicht hatten, dass Ulla bereits losgewandert war. Fluchend kehrte Mathilda wieder in den Raum zurück und suchte sie auf den Monitoren. Sie war sehr zielstrebig in Richtung Gästeunterkünfte unterwegs.

Gerade noch rechtzeitig holte sie ihre Freundin ein, bevor diese eine der Suiten betreten konnte. „Was suchst du denn hier? Ich hab dir doch gesagt, du sollst warten!"

„Das ist Muntiers Zimmer. Ich will ihm nur mal Hallo sagen." Ulla versuchte sich an ihr vorbeizudrängen.

„Nein, das tust du nicht! Woher weißt du überhaupt, dass das sein Zimmer ist?"

„Hat mir der Sicherheitsknabe verraten. Die sind doch hier alle unterbezahlt. Und ein klitzekleines Scheinchen wirkt da Wunder." Auch wenn ihre Aussprache nicht mehr ganz klar war, versuchte sie trotzdem immer noch vehement zu der Tür zu gelangen.

„Ulla, mach jetzt keinen Stress, sonst zeig ich dir nicht das Reh!" Mathilda war langsam ziemlich genervt. „Hey, reiß dich zusammen. Ich bin müde und hab keine Lust auf die Nummer hier."

Ulla war hin und hergerissen. Muntier lockte, aber das Reh ebenfalls. Mathildas Blick sagte ihr deutlich, dass sie an ihr nicht vorbeikommen würde und so entschied sie sich für das Reh.

Sie gingen zusammen zum Aufzug und fuhren in den Keller.

„Huh, hier ist es aber gruselig." Ulla packte Mathildas Hand. „Ist hier jemand?"

„Nicht so laut!" Mathilda zog sie zu dem Raum mit der Tiefkühltruhe. Hoffentlich begegnete ihnen hier unten niemand, denn Ulla würde ihr in ihrem Zustand keine Hilfe sein.

„Ah!!!" Ulla schrie entsetzt auf und krallte sich an Mathildas Arm fest.

Deren Herz machte einen Satz, beruhigte sich dann aber wieder. „Das ist doch nur Mozart. Du hast mir fast den Bizeps zerquetscht."

Sie gingen weiter durch die menschenleeren Gänge.

„Warte!" Ulla blieb abrupt stehen.

„Was denn?"

„Was wenn das Reh uns angreift?

„Das Reh ist tot. Es liegt bei minus 20 Grad in der Kiste."

„Aber du hast gesagt, es sei ein Zombie-Reh."

„Nein, das hast du gesagt."

„Tildchen, ich hab Angst. Wenn es uns beißt, werden wir auch Zombies."

„Herrgott nochmal, du willst das Vieh doch sehen! Und es gibt keine Zombies!"

Ulla schmollte.

„Dann bleib halt hier vor der Tür stehen und hol Hilfe, wenn das Reh mich angreift." Mathilda verdrehte die Augen und schloss die Tür auf. Die Truhe stand noch dort.

„Warte! Ich komme doch mit rein. Ein Reh, das in so eine Truhe passt, können wir zu zweit überwältigen." Ulla blieb dicht hinter ihr.

Mathilda zog die Dietriche aus der Tasche, als ihr auf einmal auffiel, dass das Schloss ausgetauscht worden war. So eins hatte sie noch nie gesehen.

„Was ist denn? Mach schon, ich pinkel mir sonst in die Hose." Ulla flüsterte nur noch.

„Ich bekomm das Schloss nicht auf." Mathilda knipste mit ihrem Handy ein Foto davon.

„Was? Du hast es doch noch gar nicht versucht."

„Muss ich auch nicht. Das hat überhaupt kein Schlüsselloch. Schau doch selbst."

Ulla warf einen verständnislosen Blick auf die schwarze Klammer, die die Truhe verschloss. „Ja und jetzt? Wie bekommen wir das arme Reh da raus?"

„Meine Güte bist du dicht. Ruf Robert an. Ich bring dich raus."

Es war nicht ganz einfach, Ulla nach draußen zu befördern, da sie immer neue Ideen, hatte, wen sie jetzt gerne besuchen würde. Aber einmal an der frischen Luft war sie schnell wieder beisammen und stieg zu Robert ins Auto, der schon gewartet hatte.

Mathilda ging zurück in den Securityraum und sah sich weiter Aufzeichnungen an, futterte die restlichen Chips und trank nur noch Wasser, um wach zu bleiben.

Ihre Gedanken wanderten aber immer wieder zu dem neuen Schloss an der Tiefkühltruhe und wie sie es aufbekommen könnte. Wen kannte sie, der davon Ahnung hatte? Leider fiel ihr dazu nur ihr Vater ein, erster Kriminalhauptkommissar a. D. und in seiner Abscheu gegen Detektive so nachgiebig wie ein Ziegelstein.

Als Mathilda vor Jahren in der Detektei als Sekretärin zu arbeiten begonnen hatte, hätte er fast ihren Chef verprügelt. Seitdem betrachtete er seine Tochter als wurmstichigen Apfel im Stammbaum.

Ihr beruflicher Aufstieg zur Detektivin und Mitinhaberin des Büros hatte das Verhältnis nicht eben gebessert. Aber es gab zum Glück noch Michael, die vorbildliche Frucht seiner Lenden, der die Tradition fortsetzte und ein korrekter Gesetzeshüter geworden war. Sein ganzer Stolz und die Freude seines Alters.

Mathildas Verhältnis zu ihrem Bruder war irgendwo zwischen Sandkasten und Pubertät stecken geblieben, wo man sich die Förmchen wegnahm und den jeweils anderen nicht ins Badezimmer ließ.

Allerdings war Michael eher dazu bereit die Erfolge seiner Schwester anzuerkennen als der gemeinsame Vater. Nicht dass man jetzt gleich von Geschwisterliebe sprechen konnte, aber er legte zumindest nicht sofort auf, wenn sie ihn anrief.

„Hi, Michael, wie gehts dir?"

„Bis du mich geweckt hast gut. Aber ich kenne dich. Du würdest mich niemals ohne Grund um diese Uhrzeit anrufen. Es sei denn, du hast das Bedürfnis nach Schmerzen."

„Ich hab dir gerade ein Foto von einem merkwürdigen Vorhängeschloss aufs Handy geschickt. Hast du eine Ahnung, wie man das knackt?"

Sie hörte Rascheln und Ächzen. Im Hintergrund murmelte jemand etwas.

„Ist nur meine bekloppte Schwester, schlaf weiter." Husten und Klappern. „Ein Foto von einem Vorhängeschloss. Klar. Ich bin bei der Polizei, da weiß ich wie man alle Arten von Schlössern knackt. Warte, ich probiers mal mit Telepathie. Meistens reicht das."

„Komm schon. Hast du eine Idee? Ich hab im Internet recherchiert. Angeblich ist das Ding nicht aufzubrechen." Sie bemühte sich alle familiäre Liebe in ihre Stimme zu legen, zu der sie fähig war.

„Das Ding sieht wirklich stabil aus. Sehe ich das richtig? An dem Kasten ..."

„Das ist eine Gefriertruhe."

„An der Gefriertruhe ist am Deckel ein Ring angebracht und einer an der Kiste darunter. Und wenn der Deckel geschlossen ist, liegen die beiden Ringe nebeneinander und das Schloss geht da durch?"

„Richtig."

„Na, dann säg doch einfach einen der Ringe durch. Die sind bestimmt nicht aus Titanium oder Kryptonit oder was weiß ich."

„O man, ja sicher, du hast recht! Vielen D..." Er hatte schon aufgelegt. Sie würde ihm eine Tüte Schnapspralinen schicken. Da sie die selbst eklig fand, gab es immerhin auch eine Chance, dass sie bei ihm ankamen.

Eine kleine Metallsäge hatte sie sicherlich in ihrem Zimmer beim Werkzeug. Dann also morgen auf ein Neues.

16.

Sam erwachte mit Kopfschmerzen. Vielleicht hätte er den Tanzabend doch ausfallen lassen sollen. Das wäre vernünftiger gewesen. Aber was hatte er für einen Spaß gehabt! Die Musik, die Atmosphäre, die Gäste! Langsam setzte er sich auf und tastete nach seinem Tablettenbeutel und dem Wasser neben dem Bett.

Allein schon die Einnahme sorgte dafür, dass er sich besser fühlte. Ein Blick auf sein Handy zeigte ihm, dass es bei Frau Rosenbaum auch keine besonderen Vorkommnisse gab. Sie hatte zwar einiges geschrieben und auch das Foto eines Vorhängeschlosses geschickt, aber wenn es wichtig gewesen wäre, hätte es mehr Großbuchstaben gegeben und sie hätte sicherlich nicht gezögert, ihn zu nachtschlafender Zeit anzurufen oder persönlich bei ihm aufzutauchen.

Die Aktivität des heutigen Morgens würde er ausfallen lassen. Von den Ereignissen in der Sauna einmal abgesehen, hatte er schlicht und ergreifend Muskelkater von der ungewohnten Bewegung und er brauchte etwas Zeit für sich, um das Geschehene zu verarbeiten. Es hatte sich um einen direkten Anschlag auf sein Leben gehandelt.

Sam bewunderte sich selbst ein bisschen dafür, wie souverän er damit umging, aber trotzdem musste der

Schuldige gefunden werden. Er glaubte nicht, dass die Aktion ihm persönlich gegolten hatte, sondern eher der Klinik im Allgemeinen. Inzwischen bemerkte er ein leichtes Zittern seines linken Augenlids. Bahnte sich etwa ein Schlaganfall an? Oder waren es die Nerven? Er würde es beobachten.

Die Frage, die sich jetzt stellte, war, wie er dazu beitragen konnte weitere Anschläge dieser Art zu verhindern. Vielleicht musste er dazu Herrn Stalow näher unter die Lupe nehmen, um ihn entweder als Ursache zu identifizieren, was er jedoch nicht glaubte, oder endlich als harmlos einzuordnen.

Der Mann war ihm zwar inzwischen sehr sympathisch geworden, aber es war nicht ganz einfach mit ihm an der Seite andere kennen zu lernen. Und was für interessante Leute zum Gespräch zur Verfügung standen!

Aber halt, er musste sich bremsen. Eigentlich sollte er nur Verdächtige kontaktieren. Doch waren sie nicht irgendwie alle ein bisschen verdächtig? Skrupellose Industriekapitäne, herzlose Firmenvorstände, die mit einem Fingerschnippen hunderten von Mitarbeitern kündigten. Lauter Menschen ohne Gewissen, die nicht vor Mord zurückschrecken würden. Es stellte sich bloß die Frage, wozu?

Also nochmal von vorne. Wer hätte einen Vorteil davon, wenn er den Anschlag gestern nicht überlebt hätte? Oder es Opfer beim Brand im Yogaraum gegeben hätte? Oder im Billardzimmer ein Patient erstickt wäre, oder womöglich die Katze? Oder Frau Rosenbaum?

Ganz klar: Höhler-Invest beziehungsweise Wilhelm Mintzler Junior, der ausgebootet worden war. Sam griff nach seinem Handy und schrieb Ulla eine SMS mit der Bitte, noch mal zu recherchieren, wer genau hinter den Interessenten an dem Gebäude stand und ob es da eventuell

Überschneidungen mit den Gästen gab. Es war ja völlig undurchsichtig, wer in welchem Geschäft steckte.

Zufrieden mit dieser Idee und somit sich selbst konnte er sich nun dem Frühstück widmen, ein bisschen die Gespräche belauschen, ein wenig Konversation betreiben. Jetzt liebte er seinen Beruf wieder.

Als Sam den Speisesaal betrat, waren die meisten Patienten anwesend, bis auf die, die sich ihr Frühstück aufs Zimmer bringen ließen. Die anderen nutzten die Zeit für Smalltalk und ein bisschen Netzwerken, für das Sondieren, wer interessant und nützlich sein könnte oder einfach ein angenehmer Zeitgenosse war.

Sam inspizierte das Buffet, das wieder für alle Vorlieben etwas zu bieten hatte: Vegetariern, Frutariern, Veganern, Laktoseintoleranten, an Zöliakie Leidenden, Rohköstlern, Kohlenhydrat-Vermeidern, Trennköstlern, Kalorienzählern und auch Paleo-Jüngern. Sollte wider Erwarten doch einer nicht berücksichtigt worden sein, konnte er sich ohne weiteres seine persönliche Ernährung aus dem Angebot zusammenstellen. Es war herrlich.

Kaffee gab es nur auf besonderen und nachdrücklichen Wunsch. Das Getränk des Morgens war Kräutertee, heute in Form von schaumig geschlagenem Macha-Tee. Dazu Aroniasaft und frisch gepresste Orangen.

Wie gerufen gesellte sich Herr Stalow zu ihm. „Ah, was für eine wunderbare Abend, so schöne Frauen, so schöne Musik." Er rollte das R wie eine Billardkugel über grünen Samt. „Was mit Madam Wellen? Sie haben kein Interesse mehr an sie?"

„Ähm, nein, nicht wirklich. Sagen Sie, Sie sind doch für Herrn Thal hier."

„Ja, ist verhindert." Stalow bediente sich aus allen Ernährungskategorien reichlich.

„Was hat ihn denn so beansprucht? Ich hatte gehofft ihn hier kennen zu lernen." Sam hatte noch nie zuvor in seinem Leben von ihm gehört.

Stalow grinste den Schinken an. „Ist geheim."

Sams Mund wurde ein wenig trocken. „Wirklich? Ach, mir können Sie das doch sagen." Er zwinkerte ihm zu.

Stalow sah ihn einen Moment an und lachte dann. „Wissen Sie, Sie haben recht. Kommen Sie." Er lotste Sam zum Tisch und bestellte Kaffee für beide. Als der serviert wurde, zog er einen Flachmann aus der Tasche und goss nochmal einen ordentlichen Schluck hinein. „Aber vorher wir trinken Brüderschaft. Sag Boris zu mir!" Er trank die Tasse auf Ex aus und warf sie dann hinter sich. Scheppernd landete sie im Buffet, Sektion Rohkost, mitten im appetitlich angerichteten Frühstücks-Kohlrabi.

Ohne mit der Wimper zu zucken räumte ein Kellner die Tasse heraus und entfernte das Gemüsetablett. Zum Glück war nichts zu Bruch gegangen.

„Ah verdammt, das ist deutsche Wertarbeit. Nicht gut für Brüderschaft-Trinken. Jetzt du."

Sam sah sich hilflos um, aber es gab keine Topfpflanze, die vom Alkohol profitiert hätte, und keine Vase, in die er den Kaffee hätte schütten können, also musste er wohl da durch. Sein Magen wehrte sich verzweifelt, aber da noch nicht klar war, ob Stalow tatsächlich der Russenmafia angehörte, wie Papadakis vermutet hatte, oder harmlos war, wollte Sam nicht riskieren ihn zu beleidigen.

Der Kaffee schmeckte bloß dünn und lauwarm. Erstaunt sah Sam Stalow an.

„Ist kaltes Wasser im Flachmann. Was dachtest du? Wodka zum Frühstück? Wir sind in Kurklinik! Ist ungesund!"

„Ähm, ja Verzeihung. Ich dachte nur weil Sie ... weil du ..."

„Weil ich Russe bin? Und die alle trinken? Wenn, dann ich trinke Cognac. Alt. Sehr alt. Aber macht Spaß Russe zu sein, wie Deutsche ihn wollen. Ist lustig, und ich lache gerne. Ich kann auch ohne Akzent sprechen, aber das kann Howard Carpendale auch. Machen wir aber nicht, weil die Frauen darauf stehen. Klingt leidenschaftlich."

„Bitte entschuldige. Normalerweise versuche ich Klischees zu vermeiden."

„Ist schon in Ordnung. Ich bin guter Freund von Thal, mein Tochter ist mit sein Sohn verheiratet."

Sam hüstelte. „Ich dachte, du kannst auch ohne Akzent reden. Für mich musst du nicht leidenschaftlich klingen."

„Nein, für dich nicht." Stalow senkte seine Stimme zu einem Flüstern. „Aber für die Damen am Tisch hinter dir. Thal ist auf einsamer Berghütte mit neuer Freundin. Ich hab sein Handy, damit seine Frau immer sieht, dass er hier ist. Manchmal, ich schicken Fotos. Von nackte Katze, von dicke Bademeister, sowas halt. Dann sie ist glücklich."

Sam nickte. „Aha. Und warum erzählst du mir das jetzt? Ich könnte es doch ausplaudern."

„Möglich. Und find ich nicht gut, was er anstellt. Ich mag seine Frau. Aber er ist Freund ich würde ihn nie verraten. Aber was du machst?" Er zuckte mit den Schultern. „Wer weiß das schon?"

Bestechende Logik. Sam wollte sich erneut dem Buffet zuwenden, da ertönte vom Damentisch hinter ihm ein spitzer Schrei. Er sprang auf, sein Stuhl kippte um und augenblicklich stand er neben einer Dame, die hektisch versuchte ihren weit aufgesperrten Mund mit der Serviette zu reinigen. Von innen. Dabei gab sie würgende Geräusche von sich, die dazu beitrugen, dass der Appetit der anderen Gäste deutlich gedämpft wurde.

Sam befürchtete das Schlimmste. Er stellte Wasser bereit und wollte schon mit dem Heimlich-Manöver jeglichen Fremdkörper aus ihr pressen, als die Frau sich endlich dazu durchrang, zu reden.

„Da war Zucker drin, ich esse nie Zucker! Das ist Gift für den Körper! Weiß das denn hier niemand? Was ist das überhaupt für eine Klinik, in der es zum Frühstück Zucker gibt? Ich muss meinen Heiler anrufen. Ich brauche eine Entgiftung!" Sie sprang auf und verließ fluchtartig den Raum. Die anderen Gäste am Tisch nahmen es gelassen hin.

Sams Herz pochte, als ob er mit einem Bären gerungen hätte. Der Schock vom vergangenen Tag saß doch tiefer, als er dachte. Er entschuldigte sich bei Stalow und ging zur Kaffeebar, die gerade erst geöffnet wurde. Von dort rief er seine Kollegin an, um sich mit ihr in der Bibliothek zu treffen. Sie ging nicht ans Telefon. Vermutlich schlief sie noch. Die letzten Nachrichten hatte sie gegen vier Uhr am Morgen verschickt.

Sam seufzte. Er brauchte jetzt jemanden, mit dem er offen reden konnte, auch wenn Frau Rosenbaums Trost von eher rauer Natur war.

Noch während er mit einem laktosenfreien Latte macchiato zu einer der Sitzgruppen umzog, hörte er schon am Tischchen daneben im Gespräch das Wort „Detektiv" fallen. Alarmiert setzte er sich so nah es ging neben die beiden Damen und vergaß schlagartig seine eigene Befindlichkeit.

„Wo hast du das gehört?"

„Ich habe die Masseure belauscht. Nicht absichtlich, sie wussten nur nicht, dass ich hinter dem Paravent lag."

„Und wer ist das?"

„Keine Ahnung. Weißt du, was ich glaube? Das ist eines von diesen Krimispielen. Irgendeiner ist der Mörder, einer der Detektiv und bestimmt taucht irgendwann noch ein Opfer auf."

„Ach wirklich? Du meinst, der Detektiv ist nicht echt? Das wäre ja toll!"

„Ja! Und dazu passt, dass hier gestern jemand gesehen wurde. Ein Zwerg."

„Ein Zwerg? So ein Verkleideter, wie in dem Film mit Otto?"

„Nein, ein richtiger. Wie sagt man das denn heute? Liliputaner?"

„Ich glaube, Kleinwüchsiger ist das korrekte Wort. Ja und wo hast du diesen Kleinwüchsigen gesehen?"

„Im Park und letzte Nacht soll er schon wieder hier gewesen sein. Mit einer dicken Frau. Das ist doch verdächtig!"

„Ah, wie spannend! Ich liebe diese Spiele! Wir waren im vergangenen Winter in New York zum Crime-Dinner. Das ist ja eine ganz andere Liga als hier in Deutschland. Phantastisch, glaube mir! Aber ich muss schon sagen, hier in der Klinik wird einem einiges geboten."

„Das stimmt wohl, aber ob ausgerechnet etwas so Aufregendes das Richtige hierfür ist? Ich fände ja eine Zaubershow angebracht. Oder Aktivitäten mit Lamas. Wir haben Sommer ein Trekking mit Lamas in den Anden gemacht. Diese Tiere sind ja so entspannend. Sie senken durch bloße Anwesenheit den Blutdruck."

Sam hatte genug gehört. Jetzt brauchte er schnell eine Strategie. Entweder dazusetzen und den beiden alles wieder ausreden (könnte auffallen) oder die Wahrheit sagen (die Folgen wären nicht absehbar) oder bestätigen (am Sichersten, aber nicht ganz einfach, da es dann wirklich ein Spiel geben müsste). Er brauchte einen Moment um sich letztlich dafür zu entscheiden, sich herauszuhalten und abzuwarten.

Vielleicht sollte er eine kleine Pause einlegen und sich ein wenig mehr um sich selbst kümmern, sich nach dem gestrigen Schock einem der Therapeuten anvertrauen. Schließlich war er in einer Klinik und das hier war ein Notfall.

Er schrieb eine Nachricht an Bernhard. Dieser antwortete fast unverzüglich und schickte ihn zur Tanztherapie, da etwas anderes heute nicht mehr frei war. Gut, dann würde er versuchen, seinem Problem im Tanz Ausdruck zu verleihen. Mit Worten wäre es eh schwierig geworden, da er ja sein Inkognito nicht aufgeben durfte.

17.

Mathilda fühlte sich, als ob sie die ganze Nacht durch einen Sumpf gelaufen wäre. Alles tat ihr weh von dem langen Sitzen und dem angestrengten Starren auf den Monitor. Nach einer heißen Dusche bekam sie beim Anziehen eine Ahnung davon, wie es sein würde, wenn sie sich im ehrwürdigen Alter von Achtzig morgens fertig machte. Es würde kein Spaß, so viel war klar.

Nach ein paar Telefonaten stakste sie mit steifen Knien die Treppe hinunter zum Restaurant.

Das Frühstücksbuffet war längst abgeräumt und beim aktuellen Stand ihrer Freundschaft mit Maître Olivier konnte sie höchstens auf Silberzwiebeln und Essiggurken hoffen, also ging sie ins Kaminzimmer

Der Barista wurde gleich tätig, als er sie sah und zauberte den besten aller Espressi. Aber davon wurde sie leider weder satt noch entspannten sich ihre Muskeln. „Sagen Sie mal, gibt es einen Masseur, der Ihnen einen Gefallen schuldet und grad Zeit hätte?"

Er nickte nur, telefonierte kurz und schickte sie in den Bäderbereich. „Raum 12, Lothar walkt Sie wieder weich und geschmeidig."

Kurz darauf lag sie auf der Liege und nach zwanzig Minuten wollte Mathilda Lothar heiraten, adoptieren oder kidnappen, je nach Willigkeit. Sie fühlte sich wie neu geboren und zufriedener als nach so mancher Nacht mit einem durchschnittlich begabten Liebhaber.

In der Bibliothek wartete Sam bereits unruhig auf sie. „Sie sehen so … anders aus. Ist alles in Ordnung? Haben Sie etwas zur Beruhigung genommen?"

Mathilda schüttelte nur lächelnd den Kopf. „Kennen Sie Lothar? Er ist ein Heiliger, er kann Wunder wirken."

„Ja, das sehe ich. Es ist an der Zeit mal eine Zwischenbilanz zu ziehen und eine weitere Strategie zu entwerfen." Er hatte ein Flipchart aufgestellt und schrieb „Strategie" oben auf die leere Seite.

„Vorher brauch ich was zu essen." Mathilda ließ sich in einen der Sessel gleiten.

Sam wusste, dass eine weitere Diskussion keinen Sinn hatte und griff zum Telefon. „Maître, Samuel von Kannenschrank hier. Sagen Sie, wäre es möglich ein kleines Frühstück in der Bibliothek zu servieren? Ich habe hier einen Gast, der nicht unbedingt in die Öffentlichkeit der Klinik gehört. Ja, ich sehe, wir verstehen uns. Hahaha genau, genau. Für Körper und Seele. Ja und das sollte unter uns bleiben. Natürlich, Maître. Haben Sie vielen Dank."

Mathilda sah ihn an, als ob er beim örtlichen Taxiunternehmen einen Raumgleiter bestellt hätte. „Was war das denn?"

„Das war Diplomatie, gepaart mit Menschenkenntnis und dem Willen Ihnen Nahrung zu verschaffen. Sie wissen doch, dass der Koch wegen sexueller Ausschweifungen Probleme hatte. Er hat also größtes Verständnis für eine nächtliche Besucherin und Menschen wie er lieben es, in Geheimnisse eingeweiht zu werden. Machen Sie sich einfach keine weiteren Gedanken."

Es klopfte an der Tür. Sam öffnete, bedankte sich mit einem kleinen Schein und fuhr den Servierwagen zum Tisch.

Mathilda bekam große Augen als sie das opulente Frühstück für zwei, inklusive Champagner erblickte. Sie verdrückte beide Portionen Rührei und Brötchen. Sam nahm sich nur vom Schinken und Lachs, den sie liegen ließ.

Mit vollem Mund berichtete sie von den Telefonaten des Morgens. „Ich hab den Poolbauer angerufen. Madam Deber wollte den Anruf erst für mich übernehmen, ich sag dir, die hat ein Theater veranstaltet, als ob ich die Nummer des Safes haben wollte. Mann, die hat echt einen Knall. Jedenfalls hat der Poolbauer gesagt, dass er den Schreiner kennt und deswegen mit den Handwerkern zusammen reingegangen ist. Klang schlüssig. Dann war ich noch bei Eugen. Der erzählte mir, dass er nochmal nachgedacht hat wegen der Kohlenmonoxyd-Geschichte. Am Tag vorher, nach dem Brand, war bei den Handwerkern ein neuer dabei, den er nicht kannte. Der Chef von dem Laden meinte, er sei eine Aushilfe gewesen und danach nie mehr aufgetaucht. Er versucht mehr über den raus zu bekommen."

Sam nahm noch eine Scheibe Schinken. „Das klingt doch vielversprechend. Stalow können wir von der Liste der Verdächtigen streichen, glaube ich. Ich habe heute Morgen mit ihm gefrühstückt und Brüderschaft getrunken. Er ist harmlos."

„Echt?" Mathilda sah ihn zweifelnd an. „Russen trinken keine Brüderschaft. Die trinken auf die Frauen, die Liebe, das Leben, notfalls auf den Moment. Aber nicht Brüderschaft."

„Ja, trotzdem. Ich werde ihn ab jetzt vernachlässigen. Meine Menschenkenntnis sagt mir, dass er auf keinen Fall zur Mafia gehört. Ich weiß eh nicht, wer das aufgebracht hat." Er berichtete kurz von Stalows Grund in der Klinik zu sein.

„Gut, wie gehen wir weiter vor?" Mathilda stopfte sich den letzten Bissen in den Mund, lehnte sich seufzend zurück und leckte sich die Finger ab.

„Ich habe ein paar Gespräche mitbekommen, was halten Sie davon?" Sam berichtete von den Gästen, die Gerüchte von einem Detektiv aufgeschnappt hatten und nun glaubten, dass es ein Krimispiel gäbe.

„Ich würde sagen, die lassen wir einfach. Das verläuft sich schon, wenn keine Spielanweisung kommt. Haben Sie eigentlich mein Bild von dem neuen Vorhängeschloss an der Kühltruhe bekommen?"

Sam nickte und rief das Bild auf seinem Handy auf. „Was ist damit?"

„Was damit ist? Das Ding kostet um die 300 Euro. Damit schützt man doch keine Schnitzel! Und auch kein gefrorenes Reh. Kommt Ihnen das nicht komisch vor?"

Er zuckte nur mit den Schultern. „Es kümmert mich ehrlich gesagt nicht. Solang einer unserer Auftraggeber die Schlüssel hat und weiß, was drin ist, ist es nicht meine Angelegenheit." Er sah sie resigniert an. „Aber das ist Ihnen egal, richtig?"

Sie nickte. „Natürlich ist mir das egal. Ich muss das Ding öffnen, bevor wir wieder verschwinden. Sonst muss ich später hier einbrechen und das wollen wir doch nicht."

„Ihre Neugier nimmt langsam pathologische Züge an. Haben Sie schon einen Plan?"

„Ja. Rohe Gewalt. Ich werde die Ringe an der Truhe aufsägen. Für was anderes hab ich keine Zeit. Wir wollen schließlich noch den Attentäter finden und aufpassen, dass niemand ins Jenseits befördert wird."

Sam schwieg einen Moment und starrte aus dem Fenster. „Sagen Sie mal, als Sie mich gestern gefunden haben ... warum waren Sie da so sicher, dass es ein Anschlag und kein Unfall war? Der Besen stand ja womöglich neben der Tür und ich habe ihn vorher nur nicht bemerkt und der Notruftaster ist vielleicht einfach nur schlampig auf den letzten Drücker angebracht worden."

„Jetzt fangen Sie nicht auch noch davon an. Versuchen Sie lieber diese Detektivspieler im Auge zu behalten." Mathilda warf einen Blick aus dem Fenster in den Park. „Es sind mehr geworden, nicht nur zwei. Die rennen da rum, als ob es Ostern wäre. Nicht, dass die noch was finden."

Mathilda ging auf ihr Zimmer und leerte ihre Werkzeugtasche auf dem Bett aus. Wie sie vermutet hatte, befand sich auch eine kleine Säge darunter. Das Sägeblatt war möglicherweise nicht ganz das Richtige, aber einen Versuch war es wert. Sie packte noch zwei Zangen ein und einen Hammer und wollte gerade los, als ihr Handy klingelte. Ulla.

Himmel nochmal, welche höhere Macht hielt sie eigentlich von dieser verfluchten Truhe fern?

„Ja? Ist es wirklich wichtig? Ich will die Truhe öffnen."

„Sansibar." Ein Schluchzen begleitete das Wort.

„Sansibar. Das ist ein Land, eine Bar und ein spießiges Modelabel."

„Robert will mit mir an seinem Geburtstag nach Sansibar fliegen."

„Ja wie schrecklich! Wer will denn freiwillig nach Sansibar? Ans lauwarme Meer, an den Strand, zu entspannten Leuten und einem vermutlich luxuriösen Hotel?

„Tildchen, hörst du mir überhaupt zu? An seinem Geburtstag! Die Party!"

„Ach ja stimmt ja, die Party. Die musst du wohl absagen."

„Ich? Ich muss absagen? Warum das denn? Es ist doch schon alles geplant!"

„Ach Ulla, glaubst du echt, dass er sich so freut, dass er den Urlaub storniert? Er hat immer gesagt, dass er keine Feier will. Das kannst du nicht bringen. Verschieb die Party und flieg mit ihm."

„Aber ..."

„Ulla, nu ist gut. Er wollte nicht, er will Zeit mit dir allein verbringen und ich will jetzt das verdammte Reh besuchen!"

„Ist ja schon gut. Dann machen wir eben ein Erntedankfest daraus." Ulla legte aber immer noch nicht auf.

„Was denn noch?"

„Pass auf dich auf."

Auf dem Weg zum Keller begegnete Mathilda niemand. In ihrem Beutel klimperten leise die Werkzeuge, darüber lagen ein Handtuch und Turnschuhe. Sollte sie jemandem begegnen, würde sie behaupten auf dem Weg zum Fitnessraum der Mitarbeiter zu sein.

Mit jeder Stufe nach unten stieg ihre Aufregung. Sie hätte einiges für einen Espresso gegeben. Aber jetzt war das Reh fällig. Sie musste dahinter kommen, was es damit auf sich hatte, sonst würde sie keinen Frieden finden.

Ihr Handy vibrierte. Ein Blick darauf verriet, dass es Deber war. Vermutlich wichtig. Mathilda drückte ihn weg.

Wenn es einen neuen Anschlag gegeben hatte, konnte sie ihn auch nicht mehr verhindern und wenn er einen Hinweis entdeckt hatte, war der in einer halben Stunde auch noch da. Und wenn es oben brannte, war das jetzt egal.

Es kam ihr so vor, als ob in dem einsamen Gang sogar die Sohlen ihrer Sneaker hallten. Schließlich stand sie vor der Tür, sah nach links und rechts, hielt die Luft an und öffnete sie. Es hatte sich nichts verändert. Die Truhe war nach wie vor allein im Raum und das neue Schloss demonstrierte die Überlegenheit der Technik vor den niederen Instinkten der Menschen. Aber ihr Bruder hatte recht gehabt. Die beiden Ringe, die es zusammenhielt, waren aus schnödem, billigem Metall, das sich sogar mit einer Kneifzange aufknipsen ließ. Mathilda braucht noch nicht einmal die Säge.

Mit zitternden Händen entfernte sie das Schloss und schob die Finger unter den Deckel der Truhe. Langsam hob sie sie an, rutschte ab und versuchte es erneut, dann und stieß sie die Abdeckung mit Schwung hoch.

Beinah hätte sie sie wieder fallen gelassen, denn aus dem Eis starrte sie diesmal kein Reh, sondern eine tote Frau an.

„Wir treffen uns im Billardzimmer. SOFORT! Ernstfall!"

Diese Nachricht schickte sie an Deber, Schulte-Hoffmann, Nikos und Sam. Sollte sie noch die Polizei dazurufen? Oder könnte es irgendeine vernünftige Erklärung geben, die das unnötig machte? Wo war das Reh?

Das Reh war jetzt völlig egal. Wie kam die Tote in die Truhe? Wer wusste davon?

18.

„Sie sehen aus, als ob Sie einen Geist gesehen hätten." Der Barista war wirklich ein guter Beobachter. Ohne weiteren Kommentar schob er ihr einen doppelten Espresso hin, den sie nur mit einem Nicken entgegennahm und sich damit vor dem Billardzimmer postierte.

Der Erste, der angelaufen kam, war Nikos. „Was ist passiert? Was Schlimmes? Jetzt sag doch!"

„Geh schon mal rein. Gleich, wenn alle da sind."

Er blieb bei ihr stehen und warf ihr immer wieder Blicke zu. Offenbar ahnte er bereits ein Unheil.

Sekunden später bogen Deber und Schulte-Hoffmann um die Ecke und Sam kam mit alarmiertem Gesichtsausdruck, in Bademantel und Gummischlappen aus der anderen Richtung.

Mathilda öffnete die Tür und ließ alle vorgehen. Sam kam als Letzter und sah sie fragend an. Vielleicht hätte sie ihn vorwarnen sollen, aber für vernünftige, strategische Gedanken fehlte ihr im Moment die Kapazität.

Endlich saßen alle und schauten sie erwartungsvoll an. Es herrschte Stille im Raum. Nur eine Fliege summte am Fenster.

„Ich habe die Tiefkühltruhe geöffnet."

Schulte-Hoffmann stützte beide Ellenbogen auf die Knie und vergrub sein Gesicht in den Händen. Deber lief dunkelrot an und sprang auf. „Das ist Sachbeschädigung!"

Der Arzt zog ihn neben sich auf den Stuhl. „Komm, Manfred, lass gut sein. Das ist ja wohl nicht das Problem."

„Was ist denn das Problem?" Nikos blickte erstaunt in die Runde.

„Das Reh?" Sam sah Mathilda an. „Sie machen so einen Aufriss wegen des Rehs?"

„In der Truhe liegt kein Reh. Wollen Sie sagen, was, besser wer, da drin liegt, Herr Deber? Oder doch lieber Professor Schulte-Hoffmann? Sie wissen es ja anscheinend."

„Das ist doch ..." Deber plusterte sich erneut auf.

„Manfred, halt jetzt die Klappe. In der Truhe liegt eine tote Frau." Nikos und Sam schnappten nach Luft. „Eine frühere Freundin von mir. Moni. Sie starb in der Testwoche. An einem Stromschlag."

„Details." Nikos flüsterte nur noch.

Schulte-Hoffmann fasste zusammen, wie und wann sie die Tote gefunden hatten bis hin zu dem Moment, als sie sie in die Truhe legten.

Die darauffolgende Pause dauerte nur solange bis Nikos genug Luft geholt hatte, um seine Geschäftspartner anzubrüllen. Er war nicht informiert worden.

Mathilda gab Sam Handzeichen und die beiden ließen die drei allein. Im angrenzenden Kaminzimmer winkte sie dem Barista, damit er die Hintergrundmusik etwas aufdrehte. Sonst wäre zu viel zu hören gewesen.

Sam sah sie verstört und blass an. „Ich muss das kurz verarbeiten und nutze die Zeit, um mich anzuziehen. Eine tote Frau sagen Sie?"

Mathilda nickte.

„In einer Tiefkühltruhe?"

Sie nickte wieder.

Er drehte sich um und ging Richtung Unterkünfte, schwankte ein wenig, hielt sich aber aufrecht.

Mathilda ließ sich in einen der Sessel fallen. Ihre Hände zitterten so sehr, dass sie sich an den Lehnen festhalten musste und sie hatte einen säuerlichen Geschmack im Mund. Immer wieder tauchte das gefrorene Gesicht der Frau vor ihren Augen auf, die hellen Haare und die Wimpern voller Eis, die Lippen farblos, die Haut hellgrau. Gerade noch rechtzeitig griff sie nach einer Vase und übergab sich hinein.

„Eine Jugendstilvase von René Lalique. Gute Wahl. Gib das mal her." Nikos Papadakis, der anscheinend mit dem Anbrüllen seiner Kollegen fertig war, nahm ihr das Gefäß ab und reichte es einem der Kellner, der mit Servietten und einem Glas Wasser herbeigeeilt war. „Bitte bringen Sie uns einen Cognac. Zwei. Zwei doppelte Cognac."

Er wartete einen Moment, bis sich Mathilda wieder im Griff hatte. „Komm rein. Wo ist denn dein Kollege? Wir müssen dringend darüber reden. Gehts jetzt?"

Sie nickte und folgte ihm zurück in das Billardzimmer.

Der Kellner servierte die Getränke und verschwand. Nikos leerte seins mit einem Zug, während Mathilda an dem ihren nur nippte um den sauren Geschmack im Mund zu vertreiben. Schulte-Hoffmann starrte währenddessen ununterbrochen das grüne Tuch des Tisches an, als ob er darunter verschwinden wollte.

Sam traf nur wenige Minuten später ein, gefasst und sehr ernst. Keine Spur von seiner sonst so freundlichen Verbindlichkeit. Er setzte sich neben Mathilda und erkundigte sich, wie es ihr ging, da sie immer noch zitterte und zusammengesunken am Tisch saß.

Sprachlosigkeit hing im Raum, Entsetzen und Unfähigkeit den nächsten Schritt zu benennen.

Sam äußerte sich als Erster. „Wir müssen die Polizei benachrichtigen. Die Frau ist ja wohl offensichtlich ermordet worden, auch wenn es jeden hätte treffen können. Mit den anderen Vorkommnissen zusammen ist es nicht mehr zu verantworten, weiter alles unter den Teppich zu kehren."

Deber schüttelte den Kopf. „Dann ist die Klinik verloren. Bernhard und ich stehen vor Gericht und die Klinik wird geschlossen. Wir sind dann pleite. Haben Sie mal überlegt, wie viele Arbeitsplätze daran hängen?"

Mathilda drehte langsam den Kopf zu ihm. „Was denn? Sie wollen so weitermachen? Als ob nichts passiert wäre? Sie wollen ..." Ihr fehlten die Worte. Waren die Arbeitsplätze das hier wert? Und Eugens Werkstatt? Und die Eulen unterm Dach?

Schulte-Hoffmann zuckte mit den Schultern. „Wir müssen uns überlegen, ob wir alles aufgeben oder einen Weg aus der Situation suchen."

Nikos hatte die ganze Zeit mit verschränkten Armen daneben gestanden und auf den Teppich gestarrt. „Ihr zwei überlegt gar nichts mehr, ihr habt schon viel zu viel überlegt."

Sam räusperte sich. „Halten wir doch mal fest: Der erste Anschlag fand vor der VIP-Woche statt. Das heißt, dass die Gäste weder Ziel noch Attentäter sind. Was passiert, wenn wir jetzt an dieser Stelle die Polizei benachrichtigen? Die Gäste werden informiert und nach Hause geschickt, einen Tag, bevor sie sowieso abgereist wären. Die Spuren zur Aufklärung des Mordes an, wie hieß sie? Moni?

Die Spuren sind längst nicht mehr vorhanden. Auch bei den anderen Vorfällen haben wir uns darauf konzentriert, dass die Gäste nichts mitbekommen, anstatt die Tatorte und Hinweise zu sichern."

„Welche anderen Vorfälle denn?" Nikos sah alarmiert auf.

Mathilda berichtete ihm kurz von dem Zwischenfall mit dem Kohlenmonoxyd, woraufhin er erneut rot anlief. „Leute, wir sprechen uns noch. Hier muss sich einiges ändern!"

„Davon wusste ich auch nichts!" Schulte-Hoffmann blickte Deber ebenfalls empört an, der erst ansetzte, etwas zu sagen, dann aber schweigend den Kopf zur Seite drehte.

„Schluss damit. Wir werden unser Verhältnis untereinander ein anderes Mal klären. Mathilda, Herr Schulz, wie sehen Sie das? Wollen Sie sofort die Polizei benachrichtigen? Wir können es Ihnen nicht verbieten." Nikos schaute die beiden an, die Lippen aufeinander gepresst, die Hände um die Stuhllehne vor sich geklammert, als ob er das Möbelstück am Weglaufen hindern wollte.

Sam hob fragend die Augenbrauen und sah in Mathildas Richtung, die ihm zunickte und dachte kurz nach. „Was haben Sie denn mit Moni vor? Sie können einem Bestattungsunternehmen ja nicht einfach eine aufgetaute Leiche übergeben. Die werden Ihnen Fragen stellen."

„Ich kann sie als Arzt, nach Feststellung einer natürlichen Todesursache, einfrieren. Das darf ich zwar eigentlich nicht wirklich, würde damit aber beim Bestattungsunternehmen meines Vertrauens durchkommen. Nur die Geschichte muss schlüssig sein."

Schulte-Hoffmann und Deber blickten zwischen Mathilda und Sam hin und her. Der Arzt hatte die Hände wie zum Gebet zusammengelegt. Deber schwitze, obwohl es kühl war. Mathilda schüttelte schon den Kopf und wollte ansetzen zu reden, als Sam sie mit einer Geste unterbrach.

„Die Gäste reisen morgen Abend ab?"

„Einige morgen Abend. Die meisten übermorgen nach dem Frühstück. Wir haben morgen ab dem späten Nachmittag die große offizielle Eröffnungsfeier mit den Gästen der Woche und von außerhalb. Viele mit Rang und Namen werden hier sein, national und international. Unser Standort liegt nicht umsonst neben einer Metropole. Es wird ein Open Air Konzert geben, zu dem wir eine Band eingeladen haben. Die Gäste sollen soviel positive Erlebnisse wie möglich haben, von denen sie anderen erzählen. Von guten Matratzen und reichhaltigem Frühstück berichtet niemand. Das wird als selbstverständlich vorausgesetzt."

„Unmöglich. Das können wir unmöglich machen! Eine solche Veranstaltung geht immer mit Chaos und vielen Menschen einher." Mathilda war entschlossen, hier ihre Grenze zu ziehen. „Wir sind raus. Außerdem wussten wir schon wieder nichts davon. Herr Schulz?"

Sam zögerte. „Das ist nicht ganz richtig. Die Abschlussveranstaltung wurde erwähnt und steht auch in unserem Auftrag."

Mathilda ließ sich stöhnend zurückfallen. „Trotzdem. Das sind doch jetzt ganz andere Voraussetzungen."

Ihr Kollege nickte nachdenklich und formte lautlos ein Wort in ihre Richtung. Sie wusste nicht, ob es Eugen oder Eule heißen sollte, aber sie setzte sich wieder gerade hin.

„Das heißt, wir müssen alle nur dafür sorgen, dass den Gästen, die vermutlich eh nicht das primäre Ziel des Angriffs sind, bis Samstag Morgen nichts passiert." Sam sah in die Runde.

„Nur?" Mathilda konnte nicht glauben, was sie gerade gehört hatte. „Sagten Sie ‚nur'? Das versuchen wir doch schon die ganze Zeit und haben uns dabei drei Anschläge eingehandelt, von denen wir nur einen verhindert haben!"

Sam nickte. „Das stimmt. Aber jetzt wissen wir mehr. Alle drei waren als Unfälle angelegt. Und ich vermute stark, dass Handwerker beteiligt waren. Zumindest Leute, die mit den Handwerkern gemeinsam kamen. Also, egal, was kaputt geht, es darf in den nächsten Stunden niemand mehr von außen hereingelassen werden und wenn es absolut nicht anders geht, wird der Gerufene von einem von uns ununterbrochen begleitet." Die Runde nickte. „Außerdem müssen wir davon ausgehen, dass wir hier einen Maulwurf im Haus haben. Jemand, der den oder die Attentäter benachrichtigt, wenn etwas repariert werden muss oder unter irgendeinem anderen Vorwand aufs Gelände lässt. Wie wir das überwachen sollen, weiß ich noch nicht. Die Security muss die Eingänge noch besser im Auge behalten. Wenn es eine Lieferung gibt oder jemand kommt, muss einer von uns denjenigen begleiten."

„Unmöglich." Deber schüttelte verzweifelt den Kopf. „Wir sprechen von einer Veranstaltung mit zweihundert Gästen. Wir werden eine Unmenge Lieferungen bekommen, zusätzliches Personal, mehr Security, Gehilfen für den Aufbau, Künstler, Techniker."

Sam überlegte kurz. „Und wo findet das Ganze statt?"

„Draußen im Park auf der Wiese. Wir haben eine Firma gefunden, die garantiert, dass der Aufbau so gut wie ohne Lärm vor sich geht. Das sind Spezialisten."

„Dann dürfen die auf keinen Fall ins Haus und die von drinnen gehen nicht raus. Damit haben wir schon mal zwei getrennte Gruppen, die beaufsichtigt werden müssen, die sich aber nicht vermischen sollten."

„Ich kann mich um das Team draußen kümmern." Nikos warf einen tödlichen Blick auf seine beiden Kollegen. „Dann begegne ich euch wenigstens nicht."

Deber nickte resigniert. „Ich werde den Innenbereich übernehmen. Aber dazu brauche ich Unterstützung. Vor allem für die Küche wird viel geliefert und es kommt jede Menge neues Personal dazu. Bernhard?"

„Keine Chance. Ich habe morgen die ganzen Abschluss-Untersuchungen. Die müssen positiv ausfallen, das kann ich sonst niemandem überlassen."

„Die Küche wird mein Sohn Christian übernehmen." Nikos warf das wie selbstverständlich in den Raum. „Er ist im Moment in der Stadt. Genau wie Tim und Niklas. Und ich sehe mal zu, dass Jana und Jennifer kommen. Nein, nicht Jennifer, die ist in Australien. Nina. Ich frage Nina. Außerdem noch Pia und Luise. Und Anne. Anne kann auch mithelfen."

„Sind das nicht deine Ex-Frauen?" Der Arzt sah ihn fragend an.

„Ja und? Die bekommen alle seit Jahren Unsummen Unterhalt von mir. Dafür können sie auch mal was tun. Wenn das hier schiefgeht, wird der Geldhahn zugedreht. Das sollte ein Argument sein, sich anzustrengen."

Mathilda stimmte zwar zu, war aber nicht davon überzeugt, das Richtige zu tun. Es ging immerhin um Mord, nicht um gestohlene Brötchen. Sie hatte immer noch das von Eiskristallen überzogene Gesicht der Frau vor sich, die noch leben könnte. Durften sie wirklich so ein Risiko eingehen?

„Ich stelle eine Bedingung. Es kommen keine neuen Gäste mehr, bevor das Ganze nicht restlos aufgeklärt ist, egal ob von uns oder der Polizei. Außerdem muss Moni, sobald der letzte Gast weg ist, zum Bestatter." Ein fauler

Kompromiss, und ob sie damit leben konnte, würde sich später herausstellen, wenn sie allein war und ihr Verstand wieder reibungslos funktionierte.

Deber hob schon an zu widersprechen, aber Nikos kam ihm zuvor. „Einverstanden. Und nicht nur das. Ich finde diese Bedingung ausgesprochen fair und würde alles andere ebenfalls ablehnen. Damit ist es entschieden." Sein Blick fiel auf seine Geschäftspartner, die nur noch nicken konnten.

„Apropos Maulwurf. Hat schon jemand eine spontane Idee?" Sam sah in die Runde.

Mathilda dachte nicht weiter nach. „Frau Deber. 'tschull-digung, aber sie ist diejenige, die die Handwerker anruft."

„Naheliegend, aber meine Frau ist finanziell genauso involviert wie ich. Wenn wir schließen müssen, ist sie mittellos. Also wird sie ein gesteigertes Interesse daran haben, dass hier alles glatt läuft." Deber räusperte sich. „Außerdem wäre sie dazu gar nicht in der Lage. Ein Minimum an Grips gehört ja schon dazu."

Bevor Mathilda etwas erwidern konnte, äußerte Sam sich. „Was ist mit Salz? Den finde ich sehr suspekt."

Schulte-Hoffmann schüttelte den Kopf. „Salz profitiert von der Situation. Kennst du die Eastereggs, die versteckten Überraschungen? So einer ist er hier. Wir behaupten nur, er sei der Hausmeister und ein paar Kleinigkeiten macht er auch. Aber in Wirklichkeit ist er ein bekannter Künstler, der sich Anton nennt und schon seit Jahren sein Atelier auf dem Gelände hat, hier lebt und arbeitet. Ich glaube, gestern wurde er von den Gästen entdeckt. Das sind die Geschichten, die sich herumsprechen. Die Sache schlug in den sozialen Medien ein, wie eine Bombe. Yannic Gold hat bei ihm fotografiert und sich als Helden gefeiert, der das verschollene Genie aufgestöbert hat. Demnächst stellen wir einen richtigen Hausmeister ein."

"Nur noch eine Frage." Mathilda sah Deber neugierig an. „Was war mit dem Reh?"

„Reh? Ach so das. Das war eine Jagdtrophäe, die wir hier vorgefunden und auf den Dachboden verbannt haben. Genauso wie das präparierte Fell."

„Ich glaube, wenn ich kein Tier, sondern einfach Tiefkühlerbsen gefunden hätte, wären Sie damit bei mir durchgekommen."

Als sie den Raum wieder verließen, gingen die ersten Gäste schon zum Abendessen. Mathilda fühlte sich müde und ausgelaugt, wie nach einem Gewaltmarsch. Es wollte sich auch keine Entspannung einstellen, obwohl das Gespräch beendet und die nächsten Schritte besprochen waren. Sie hatte immer noch das Gefühl etwas falsch gemacht zu haben. „Sind Sie damit zufrieden?"

Sam wiegte den Kopf hin und her. „Was soll ich sagen? Es war mit Sicherheit nicht richtig. Aber die drei, beziehungsweise die beiden jetzt auffliegen zu lassen würde nichts besser machen. Gut, die Polizei wäre eingeschaltet und wir wären raus aus der Verantwortung. Aber dann ist der Laden zu. Das kann uns zwar egal sein, aber ... ich weiß, das klingt ganz furchtbar, aber ... ich habe jahrelang darunter gelitten, dass Bernhard mich in der Hand hatte, obwohl er das nie explizit gesagt hat. Jetzt, wo er ganz in der Nähe wohnt, ging es mir noch schlechter. Aber mit dieser Lösung hätte ich ein Gleichgewicht geschaffen. Wissen Sie was ich meine? Er kann mir nichts mehr anhaben."

„Hat er das wieder erwähnt? Oder befürchten Sie, dass er Sie verraten hätte, wenn wir uns nicht auf den Deal einlassen?"

„Nein, dazu ist seine Nummer zu groß und meine zu klein. Ich glaube, im Moment hat er auch ganz andere Sorgen, als jemandem von mir zu erzählen. Trotzdem fühle ich mich mit der Vereinbarung erleichterter, als ich mich fühlen dürfte. Verstehen Sie das? Ich habe ebenfalls einen Vorteil davon. Vielleicht sollten wir Robert mal fragen, wie illegal das ist, was wir hier machen. Oder nein, besser nicht, sonst kann ich nicht mehr schlafen."

Frau von Kalbstadt kam vorbei. „Haben Sie Mozart gesehen?"

Sam und Mathilda schüttelten mechanisch die Köpfe und sie suchte weiter.

Ein Grüppchen Gäste ging zum Restaurant und die beiden konnten hören, dass sie sich über das Krimispiel unterhielten. „Der Hausmeister ist ja auch sehr verdächtig. Haben Sie sein Atelier gesehen? Er ist ein hochdotierter Künstler! Ich habe eine seiner Skulpturen gekauft. Phantastisch! Er ist bestimmt der Mörder."

„Was du nicht sagst, wenn das so ist, besuche ich ihn morgen noch vor dem Frühstück. Heute habe ich mir den Park und den Gärtner angesehen. Der Mörder ist immer der Gärtner heißt es doch so schön, oder?"

Mathilda musste jetzt doch grinsen. Der Gärtner war ein alter Mann, taub wie Rhabarber, obwohl seine Ohren so riesig wie dessen Blätter waren. Sein Gehilfe war zwar jung und fit, hatte aber seine Stärken nicht so sehr im geistigen Bereich.

Sam lächelte sie an. „Kommen Sie, wir essen was und dann trinken wir in der Bibliothek auf Moni. Ich bestelle eine Flasche Wein beim Barista. Ach ja, bevor ich es vergesse: Ich hoffe, es ist in Ordnung, wenn ich mich weiter unter die Gäste mische und nicht an vorderster Front stehe."

„Jaja, mischen Sie sich nur. Sie waren ja schon ein Opfer. Das reicht für den Superheldenstatus."

„Meinen Sie das jetzt ironisch?"

„Herr Schulz! Gehen Sie in dieses Restaurant, oder ich vergesse, dass Gewalt keine Lösung ist."

Während des Essens sprachen einige von dem nicht vorhandenen Krimispiel. Es verselbstständigte sich immer mehr. Die Gäste tauschten Tipps und Hinweise aus, rätselten und waren ganz offensichtlich mit Spaß dabei. Mathilda hatte streckenweise das Gefühl auf den Arm genommen zu werden und suchte nach einer versteckten Kamera.

Sam bemühte sich, sich in die Überlegungen einzubringen und so viel wie möglich zu erfahren. Zwischenzeitlich sah er hilflos zu seiner Kollegin und hob fragend die Schultern.

An Mathildas Tisch saß diesmal Frau Wellen, die mit einem neuen Begleiter ausgestattet war, der ihr immer wieder mehr oder weniger plumpe Komplimente machte. Diese erwiderte sie mit schelmischen Seitenblicken und zufälligen Berührungen mit Hand, Knie oder auch schon mal dem vorgebeugten Oberköper, die dem Blutdruck des Kurschattens sicherlich nicht guttaten.

Von der Geschäftsleitung saß nur Papadakis bei den Gästen und unterhielt mal wieder den ganzen Tisch. Seine beiden Kollegen hatten sich entschuldigen lassen. Debers Frau saß ein Stück entfernt und warf Mathilda böse Blicke zu. Dieser war es im Moment egal, was für ein Problem die Walküre jetzt schon wieder hatte, stattdessen aß sich durch alle fleischlosen Speisen des Buffets. Maître Olivier schien begriffen zu haben, was ohne Diskussionen serviert werden durfte.

Plötzlich erschien eine Nachricht auf ihrem Handy. Eugen Salz teilte ihr mit, dass er heute Abend ein Feuer machen würde und ob sie nicht auf ein Glas vorbeikommen wollte. Sie überlegte kurz und schickte dann die Frage an Sam, ob er mitkommen würde. Dann könnte er seine Meinung zu dem Hausmeister noch einmal überdenken und vor allem das Atelier besichtigen.

Er stimmte zu, wirkte allerdings nicht sehr glücklich dabei.

Wenig später trafen sie sich am Hinterausgang. Mathilda hatte sich eine Jacke geholt und hielt Sam, der nicht daran gedacht hatte, dass es Ende September abends frisch werden konnte, eine Decke hin.

„Muss das denn sein? Wir wollten in der Bibliothek einen gepflegten Wein trinken und Moni gedenken. Hier, ich habe einen besonders guten Tropfen beim Barista erstanden." Er hielt eine Flasche mit einem staubigen Etikett in die Höhe.

„Wir können auch bei Eugen gepflegten Wein trinken und einer Frau gedenken, die wir überhaupt nicht kannten. Los. Ich will, dass Sie Eugen kennenlernen, damit das ein für alle Mal geklärt ist. Ich vertraue auf Ihre Menschenkenntnis, aber nur, wenn Sie den Menschen auch kennen. Und das holen wir jetzt nach." Sie zog ihren Kollegen durch den Park, bis sie vor der vermeintlichen Hausmeister-Werkstatt standen. „Die Sache mit Moni sollten wir für uns behalten."

Im Hof stoben schon die Funken in den Nachthimmel, der Geruch nach brennendem Holz lag in der Luft und das Knacken und Bersten der Äste vermischte sich mit leiser klassischer Musik im Hintergrund.

Mathilda ging nah ans Feuer heran und genoss die Wärme. Es rief Kindheitserinnerungen in ihr wach, an Zeltlager am Meer, Lagerfeuer am Strand und Stockbrot mit Hagebuttentee.

Salz kam aus der Werkstatt und brachte eine Schüssel Marshmallows mit. „Hier, ist zwar Kinderkram, aber die sind gut zu trockenem Rotwein. Ach, wen hast du denn mitgebracht?"

„Das ist Sam Schulz, mein Kollege. Er war das Opfer bei der Saunasache."

Salz nickte freundlich und nahm Sam die Flasche ab. „Na, dann setzt euch mal. Da habt ihr aber einen guten Tropfen mitgebracht. Den bekommt man nicht alle Tage ins Glas."

Sam stand unsicher in der Gegend wie ein Hund im Katzenasyl. Mathilda hatte sich auf einem Baumstumpf niedergelassen, was er offensichtlich nicht in Erwägung zog. Als Eugen merkte, wie unwohl sich sein Gast fühlte, brachte er ihm einen hölzernen Stuhl, wie man ihn sonst nur vom Sperrmüll kennt.

Sam ließ sich in respektvollem Abstand zu den Flammen nieder und beugte sich leicht vor um noch etwas von der Wärme abzubekommen.

„Und? Habt ihr schon jemanden verhaftet?" Eugen gab ihnen angespitzte Stöcke und spießte ein Marshmallow auf seinen.

Mathilda schüttelte langsam den Kopf. „Nein und immer noch keine Idee, wer dahinterstecken könnte."

„Und Sie, Herr Salz?" Sam richtete sich ein bisschen auf. „Hätten Sie einen Verdacht? Sie kennen sich ja gut aus im Haus und mit den Leuten hier."

Salz zuckte nur die Schultern. „Keine Ahnung. Ich weiß auch gar nicht, was die Attentäter für eine Absicht haben. Wenn sie dem Laden nur schaden wollen, stellen die sich ziemlich dilettantisch an. Eine Runde Salmonellen für alle und der Fall wäre gegessen. Dann hat sich das mit der Empfehlung erledigt. Oder ein Fass Gülle hier im Park ausschütten. Stinkt wie die Hölle und die Leute reisen ab. Und ich hab noch gar nicht angefangen richtig nachzudenken."

Sam sah ihn schweigend an. Mathilda balancierte den halb geschmolzenen Zuckerschaum zu ihrem Mund, verschmierte sich die Wange, verbrannte sich die Zunge und stöhnte vor Wohlbehagen, als die dünne Kruste zwischen ihren Zähnen mit einem leisen Knistern zerbrach und der flüssige Kern in ihren Mund lief.

„Sie haben recht, Herr Salz." Sam räusperte sich und angelte sich auch eine Süßigkeit. „Und was können wir aus diesem Dilettantismus schließen? Schlechte Planung? Zu wenig Geld für Profis?"

„Ich hab keine Ahnung. Ich bin ja nur der Hausmeister." Er lachte tonlos auf.

„Du bist ein Osterei sagt Schulte-Hoffmann." Mathilda spießte die nächste Zuckerkugel auf.

„Ach! Verdammt, hat er es verraten? Der Blödmann."

„Nein, nur uns, nicht allen." Sie hielt den Stock wieder über die Flammen und vergaß ganz, den Wein dazu zu trinken.

„Ich dachte schon. So ein Schnösel hat mich heute nämlich entdeckt und ein riesen Bohei darum gemacht. Kann ich gut gebrauchen."

„Ja? Warum das denn?" Sam horchte interessiert auf.

„Man sagt, Sie seien sehr bekannt und renommiert."

„Renommiert. Ja, wahrscheinlich schon, ja. Hatte aber ... wie sagt man so schön? Ich hatte eine Sinnkrise. Eine lange Sinnkrise. Tat der Seele nicht gut und nicht dem Portemonnaie." Eugen rührte mit einem Stock in der Glut, bis die Funken sprühten und Sam einen Meter zurückwich. „Wenn die hier rausfliegen, bin ich übrigens auch draußen. Die Hotelfritzen sagten, dass hier hinten das Blockheizkraftwerk hinsollte. Ich hab zwar einen eigenen Pachtvertrag, aber denen wird schon was einfallen. Wenn ich also irgendwie helfen kann, sagt Bescheid." Er warf zwei neue dicke Scheite ins Feuer. „Wollt ihr mein Atelier mal sehen?" Ohne eine Antwort abzuwarten, stand er auf und ging hinein.

Mathilda und Sam folgten ihm. Hinter der Werkstatt lag ein großer Raum mit offenen Backsteinmauern und bodentiefen Fenstern. Deckenfluter, die Eugen anschaltete beleuchteten polierte Holzobjekte auf weißen Sockeln und schwarzen Stahlstäben.

Mathilda wanderte langsam dazwischen umher und versuchte Figuren und Gegenstände darin zu erkennen. Sie ließ die Finger über die Risse und glatten Flächen im Holz gleiten, war allerdings nur mäßig begeistert. Nett war der Begriff, der ihr dazu einfiel. Hübsch.

Ganz anders ihr Kollege. Sam war wie angewurzelt stehen geblieben und näherte sich dann ehrfürchtig den ersten Objekten.

„Das ist unglaublich. Ich hab Ihre Werke schon auf der Biennale in Venedig bewundert und bei einem privaten Sammler in Berlin. Er hatte auch ein Gemälde von Ihnen."

Salz nickte und sah ein bisschen abwesend aus. „Ja, Bilder. Die sind Vergangenheit. Ich male nicht mehr. Aber das Holz, das sagt mir noch was."

„Ich wusste nicht, dass Sie das sind. Sie sind Anton. Der Anton."

„Nein, ich war der Anton. Jetzt arbeite ich nur noch unter meinem eigenen Namen. Eugen Salz. Kein Künstlername mehr. Das ist vorbei."

„Das ist einfach wundervoll, Sie hier kennenzulernen, ich bin ein Verehrer Ihrer Kunst." Sam schritt zum nächsten Objekt. „Das ist so ... das ist das Sein der Natur, es ist nicht in Worte zu fassen."

„Muss man auch gar nicht. Kommt, sonst geht das Feuer noch aus und der Wein wird sauer." Seinen Stolz konnte Eugen jedoch nicht ganz verbergen. Er sah Sam mit einer Wärme an, die Mathilda fast schon ein bisschen eifersüchtig machte. Schließlich war der Künstler ihre Entdeckung.

Sie gingen nach draußen, Eugen füllte die Gläser erneut und hob seines. „Auf den Heiligen Waldemut."

Sie tranken und starrten ins Feuer. Mathilda konnte sich nicht beherrschen und steckte den nächsten Marshmallow auf den Stock. Sam und Eugen verloren sich in Gesprächen über Kunst und Philosophie, sie träumte vor sich hin. Die Wärme in Kombination mit Wein und Zucker ließ sie für den Moment zur Ruhe kommen, auch wenn ihr klar war, dass das nicht von Dauer sein würde.

Auf dem Rückweg zum Haus schlenderte sie an Sams Seite durch den Park. Die Luft war frisch und der Duft des verbrannten Holzes vermischte sich mit den ersten Herbstgerüchen.

„Herr Schulz, ich hab nachgedacht. Wir kommen so nicht weiter. Wir müssen unsere Strategie ändern."

„Inwiefern? Haben Sie schon eine Idee?"

„Idee nicht direkt. Aber wir sollten unsere Ausrichtung überdenken. Wir haben bisher nur versucht, geplante Anschläge zu verhindern. Aber noch nicht so richtig nach dem, was dahintersteckt. Da würde ich jetzt gerne ansetzen. Mir ist egal, was unsere Auftraggeber planen. Ich glaube, wenn wir die Täter finden wollen, müssen wir ein bisschen mehr über die drei erfahren."

19.

Freitag, nur der musste noch über die Bühne gebracht werden. Mathilda wurde früh wach, sah sich von ihrem Fenster aus an, was die aufgehende Sonne mit dem verfärbten Laub der Bäume im Park vollbrachte und dachte dann wieder an alles, was bereits in dieser idyllischen Umgebung passiert war.

Sie lehnte sich in dem tiefen Sessel vor der Heizung zurück und legte die Füße auf die Fensterbank. Ob der Barista schon aktiv war?

Sie versuchte sich auf das zu konzentrieren, was heute vor ihr lag. Viel zu viel für sie und Sam. Zu viel Verantwortung, zu viel das hätte erledigt werden müssen, zu viel das falsch gelaufen war. Mathilda stöhnte leise und legte den Kopf nach hinten. Was war dümmer? Alles der Polizei erzählen oder einfach weiterzumachen?

Was konnte sie jetzt als Erstes unternehmen? Sie beschloss Schade aufzusuchen. Den vierten Mann, den mit der Idee und dem Unglück, ausgebootet worden zu sein. Nikos würde sich um die Überwachung der Eingänge kümmern und um die Begleitung sämtlicher Lieferanten, Helfer und Arbeiter.

Noch vor dem Frühstück trafen Sam und Mathilda sich in der Bibliothek, wo sie ihm von ihrem Plan erzählte, bei Schade vorbeizufahren um ihn zu überraschen. „Haben Sie eine Idee, was ich sagen soll, wenn ich ihn sehe?"

„Gute Frage. Vielleicht geben Sie sich als Journalistin aus und befragen ihn zu irgendeinem seiner aktuellen Projekte. Dann lassen Sie irgendwann einfließen, dass Sie mitbekommen haben, dass er früher zu den Gesellschaftern gehörte und fragen, was er jetzt zur Waldemut-Klinik zu sagen hat."

Mathilda nickte langsam. „Gute Idee. Das bekomm ich hin. Danke, ich meld mich, wenn ich zurück bin."

Auf der kurzen Fahrt in die nahe gelegene Großstadt überlegte sie sich noch ein paar Fragen, mit denen sie das Gespräch einleiten konnte. Zum Glück reichten die Informationen, die das Internet über Schade zur Verfügung stellte, aus, um ihm so lange zu schmeicheln und sein Ego zu streicheln, bis er auch für die Fragen bereit war, die ihm sicherlich unangenehm waren.

Also würde sie sein ehrenamtliches Engagement für den örtlichen Denkmalschutz als Anlass für das Interview nehmen.

Mit ihrem Smart fand Mathilda schnell einen Parkplatz in der vollgestopften Stadt. Sie packte ihre Umhängetasche, in der sie eine leistungsstarke Wanze hatte, und einen Tracker, der an einem Auto befestigt werden konnte, um es online zu verfolgen.

Außerdem noch diverse weitere Geräte, die bei der Überwachung von Personen eine Menge Zeit sparten und verboten waren. Dazu kamen ein kleines Diktiergerät und ein Block. Als sie fertig war, betrachtete sie das Sandsteingebäude mit der imposanten Fassade, den Ornamenten und hohen Fenstern. Es musste einer einer ähnlichen Zeit stammen, wie die Waldemut-Klinik.

Mathilda ging durch die offene Tür und musste sich im Inneren an einer Rezeption anmelden. Ohne Termin? Eine Journalistin? Na ob Herr Schade dafür Zeit hatte, man wüsste ja nicht.

Aber Herr Schade hatte Zeit. Zwar nur zehn Minuten, aber immerhin. Wenn es um die Denkmäler ging, ließ sich immer etwas einrichten.

Mathilda wurde von einer jungen Frau abgeholt und in sein Büro geführt, in dem Schade direkt mit ausgestreckter Hand auf sie zukam und sie zu einer Sitzecke führte. „Kommen Sie, setzen Sie sich. Um was geht es in Ihrem Artikel?"

„Um das Gebäude in der Hersenstrasse, das Sie vor dem Abriss bewahrt haben. Können Sie mir etwas über sich und Ihre Beziehung zu alten Häusern erzählen?"

Und Schade erzählte. Detailverliebt und ausdauernd. Mathilda flocht immer wieder ein „Nein wie toll" oder ein „Das ist ja großartig" ein. Sie himmelte ihn an wie einen Helden aus einer Sage und schrieb eifrig mit.

Die zehn Minuten waren längst vorbei, als er von allein das Waldemut-Haus erwähnte. Dabei ging es darum, wie bedauerlich es doch sei, dass erlaubt worden war, auf dem Grundstück in unmittelbarer Nähe Neubauten zu errichten, die den Eindruck des Gebäudes inmitten des Parks völlig zerstörten.

Hier konnte Mathilda endlich einhaken. „Ich hab gehört, Sie waren ursprünglich einer der Mitbesitzer der Waldemut-Klinik. Was ist passiert? Konnten Sie das nicht verhindern?"

Schades Gesicht versteinerte. „Nein, da war nichts zu machen. Ich habe mit den drei Gesellschaftern zusammen eine Klinik geplant, aber mit anderen Ausmaßen und so, dass das ursprüngliche Gebäude im Mittelpunkt geblieben wäre. Ergänzende Bauten hätten sich untergeordnet und wären nur ein Rahmen gewesen, eine Unterstreichung der Größe und Erhabenheit des alten Baus." Er atmete tief ein. „Ja, das ist bedauerlich, was da passiert ist."

Jetzt musste Mathilda irgendwie die Kurve bekommen. „Würden Sie mir ein paar Tipps geben? Ich soll als Nächstes über die Klinik schreiben. Sie kennen die drei Herren doch sicher gut. Können Sie mir schon mal ein bisschen was verraten? Worauf muss ich achten? Wo sind die wunden Punkte? Ich stehe dem Projekt, genau wie Sie, nicht sehr positiv gegenüber, wenn ich das mal so sagen darf. Es ist eine Bausünde und die Klinik soll nur für Superreiche sein. Eine Schande, wenn Sie mich fragen."

Schade verengte die Augen zu schmalen Schlitzen. „Sie schreiben keinen Artikel über mich und den Denkmalschutz."

Mathilda schluckte und überlegte fieberhaft, wie es weitergehen sollte. Leugnen würde nichts bringen. „Nein. Ich bin an dem Waldemut-Haus interessiert. An seiner Geschichte und an dem was jetzt daraus geworden ist."

Er nickte langsam und sah einen Moment zur Seite. „Was planen Sie?"

„Ich weiß es noch nicht. Zur Zeit sammele ich nur Informationen. Vor allem über die Besitzer. Helfen Sie mir? Auch wenn ich gelogen habe? Ich finde Ihr Engagement trotzdem toll. Das können Sie mir glauben."

Schade stand auf und drückte an seinem Schreibtisch auf eine Taste. „Bitte sagen Sie meinen nächsten Termin ab." Diesen kurzen Moment, in dem sie unbeobachtet war, nutzte Mathilda, um die Wanze zwischen die Polster zu stecken. Es war klar, dass sie bei einer gründlichen

Putzaktion im Staubsaugerbeutel enden würde, aber das war das Schicksal der meisten Wanzen, die sie verwendete. Dann kam Schade wieder zu Mathilda zurück. „Das war ohnehin nicht wichtig. Ich kenne Sie nicht. Erzählen Sie mir bitte ein bisschen mehr."

Jetzt wurde es brenzlig. Das hier war ein Job, der eindeutig besser zu Sam gepasst hätte. Er brachte selbst Fische dazu ihre Lebensgeschichte zu blubbern. „Es gibt noch nicht viel zu sagen. Ein paar Freunde und ich haben das Gefühl, dass beim Waldemut-Haus nicht alles mit rechten Dingen zugegangen ist. Der Arbeiter, der auf der Baustelle starb, die Erlaubnis, dass in dem Park gebaut wurde, dass ein historisch so wichtiges Gebäude von der Öffentlichkeit nicht mehr betreten werden darf – wir sind davon überzeugt, dass mit der Stadt ganz schön gemauschelt wurde." Nicht schlecht dafür, dass sie es aus dem Ärmel geschüttelt hatte.

Schade legte die Hände aneinander und sah sie prüfend an. „Ah, ich glaube, da steckt noch etwas anderes dahinter. Aber egal. Machen Sie das Aufnahmegerät in Ihrer Tasche aus. Und nein, versuchen Sie bitte nicht schon wieder zu leugnen."

Mathilda wurde rot, holte das kleine Gerät heraus und legte es ausgeschaltet auf den Tisch.

„Das Handy auch, bitte."

Sie legte ihr Handy daneben und er schaltete es ab.

„Gut, dann erzähle ich Ihnen ein bisschen was. Die Klinik war meine Idee beziehungsweise das Haus zu kaufen und etwas daraus zu machen. Ebenso drei Freunde aus Studienzeiten einzubinden. Vor allem Nikos Papadakis ist sehr finanzkräftig, Schulte-Hoffmann und Deber auch. Im Vergleich bin ich eher ein Leichtgewicht, aber ich hatte das Konzept und die Kontakte zu den damaligen Besitzern. Da

Professor Schulte-Hoffmann Arzt ist, lag die Idee mit der Kurklinik nahe. Nicht zu groß, damit eben keine oder nur kleine Anbauten errichtet werden mussten. Wir wollten ja auch noch unseren Spaß haben, das Leben genießen. Aber das war den drei Herren irgendwann nicht mehr genug. Warum durch vier teilen, wenn es doch auch zu dritt ging. Sie haben größer geplant, immer mehr, immer höher, bis ich draußen war. Tja. Mein Lebenswerk, mein Traum, meine Ideen – weg. Jeder Versuch, mit den Dreien nochmal zu reden, einen Kompromiss zu finden – vergeblich."

Mathilda hatte ihm schweigend zugehört. Schades Bericht deckte sich mit dem, was sie schon von Nikos wusste. „Hassen Sie die drei? Wollen Sie Rache?"

„Hassen. Ein schweres Wort. Professor Schulte-Hoffmann ist eine arme Wurst. Er wollte eigentlich nie mehr praktizieren. Wissen Sie, was er vor der Kurklinik war? Schönheitschirurg. Er wollte das große Geld machen und dann sind ihm kurz hintereinander zwei Patientinnen auf dem OP-Tisch verstorben. Wahrscheinlich war das nur ein unglücklicher Zufall und nicht seine Schuld. Aber es hat ihn zum Alkoholiker gemacht. Sein Mann hat ihn aus dem Sumpf wieder herausgeholt und ich war überzeugt, ich tue ihm einen Gefallen, wenn ich ihm die Chance biete bei dem Projekt mitzumachen. Er hat dann Deber und Papadakis mitgebracht. Damals dachte ich noch, das würde wunderbar passen."

„Von den Patientinnen wusste ich nichts. Ist er völlig trocken?"

„Keine Ahnung. Solang wir miteinander zu tun hatten, ja. Was passiert, wenn er jetzt in Stress gerät, weiß ich nicht. Seine Schwiegereltern haben ihn wohl fest im Griff. Deber ist ein ziemlich dominanter Typ, aber eine Luftpumpe. Dumm wie ein Schokoriegel, aber jederzeit bereit die Weltherrschaft zu übernehmen. Der einzig halbwegs Vernünftige von den Dreien ist Papadakis. Er tut nur so, als ob er wie seine Mitstreiter alles hätte aufgeben müssen. Er hatte Schiss, dass er mehr investieren sollte, wenn die anderen klamm am Beutel werden. Also hat er so getan, als ob er sein Haus verkaufen müsste. Dabei wollte er sowieso in der Klinik wohnen. Ist doch auch traumhaft. Er besitzt noch die Anteile an einer weiteren Firma. Wenn er die verkauft kann er sich immer noch eine mittelgroße Karibikinsel kaufen und jedem seiner Kinder eine Jacht, damit sie ihn besuchen kommen können."

„Nikos Papadakis hat Kinder? Ich dachte, er sei allein."

„Hahaha, nein, er hat sich längst den goldenen Hosenknopf verdient. Er hat zwölf Kinder von vier Frauen. Eine sehr sehenswerte Veranstaltung wenn er alle zum Geburtstag einlädt. Die meisten verstehen sich untereinander. Aber wenn man genau hinschaut, sieht man bei einigen kleine blaue Funken sprühen, wenn sie sich zu nahe kommen."

Mathilda versuchte alles, was sie gehört hatte, zu verarbeiten und in Verbindung mit den Vorkommnissen zu bringen. Es war zu viel. Dazu brauchte sie den Austausch mit ihrem Kollegen. „Und was ist mit Rache? Würden Sie den Laden nicht gerne den Bach runtergehen sehen?"

Schade lächelte sie schmallippig an. Wie ein Hai, kurz bevor er das Maul aufreißt, um erbarmungslos zuzuschnappen. „Ich werde den Laden den Bach runtergehen sehen. Aber wie, kann ich Ihnen leider nicht verraten. Es dauert aber nicht mehr lange. Und wenn Sie so an dem Haus interessiert sind, freue ich mich dann wieder von Ihnen zu hören. Jetzt muss ich mich aber tatsächlich verabschieden. Der nächste Termin ist wichtig und ich muss nun fahren."

Schade erhob sich und gab ihr die Hand. Dann schob er sie, immer noch lächelnd, aus der Tür.

Mathilda stand wieder auf der zugigen Straße zwischen den hohen Häusern und überlegte, wie sie Schade noch im Auge behalten konnte. Sein Wagen parkte mit Sicherheit nicht hier draußen, sondern in einer Tiefgarage, zu der sie keinen Zutritt hatte. Über ihr Handy verschaffte sie sich einen Überblick über die weiteren Ausgänge des Gebäudes und fuhr dann zu der wahrscheinlicheren Ausfahrt der Garage. Wenn er jetzt einen wichtigen Termin hatte, standen die Chancen fünfzig zu fünfzig, dass er jeden Moment herauskommen musste.

Sie hatte Glück. Ein sportlicher Oldtimer mit Schade am Steuer rollte kurz drauf aus den Tiefen des Gebäudes und ordnete sich zügig in den Verkehr ein. Mit seinen Beschleunigungen und schnellen Fahrbahnwechseln konnte Mathilda kaum mithalten. An ausreichend Abstand und Vorsicht war bei dem Fahrstil nicht zu denken.

Zum Glück bremsten Zebrastreifen und mitten auf der Fahrbahn parkende Lieferdienste ihn soweit aus, dass sie ihn nicht aus den Augen verlor.

Endlich hielt er vor einem modernen Bürokomplex und lief, ohne sich umzusehen, hinein. Mathilda stieg ein paar Meter weiter aus. Niemand außer ihr war auf der Straße. Sie holte den magnetischen münzgroßen Tracker aus der Tasche und bummelte langsam an dem alten Sportwagen vorbei.

Neben seinem hinteren Kotflügel ließ sie ihren Autoschlüssel fallen und hinterließ den Tracker beim Aufheben. Sie durften Schade nicht mehr aus den Augen verlieren.

Jetzt brauchte Mathilda ein Café, um so schnell wie möglich alles aufzuschreiben, was sie in dem Gespräch erfahren hatte, sonst verwässerten die ersten Details.

Sie fand eins, ließ sich nieder und bestellte Espresso mit Apfelkuchen. Dann zog sie ihr Heft aus der Tasche und schrieb hastig alles auf, was ihr in Erinnerung geblieben war. Der Espresso war grauenvoll. Durch den in der Kurklinik war sie ein für alle Mal für den Geschmack der Straße verdorben.

Nachdenklich starrte sie aus dem Fenster und versuchte Zusammenhänge herzustellen und zu sortieren, welche der Informationen für den Fall interessant waren. Schulte-Hoffmanns tote Patientinnen eigneten sich garantiert als Hinweis um Sams Geheimnis noch besser zu schützen, da der Arzt mit Sicherheit kein Interesse daran hatte, dass das bekannt wurde. Damit wäre ihrem Kollegen schon mal geholfen.

Nikos' zwölf Kinder waren kurios, aber nicht weiter bemerkenswert. Es erklärte höchstens die ganzen Namen, die er genannt hatte, von Leuten, die ihnen heute helfen sollten. Sein verborgener Reichtum war schon interessanter. Er trug ein nicht so hohes Risiko wie die anderen. Aber stand das in einem Zusammenhang mit den Anschlägen? Mathilda fiel kein Grund ein.

Deber war ein Wichtigtuer, der unter drei Gleichen gerne Chef wäre, aber nicht dazu taugte. Ließ sich daraus womöglich etwas schließen? Das musste sie mit Sam besprechen.

Und dann die wichtigste und zugleich rätselhafteste Aussage: Ich werde den Laden den Bach runtergehen sehen. Damit hatte Schade sich noch verdächtiger gemacht, als er ohnehin schon war. Allerdings sagte Mathildas Bauchgefühl ihr, dass er nicht solche Sperenzchen wie

Heizungsrohre umstecken veranstalten würde. Nein, dieser Mann war sich seiner Sache sicher. Er plante nichts mehr, er hatte schon was in der Hand und wartete auf den richtigen Moment, um die Bombe platzen zu lassen. Er war gefährlich.

„Und warum haben Sie nicht weiter nachgehakt? Ihn zu Boden geworfen und in den Schwitzkasten genommen, bis er gesteht? Ach, Frau Rosenbaum, wirklich! Jetzt waren wir so nah dran! Das ist unser Mann!" Sam schloss die Augen und begann mit Atemübungen, die sehr an die Austreibungsphase einer Geburt erinnerten. Mathilda kannte das schon, sonst hätte sie an seinem Verstand gezweifelt. So wartete sie nur ab, bis er der Meinung war, dass sein Gehirn mit Sauerstoff gesättigt war und er wieder konstruktive Gedanken fassen konnte.

„Aber die Erkenntnisse über unsere drei Auftraggeber waren ja schon mal ganz erhellend. Ich fasse kurz meine Überlegungen dazu zusammen. Vor allem die Information über Bernhard ist ja wirklich gut. Also nicht für die beiden Frauen. Aber für mich. Hm. Aber nicht für unseren Fall, glaube ich."

„Muss ich das jetzt verstehen?"

„Nein, nicht unterbrechen." Sam sah zur Seite und klopfte mit den Fingerspitzen auf die Armlehne des Stuhls. „Manfred Deber ist nicht nur ein Selbstdarsteller, er ist ein ausgemachter Profilneurotiker, wenn ich das richtig sehe. Solche Menschen können gefährlich werden, wenn sie die Anerkennung, die ihnen ihrer Ansicht nach zusteht, nicht bekommen. Wir sollten ein Auge auf ihn haben. Andererseits bekommt er ja hier alles, was er sich wünscht. Nur Nikos Papadakis funkt ihm gelegentlich dazwischen." Er schaute Mathilda fragend an. „Zu dem hab ich so gar keinen Zugang. Sie sind da ja schon weiter."

„Ja, ich hab eigentlich eine relativ gute Meinung von ihm. Er scheint nicht ganz so unehrlich und skrupellos wie die anderen beiden zu sein. Wenn er blau ist, erzählt er tatsächlich mehr, als er nüchtern preisgeben würde. Da hat er ja auch Schade erwähnt."

„Oder er ist sehr geschickt im Manipulieren. Wären Sie sehr gekränkt, wenn ich auch mal versuche, ein Gespräch mit ihm zu führen? Ich möchte mir gerne eine eigene Meinung bilden. Nicht, dass ich Ihnen nicht vertraue ... bei Salz hatten Sie ja auch recht."

Mathilda sah ihn nachdenklich an. „Das ist die Frage. Nur weil Eugen ein Künstler ist, muss er nicht gleich auch ein guter Mensch sein. Mich irritiert, dass er mir seine Rolle verheimlicht hat, obwohl ich mich ihm offenbart habe."

„Vermutlich hat er Ihnen nicht genug Kunstverstand zugetraut, um seine Werke zu schätzen und seine Rolle zu begreifen."

Sie verzog das Gesicht. „Echt jetzt? Okay, trinken Sie mit Papadakis. Und vielleicht versuchen Sie auch noch mit Schade ins Gespräch zu kommen. Sie können ihm ja sagen, dass Sie von der gleichen Interessensgruppe sind wie ich und sich über seine letzte Bemerkung Sorgen machen würden oder so was. Ich weiß nur nicht, wann Sie das alles noch erledigen wollen. Heute ist der vorletzte Tag und es ist fast Mittag."

„Machen Sie sich doch nichts vor. Unser Job ist nicht beendet, wenn der letzte Gast das Haus verlassen hat." Sam rieb sich müde die Augen.

Mathilda blickte ihn an. „Nicht?" Sie überlegte ein paar Sekunden und seufzte dann. „Nein, Sie haben recht. Wir sind erst fertig, wenn das Ganze hier aufgeklärt ist. . Aber das ist nicht im Preis mit drin. Verdammt, ich kann den Laden nicht mehr ertragen."

Sam sah nachdenklich aus dem Fenster in den Park, in dem schon wieder die ersten Gäste dabei waren unauffällig nach nicht vorhandenen Spuren zu suchen. Die Security hatte sich beschwert, da einzelne Patienten völlig hemmungslos in die letzten Winkel eindrangen, in denen man nur schwer für ihre Sicherheit sorgen konnte.

„Was bringt Sie zu der Annahme, dass Schade nicht hinter den Anschlägen steckt? Vielleicht plant er ja jetzt, nachdem nichts geklappt hat, einen letzten großen Coup? Was an ihm hat Sie zu dem Schluss gebracht, dass er nicht der Typ dafür ist? Wer ist denn der Typ dafür?"

Mathilda schüttelte den Kopf. „Das dürfen Sie mich nicht fragen. Es war nur mein ganz subjektiver, völlig spontaner Eindruck, dass die Anschläge einfach nicht zu ihm passen. Besonders sein letzter Satz hörte sich an, als ob er noch nichts gemacht hätte, sondern seine Aktion noch bevorsteht. Deswegen ja die Wanze und der Tracker an dem Auto."

Sam seufzte. „Wir haben zu wenig Zeit. Gehen wir also einfach mal davon aus, dass Ihr Eindruck stimmt. Ich versuche heute lieber noch kurzfristig einen Termin mit dem Investor zu bekommen, der irgendeine persönliche Beziehung zu dem Haus hatte und es unbedingt erwerben wollte. Mintzler, Wilhelm Mintzler Junior von Höhler-Invest. Sie haben schon recht, wir müssen aktiver nach den Attentätern suchen und nicht weiter nur verhindern, dass etwas passiert. Das ist der falsche Ansatz gewesen."

Mathilda nickte. „Machen Sie das. Ich halte hier die Stellung und wenn ich eine Idee habe, ruf ich Sie an. Wir sollten aber auf jeden Fall dafür sorgen, dass Schade das Gelände zu keinem Zeitpunkt betreten kann. Ich geb sein

Bild an die Security weiter und sag den drei Häuptlingen, dass es nur eine Vorsichtsmaßnahme ist."

„Gut. Nehmen Sie ein Bild von Mintzler gleich mit dazu. Ich glaube zwar nicht, dass die Herren hier persönlich auftauchen, aber es kann ja nicht schaden." Sein Blick bekam etwas Abwesendes. „Ich weiß gar nicht, ob ich die richtige Garderobe für einen Auftritt in so nobler Runde dabei habe."

„Die richtige Garderobe? Was soll das denn sein? Ziehen Sie Hose und Hemd an, irgendwas drüber um sich nicht zu verkühlen und ein paar anständige Schuhe."

Sam sah sie kopfschüttelnd an. „Wie du kommst gegangen ... hat man Ihnen zu Hause denn gar nichts beigebracht? Ich will auf den ersten Blick etwas ausdrücken, etwas Bestimmtes vermitteln und Vertrauenswürdigkeit ausstrahlen. Es ist wichtig, Augenhöhe herzustellen, ich muss die Echokammer meines Gesprächspartners sein, in die er alles hineinrufen darf in der Gewissheit nur Bestätigung zu bekommen." Er schritt auf und ab, schließlich klappte er den auf dem Tisch stehenden Laptop auf. „Können Sie mir die Fotos von Mintzler noch einmal aufrufen? Ich muss ihn schon im Stil spiegeln. Ah, da ist ja eins! Gehen Sie mal zur Seite. Ich muss ihn studieren. Es darf nichts schiefgehen, Wir haben nur einen Schuss."

Mathilda überließ Sam den Platz. „Schuss. Ja, den kann ich gerade hören. Ich kümmere mich mal in der Zwischenzeit um die Beziehungen zur Stadt. Kann doch nicht sein, dass jeder mit dem Projekt einverstanden war. Irgendeiner hat sich vielleicht nicht ausreichend geschmiert gefühlt oder wurde vergessen oder war womöglich nicht bestechlich." Sie zögerte. „Müssten wir die drei nicht über Schades Vorhaben informieren? Ist das nicht das, wofür wir bezahlt werden?"

Sam sah kurz von dem Laptop hoch. „Vielleicht. Nein, nicht vielleicht. Ganz bestimmt sogar, aber bringt uns das weiter? Wer weiß, nachher ruft Manfred ganz erbost dort an und Schade ist gewarnt, dass wir ihn beobachten. Deber würde doch jede Chance nutzen, sich profilieren zu wollen."

Seine Kollegin nickte. „Und wenn nicht er, dann sein schrecklicher Drachen. Die müssen wir eh im Auge behalten, dass sie uns nirgendwo dazwischenfunkt. Sie verfolgt mich. Schlimmer als dieser Stalker, den ich mal hatte. Vielleicht sollten wir Nikos einweihen. Aber nicht sofort. "

20.

Mathilda ging nach unten, wo gerade das Buffet für den Mittag aufgebaut wurde. Mit einem gezischten „Sie sind spät dran" empfing Frau Deber sie.

„Ich hatte noch ein wichtiges Gespräch."

„Sie hatten auch gestern ein wichtiges Gespräch. Mit meinem Mann und den anderen beiden. Worum handelte es sich dabei eigentlich? Mein Mann war zu erschöpft, um mir noch davon berichten zu können. Er meinte, ich solle mich an Sie wenden."

„Frau Deber, das hat er ganz sicher nicht gesagt. Wenn Sie wissen wollen, worum es ging, geben Sie ihm eine Kopfschmerztablette und einen starken Kaffee und was er dann bereit ist zu erzählen ist für Ihre Ohren bestimmt. Nicht mehr und nicht weniger." Damit ging sie zum Meister der Rühreier und ließ sich ein Omelett kreieren, das jedes beteiligte Huhn stolz gemacht hätte.

Die Kellnerin, die sich mit dem Tee des Tages näherte, vertrieb Mathilda allein mit Blicken. Oolong-Tee. Viel zu viele Os. „Ist der Barista da?"

„Aber natürlich." Die Kellnerin lächelte einsichtig. „Soll ich ihn herbitten?"

„Nein, ich geh schon." Mathilda hatte sich noch nicht daran gewöhnt sich in allen Lebensbereichen bedienen zu lassen.

Aber die Kellnerin war schneller. Ein Profi. Minuten später stand ein doppelter Espresso vor ihr der sie mit dem Schicksal und dem Augenblick wieder versöhnte. Wie würde das Leben ohne diesen Mann weiter gehen? Und ohne Lothar, den Masseur mit den begnadeten Händen? Den musste sie unbedingt noch einmal besuchen und niemand sollte es wagen, sie daran zu hindern.

Gesättigt und wieder bereit für den Tag wollte Mathilda sich in ihr Zimmer begeben, um mit Ulla zu telefonieren, die mit der Recherche der Beziehungen zur Stadtverwaltung schon begonnen hatte. Dabei kam ihrer Freundin sehr entgegen, dass sie Kontakte dort hatte und einiges auf dem kleinen Dienstweg erfuhr.

Vorher begegnete Mathilda aber ihrem Kollegen, der im Foyer an einem der großen Fenster stand und telefonierte. Gerade als sie auf ihn zuging drehte er sich mit höchst unzufriedener Miene um. „Herr Mintzler ist nicht zu sprechen. Erst Montag wieder. Herr Schade auch nicht. Außer Haus." Sam sprach mehr zu sich selbst und tippte mit der Fußspitze eines glänzend polierten Lederschuhs auf den Boden.

„Dann machen Sie sich hier nützlich! Im Vortragsraum können Sie sich ganz bequem ans Fenster setzen und das Treiben draußen mit einem Fernglas beobachten. Auch Ecken, die die Kameras nicht abdecken. Das bringt uns im Moment eh mehr."

„Nein, ich muss mich unter die Menschen begeben. Die Rastlosen und die Nervösen aufspüren." Nervös ging er auf und ab.

„Oder so." Mathilda checkte wiederholt ihr Handy und zog ihn schnell beiseite, als er über Mozart zu stolpern drohte. „Schade ist tatsächlich nicht in seinem Büro. Sein Wagen wurde noch nicht wieder bewegt."

Sam zog den Arm aus ihrer Hand. „Das edle Stück, an dem Sie gerade zerren, ist ein italienischer Maßanzug und kostet so viel wie ihr künftiges Motorrad. Was ist das denn für ein Termin gewesen?"

Sie gingen gemeinsam zu Sams Unterkunft, wobei ihnen Frau Wellen entgegenkam. Zuerst zögerte sie überrascht, dann zwinkerte sie ihm zu. „Ach wie nett. Ja dann viel Spaß noch. Man sieht sich beim Empfang."

Mathilda schloss die Augen und unterdrückte eine Erwiderung. Dann suchte sie in ihrem Handy nach der Adresse, zu der sie Schade gefolgt war.

„Maierweg 112. Sagt mir nichts. Eher öder Bau. Kein Firmenschild, das mir aufgefallen wäre."

„O nein." Sam blieb stehen und schloss die Augen.

„Gehts Ihnen nicht gut?"

„Im Maierweg 112 hat die Höhler-Invest ihre Büros, da arbeitet Mintzler Junior."

Mathilda spürte, wie ihr Herzschlag sich beschleunigte. „Mintzler und Schade treffen sich. Heute. Verflucht, was machen wir denn jetzt?"

Sam stützte sich mit einer Hand an der Wand ab. „Durchhalten und aufmerksam sein. Was anderes bleibt uns nicht übrig. Wir haben ja keine Beweise dafür, dass sie hier auftauchen. Und was wir morgen machen sehen wir morgen. Hoffen wir, dass es ruhig bleibt."

In dem Moment drang ein spitzer Schrei von draußen zu ihnen. Sie sprangen beide ans nächste Fenster und schauten in den Park.

„Ich hab was! Ich hab was gefunden! Hashtag ichhab-
gewonnen, Hashtag winner, Hashtag crimegame, Hashtag
gamewinner ..." Yannic Gold verschwand kurz mitten in
der Wiese und tauchte dann wieder mit einem Leinensack
in der Hand auf, den er über seinem Kopf schwenkte.

„Hoffen wir mal, dass keine Bombe drin ist." Mathilda
sprach mehr zu sich selbst und sprintete die Treppe hinunter nach draußen. Die Gäste, die bis dahin den Aufbau
der Bühne verfolgt hatten, sammelten sich um ihn. Sie
rannte so schnell sie konnte quer über die Wiese. „Zeigen
Sie doch mal her, was haben Sie denn da Schönes?"

Aber Gold dachte nicht daran ihr seine Beute zu überlassen. Er fotografierte sich in den verschiedensten Posen
mit dem Sack, mimte den Einbrecher und schüttete schließlich mit eingeschaltetem Videomodus den Inhalt auf den
Boden. Dabei kommentierte er jeden einzelnen seiner
Handgriffe, als würde er den Schatz der Nibelungen aus
einem jahrtausendealten Versteck bergen.

Zum Vorschein kamen zwei sehr starke, schwere
Taschenlampen, ein Megaphon und eine Leuchtpistole.

Weitere Gäste sammelten sich um ihn und kommen-
tierten den Fund. Einige klatschten, während Gold sich
verbeugte. Das Spiel, das nie stattgefunden hatte, fand
hier sein Ende.

Endlich kam auch ein Security-Mitarbeiter, der sich
den Inhalt ebenfalls genauer ansah und geschäftig in sein
Funkgerät murmelte. Schließlich entschied er, dass der
Beutel keine unmittelbare Bedrohung darstellte, schaute
Gold finster an, was der ignorierte und ging zurück an
seinen Platz.

Sam, der Mathilda langsam gefolgt war, stand etwas verloren auf der Wiese und versuchte, seine Schuhe und den
Anzug durch Bewegungslosigkeit vor Umwelteinflüssen

zu schützen, während sie endlich den Sack und den Inhalt untersuchte. Alles war fabrikneu, die Sachen konnten im Internet bestellt werden, waren von keiner bekannten Marke. Bei dem Sack handelte es sich um einen unge-kennzeichneten Leinenbeutel, der nicht aus der Klinik stammte, und wenn es irgendwo Fingerabdrücke gegeben hatte, dann hatten Gold und der Sicherheitsmann sie gründlich verwischt.

„Was soll das denn sein?" Mathilda sah ihren Kollegen an, der aber auch nur ungläubig den Kopf schüttelte.

„Wo genau lag das?" Sie versuchte freundlich und ruhig zu bleiben, obwohl sie mit den Nerven langsam am Ende war.

„Da drüben, unter der Klappe im Rasen. Hashtag fundort, Hashtag secret, Hashtag secretofnature." Gold zeigte auf eine Stelle mitten auf der Wiese, neben der überlebensgroßen Statue des Heiligen Waldemut, der auf allen vieren auf eine in Bronze erstarrte Quelle zukroch.

Dann bemerkte er den Dreck an sich und fotografierte seine erdigen Hände und die Grasflecken auf der Hose. „Hashtag abenteuer, Hashtag naturkind, Hashtag geerdet."

Mathilda ging zu der Statue und stellte erstaunt fest, dass eine fast zugewachsene rostige Platte mit Waffelmus-ter halb über einem Loch lag. Gold musste sehr motiviert gewesen sein, dass er eine derart schwere Abdeckung allein zur Seite gestemmt hatte. Aber er war wohl nicht gewillt den Ruhm mit einem Helfer zu teilen.

Der Sack hatte direkt unter der Platte an einer Metall-strebe gehangen, die in einen Schacht führte. Was sich am Ende des Schachts befand, ließ sich nicht erkennen.

„Frau Rosenbaum, da muss einer der Sicherheitsleute hinein/hinunter und nachsehen, was es damit auf sich hat.

Ich veranlasse das." Sam war froh eine Aufgabe gefunden zu haben, bei der er sauber blieb.

„Nein, wir gehen da selbst runter. Da ist eine Leiter. Kommen Sie." Sie schob mit aller Kraft die Platte weiter, um mehr Platz zu haben, und sah Sam dabei erbost an. „Würden Sie sich bitte herbewegen und mir helfen?"

Sam stand blass neben ihr, beugte sich vor und klopfte mit den Fingerspitzen an den Rand. „Sie dürfen da nicht hineinsteigen. Wir wissen doch gar nicht, was uns dort erwartet. Dafür haben wir hier doch genug Personal, das das übernehmen kann. Trainierte und ausgebildete Männer mit ..."

Mathilda warf ihm einen letzten Blick zu, hängte sich eine der Taschenlampen um den Hals und verschwand in der Öffnung. Ihre Beine zitterten ein bisschen, aber das musste der Kollege nicht wissen.

„Hab ich gewonnen?" Sie hörte Yannics Stimme von oben und schüttelte nur den Kopf.

„Sehen Sie schon was? Bekommen Sie genug Luft da unten?" Sam verdeckte das Loch und machte es damit unmöglich, etwas zu erkennen.

Mathilda kletterte die staubigen Leitersprossen hinunter. Das Dunkel am Ende ließ eine Horde Ameisen durch ihren Magen rennen, ihre Arme und Beine kribbelten bei dem Versuch ihre Härchen noch höher zu stellen und kalter Schweiß lief ihr den Rücken hinab. Sobald es ging, schaltete sie die Taschenlampe ein und sah sie sich hektisch um, ob irgendetwas sie erwartete, was ihr gefährlich werden könnte.

Auf den ersten Blick war nichts zu sehen. Es roch nach Staub und ein bisschen nach dem Dachboden ihrer Oma. Sie entspannte sich etwas.

Am Ende des Schachts befand sich ein niedriger Raum, in dem die Zeit stehen geblieben war. Nach dem Trubel oben und dem mit Hashtags um sich werfenden Gold war Mathilda hier in einer anderen Welt gelandet.

Sprachlos drehte sie sich einmal um sich selbst und ließ den Lichtkegel über Boden und Einrichtung gleiten. Der Raum war möbliert wie ein Wohnzimmer der vierziger Jahre mit einem staubigen Perserteppich, Sofa und Sessel, einem Volksempfänger auf einem Sideboard und einem schwarzen Bakelit-Telefon. Zwei Lampen hingen von der Decke, an der Wand war mit Nägeln eine detaillierte Karte der Umgebung befestigt, daneben Regale mit Vorräten in Gläsern und Flaschen.

Kanister, vermutlich mit Wasser, standen aufgereiht neben einer kleinen Behelfsküche. Stählerne Stützen an der Wand und unter der Decke waren vor langer Zeit angebracht worden, wohl um die Hausbewohner im Fall eines Bombenangriffs zu schützen.

„Jetzt sagen Sie schon etwas! Ist alles in Ordnung?"

Sams Stimme klang dumpf und hallig.

„Ja, alles okay. Das scheint ein Bunker zu sein. Hier sind Betten an der Wand und Regale mit Einmachgläsern. Hm und Wein. Und ... ui, ziemlich alter Whisky. Ich nehm davon mal ne Flasche mit. Hier sind auch noch Decken und staubige Klamotten."

„Frau Rosenbaum! Gibt es etwas Relevantes dort zu sehen?"

„Nein. Doch, Moment, doch. Hier ist eine Tür." Mathilda drückte und zog an einer Stahltür, die neben einem der Regale in die Wand eingelassen war. Aber selbst der Türknauf und der Hebel darunter rührten sich keinen Millimeter. „Die geht in Richtung Haus und ist verschlossen. Vermutlich ist ein Gang dahinter."

Mathilda nahm sich die Zeit alles noch ein bisschen genauer zu untersuchen. Hinter einem braunen Wollvorhang stand eine Art Toilette. Sie sah noch einmal hin. Dort war eine weitere Tür.

„Jetzt kommen Sie endlich runter. Hier ist niemand, aber ich hab noch was entdeckt."

„Was denn?"

„Sag ich nicht. Sehen Sie selbst."

„Frau Rosenbaum ..."

„Jetzt kommen Sie endlich, ich hab nicht vor, hier zu übernachten."

Sie hörte Sam schnaufen und dann völlig untypisch fluchen. „Security! Achten Sie darauf, dass niemand hier hineinsteigt oder -fällt. Wenn mich gleich keine Sensation erwartet, können Sie sich auf was gefasst ma... oh." Er war unten, stand an der Leiter und strich sich das Haar aus der verschwitzten Stirn. „Das ist ja unglaublich. Geben Sie mal her." Seine Stimme war nur noch ein Flüstern.

Sam nahm ihr die Taschenlampe aus der Hand und ging langsam im Raum umher, vorsichtig, um nichts zu berühren oder den Originalzustand zu zerstören. „Sehen Sie doch, ein Kalender von 1944. Und eine Zeitung. Alles unberührt von Zeit und Verfall."

„Wir sind nicht die Ersten hier." Mathilda ließ Sam ein bisschen Zeit holte ihn dann aber wieder in die Realität zurück.

„Was?" Ihr Kollege zuckte zusammen. „Meinen Sie, erst kürzlich?"

Sie nickte. „Schauen Sie mal auf den Boden. Das waren nicht alles wir beide. Hier gehen Spuren zu dem Vorhang mit dem Klo. Dahinter ist noch eine Tür und die kann man vielleicht öffnen."

„Geh ich recht in der Annahme, dass wir das jetzt tun werden?"

„Haben Sie eine bessere Idee? Wir müssen doch wissen, was dahinter liegt."

Sam seufzte. „Das stimmt natürlich. Wenn wir das hier schon durchziehen, dann bleibt uns wohl keine Wahl. Ich hoffe nur, wir haben bald einen Fall, bei dem meine kommunikativen Fähigkeiten mehr gefordert sind. Dieser hier führt mich zu nah an meine körperlichen Grenzen."

Während seiner Rede hatte Mathilda die Tür geöffnet. „Lassen Sie mich mal vor." Sie ging ohne zu zögern in den dahinterliegenden Tunnel.

Die Wände waren grob verputzt, die Decke gewölbt und der Boden bestand nur aus festgestampftem Lehm, durchsetzt mit Felsen, die an einigen Stellen herausragten.

Beherzt schritt sie durch die muffige Kühle, darauf bedacht sich nicht anmerken zu lassen, dass auch sie sich so tief unter der Erde in einem so engen Gang nicht wirklich wohlfühlte. Der Weg führte unmerklich bergab und die Decke wurde etwas niedriger, so dass Sam bereits mit eingezogenem Kopf laufen musste.

Auch die Wände rückten näher je weiter sie gingen. Immer wieder stolperte einer von ihnen. Dann kamen sie an eine Abzweigung.

„Und jetzt?" Mathilda betastete die Wände auf beiden Seiten. „Geradeaus oder nach rechts?"

Sam hinter ihr atmete schwer. „Geradeaus. Wenn mich mein Orientierungssinn nicht täuscht, geht es nach rechts zur Tiefgarage."

„Bleiben Sie hier stehen." Mathilda nahm den Gang rechts und lief so schnell sie gebückt vorwärtskam in den Gang hinein, bis sie vor einer Schutthalde stand.

Dann drehte sie um und lief zurück. „Dahinten ist Ende. Also hier entlang."

„Haben Sie mir nicht geglaubt?", fragte er, während er ihr durch den Gang folgte.

„Doch, aber es hätte ja einen Ausgang in die Tiefgarage geben können."

„Stimmt auch wieder. Denken Sie es ist noch weit?" Er atmete jetzt noch schwerer.

Mathilda hielt an und drehte sich zu ihm um. „Wenn Sie wollen, können Sie sich setzen und hier warten. Kein Problem. Ich geb Ihnen meine Jacke."

Sam schüttelte den Kopf und stützte die Hände auf den Knien ab. „Nur einen Moment. Ich war nie ein Klaustrophobiker, aber es könnte sein, dass ich gerade einer werde."

Mathilda bereute, ihn gerufen zu haben. Das hier war nichts für ihn und das wusste sie. Seine Stärken lagen definitiv nicht im Außeneinsatz. „Wir können auch zurück und ich geh allein wieder rein. Dann sehen Sie sich in Ruhe im Bunker um. Wer weiß, was noch in den Schränken und Schubladen ist."

„Nein, weiter, wir ziehen das jetzt durch."

Hier und da bemerkten sie Markierungen auf dem Putz, die ihnen aber nichts sagten, und dann endlich war der Gang zu Ende. Vor einer glatten Wand führte eine ähnliche Leiter, wie die im Bunker, nach oben. Auf dem Boden darunter lagen vertrocknete Blätter und kleine Äste, etwas Erde und Moos. Frisches Moos.

„Das ist doch schon mal was. Da oben erwartet uns kein Keller und keine Hauptverkehrsstraße." Mathilda zerbröselte das Moos zwischen den Fingern. „Das ist ganz frisch. Von gestern oder vorgestern höchstens."

„Wir müssten in dem Wald gegenüber dem Klinikgelände sein, links vom Haupteingang auf der anderen Straßenseite."

„Glaub ich nicht. Ich vermute, wir sind neben Eugens Atelier oder vielleicht der Gärtnerei."

Sam schüttelte den Kopf. „Nein, aber wir können ja nachsehen, wenn wir die Platte da oben endlich zur Seite schieben."

„Moment. Wir wetten. Wer näher dran ist bekommt eine der Whisky-Flaschen aus dem Regal."

„Das wäre Diebstahl."

„Das lassen Sie mal meine Sorge sein. Also. Wette gilt?"

Er sah sie nur an, bis sie die Leiter hochkletterte und sich mit aller Kraft gegen die Platte stemmte. Als diese nachgab, rieselte wieder Waldboden nach unten und Sam trat schnell einen Schritt zur Seite.

„Ich schaff es nicht. Nur einen Spalt." Mathilda keuchte vor Anstrengung.

Sam räusperte sich und kletterte hinter ihr auf die Leiter, schlang ein Bein um sie, um Halt zu finden und presste seinen Rumpf an seine Kollegin. Dann hob er vorsichtig einen Arm und schob seine Hand durch den kleinen Spalt, durch den Tageslicht drang und versuchte mit gegen die Platte zu drücken.

„Was machen Sie da? Nehmen Sie Ihr Gesicht aus meinem Nacken."

Unverständliches Gemurmel war die Antwort und ein Ruck, der Mathilda zu Aktivität bringen sollte. Sie versuchte das Gewicht, das sich an sie klammerte, zu ignorieren und presste sich erneut mit ganzer Kraft gegen die Platte. Ihr Kollege gab gleichzeitig allen Druck, den er in dieser wahrlich ungünstigen Position aufbringen konnte auf seine Hand, aber der Spalt wurde nicht mehr größer.

„Und jetzt?" Mathilda atmete erleichtert auf, als Sam sich wieder zu Boden gleiten ließ.

„Wir sollten etwas gut Sichtbares aus dem Schlitz schieben, damit wir es von oben finden können. Etwas das sich vom Waldboden abhebt."

„Gute Idee. Ihr Hemd?"

Sam lehnte mit geschlossenen Augen an der Wand und schüttelte den Kopf. „Wir werden gleich mitten auf der Wiese wieder aus dem Bunker steigen und das mache ich nicht ohne Hemd."

Sie sahen beide an sich herunter und durchwühlten ihre Taschen.

„Für eine der Taschenlampen ist der Schlitz zu schmal und wir würden sie auch erst bei Dunkelheit finden. Das ist zu spät. Drehen Sie sich mal um." Mathilda öffnete bereits ihre Hose.

„Was? Was machen Sie da? Vielleicht könnten Sie ihre Notdurft ja in dem anderen Gang ... Ist ja schon gut, ich drehe mich um."

„Ich trage einen orangen Slip. Den nehmen wir jetzt."

Sam senkte ergeben den Kopf und wartete, bis sie sich wieder angezogen hatte und auf der Leiter stand um das kleine Wäschestück in den Wald zu befördern.

„So, jetzt zurück. Gehen Sie vor?"

Sam richtete die Taschenlampe vor sich auf den Boden und schritt energisch aus. Der Rückweg ging wesentlich schneller, da sie nun wussten, was sie erwartete und die Aussicht auf frische Luft und Platz sehr leistungssteigernd wirkte.

Zurück im Bunker atmeten sie beide auf und Mathilda ließ Sam den Vortritt an der Leiter nach oben.

„Bitte schließen Sie den Schacht und passen hier auf." Sam wies auf die Abdeckung und der Sicherheitsmitarbeiter nickte. „Kommen Sie, Frau Rosenbaum, ich muss mich dringend frisch machen und auf dem Weg sollten wir überlegen, wie wir weiter vorgehen."

„Als Nächstes, wenn Sie aus dem teuren Zwirn raus sind, suchen wir meinen Slip. Vielleicht können wir auch einen Wachmann in der Nähe postieren, der uns Bescheid gibt, wenn jemand dort einsteigen will. Verdammt, ich hab keine Webcam dabei. Das wäre natürlich noch besser und unauffälliger. Soll ich Ulla bitten, eine zu bringen?"

Sie liefen rasch ins Haus und zu Sams Zimmer.

„Mir wäre es lieber, wenn jemand an dem Zugang zum Tunnel steht und im Fall eines Falles denjenigen aufhält oder sogar festnimmt. Unsere Auftraggeber haben ja wirklich alle zur Verfügung stehenden Sicherheitskräfte der weiteren Umgebung zusammengezogen. Sogar eine komplette Motorradgang soll dabei sein. Wir können bestimmt einen der Herren dafür abstellen, den Eingang zu bewachen."

Auf einen nachdrücklichen Blick von Sam hin drehte Mathilda sich um, während er sich umzog. Nun trug er ein frisches Hemd und einen beigen Kaschmirpullover lässig über den Schultern geknotet.

„Fühlen Sie sich damit jetzt geländegängig?" Mathilda sah ihn skeptisch an als er wieder vollständig bekleidet vor ihr stand.

„Damit fühle ich mich angemessen gesellschaftsfähig. Vergessen Sie nicht, dass wir auch noch hier vor Ort eine Aufgabe zu erledigen haben. Suchen wir doch jetzt einfach Ihr Wäschestück."

Sie nickte. „Und danach berichte ich Nikos von unserem Fund und Plan. Einer von denen sollte Bescheid wissen."

Der Slip lag in dem Wald links vom Haupteingang auf der anderen Straßenseite, wie Sam gesagt hatte.

„Woher wussten Sie das?" Mathilda stopfte das Wäschestück in die Jackentasche.

„Ich habe die Schritte gezählt und bin den Weg in Gedanken oben mitgegangen. Meine Eltern haben mich als Kind mit in ein Höhlensystem in Kentucky genommen. Nicht auf die geführte Tour natürlich. Muss ich mehr sagen?"

Mathilda schüttelte den Kopf. Die Geschichten von ihm und seinen Extremsportler-Eltern waren ihr schon bekannt.

„Okay, also von hier kann man unbemerkt und ohne Kontrolle auf das Gelände gelangen." Sie sah sich um, fand aber keinen Weg oder auch nur Trampelpfad in der Nähe. „Davon muss man aber wissen. Zufällig findet man den nicht."

„Es sein denn man spielt Crime-Spiele und gräbt den Park um."

Während Sam sich darum kümmern wollte, dass jemand den Ausgang des Tunnels bewachte, lief Mathilda ins Foyer und fragte an der Rezeption, wo sie Nikos Papadakis finden könnte.

„Er müsste auf dem Außengelände beim Aufbau sein. Ich rufe ihn an."

Durch die offene Tür beobachtete sie, dass jemand in Security-Uniform in Richtung Fundstelle ihres Slips ging.

„Er ist oben in seiner Wohnung. Sie können hinauffahren, wenn es dringend ist." Die Rezeptionistin legte das Handy beiseite. „Soll ich Ihnen zeigen, wo der Aufzug ist?"

„Danke, den kenn ich schon." Mathilda ging zu der unscheinbaren Tür und betätigte den Knopf daneben. Unruhig wartete sie auf das Rattern der Kabine, aber es tat sich nichts. Mehrmals drückte sie den Knopf und legte

das Ohr an die Tür, aber es war kein Geräusch zu hören.
„Gibt es noch einen anderen Zugang?"

Die Dame am Empfang erklärte ihr einen etwas umständlichen Weg.

21.

Nikos Papadakis lief aufgeregt hin und her, mit dem Handy am Ohr und einer zur Faust geballten Hand. Eine Ader pochte an seiner Schläfe und eine steile Furche zerteilte die Stirn, während er zuhörte, was sein Gesprächspartner zu sagen hatte. Mit einem kurzen Blick verwies er Mathilda auf einen Stuhl, dann wandte er sich ans Fenster und beachtete sie nicht weiter.

„Ich muss auflegen. Die Entscheidung steht fest und daran wird sich auch nichts mehr ändern. Jetzt hört auf meine Zeit zu verschwenden." Er nahm das Handy vom Ohr, sah noch einen Moment reglos hinaus und drehte sich dann mit einem gewinnenden Lächeln, das alle freundlichen Fältchen aktivierte, zu ihr um. „Was kann ich für dich tun? Zur Zeit scheint ja alles glatt zu laufen, oder?"

Seine Verwandlung war gespenstisch.

„Wir haben was entdeckt, wovon du wissen solltest." Sie erzählte ihm kurz von ihrem Treffen mit Schade, dem Bunker und dem Gang.

Nikos wurde blass. „Das klingt bedrohlich. Woher wisst ihr denn von Schade?"

„Von dir. Weißt du nicht mehr? Ich war vor zwei Tagen hier und du hast mir von ihm erzählt. War schon ein bisschen später."

„Ich muss die Sauferei sein lassen. Aber gut. In dem Fall war es ja ein Glück. Schade und Mintzler also. Haben sie sich letztendlich gefunden. Habt ihr schon etwas unternommen?"

„Nur einen Wachmann in der Nähe des Einstiegs postiert, um zu sehen, ob heute überhaupt jemand dort einsteigen will."

„Gut. Ich will mir das mal ansehen." Auf dem Weg zum Aufzug machte er einen Schlenker zum offen stehenden Barschrank, überlegte es sich aber kurz davor anders und ging dann in die Kabine.

„Der funktionierte eben nicht." Mathilda zögerte, aber betrat den Aufzug dann ebenfalls.

„Doch, ich habe ihn nur blockiert, damit niemand hochkommt. Das gute Stück sieht zwar nicht so aus, ist technisch aber generalüberholt."

Nikos drückte den unteren Knopf und die Kabine setzte sich kurz in Bewegung, blieb dann aber stecken und knirschte verdächtig. Mathilda schüttelte den Kopf. „Ich nehm die Treppe. Das ist mir nicht geheuer."

Sie ging einen Schritt vor zur immer noch offenen Tür.

„Was zum ..." Nikos drückte den Knopf erneut und riss dann geistesgegenwärtig Mathilda zurück, die mit einem Fuß schon draußen war.

Das Licht flackerte kurz, ein lauter Knall ertönte, wie ein Schuss, dann fiel der Aufzug mit einem Ruck ein ganzes Stück ungebremst in die Tiefe.

Mathildas Schuh blieb zwischen Decke und Wand eingeklemmt, ihr Fuß rutschte zum Glück rechtzeitig heraus, bevor er zerquetscht wurde und sie fiel hart auf den Boden, als die Kabine stecken blieb. Sie schlug sich das Knie unters Kinn und schmeckte Blut. Neben ihr lag Nikos und stöhnte.

Das Kreischen von Metall auf Metall füllte ihren Kopf und drohte ihn zum Platzen zu bringen. Immer wieder rutschte die Kabine wenige Zentimeter abwärts. Dann verkantete sie sich offenbar. Etwas fiel klappernd auf das Dach. Das Deckenlicht erstarb mit einem Knistern, nur noch eine trübe Funzel in der Ecke gab ein bisschen Licht ab.

War der Aufzug noch aufgehängt? Wenn er sich löste, würden sie wie viele Meter tief fallen? Zu viele, um zu überleben.

Wie gelähmt saß Mathilda am Boden und atmete flach, um keine Erschütterungen zu erzeugen. Sie sah den Schuh über sich und versuchte zu verdrängen, was wäre, wenn ihr Fuß noch darin stecken würde. Was wäre, wenn sie schon halb draußen gestanden hätte, mit einem Arm, einem Bein, ihrem Oberkörper? Ihr wurde übel und sie fing an zu zittern.

Nikos versuchte sich aufzusetzen.

„Liegen bleiben! Nicht bewegen!" Ihre Stimme war nur ein Flüstern, als ob normale Lautstärke die Kabine zum Absturz bringen könnte.

„Ah, verdammt, mein Knie! Was ist passiert?"

„Der Aufzug. Wir stecken fest. Wenn er tiefer fällt, wars das."

Ein lang gezogenes Quietschen, nervenzerfetzender als Fingernägel auf Schiefer, ließ sie wieder verstummen.

Zentimeter für Zentimeter schob Mathilda ihre Hand in die Hosentasche, in der ihr Smartphone steckte. Es war beim Aufprall zu Bruch gegangen.

„Wo ist dein Handy?" Sie drehte den Kopf vorsichtig zu dem Mann neben sich. Auch in dem trüben Licht konnte sie sehen, dass er aus einer Platzwunde hinterm Ohr blutete.

„Keine Ahnung." Er tastete seine Brusttasche ab und sah sich um. „Liegt da vorne." Er deutete auf das flache schwarze Gerät, das genau auf die Kante der türlosen Kabine gerutscht war und halb darüberragte.

„Kommst du mit dem Fuß dran?"

Nikos schüttelte den Kopf. „Der ist gebrochen. Oder verstaucht. Keine Chance. Meine Knie, Beine ... Scheiße."

Erst jetzt sah sie, dass sein Gesicht schweißüberströmt war. Er atmete stoßweise vor Schmerzen.

Millimeter für Millimeter rutschte Mathilda nach vorne und streckte ein Bein nach dem Gerät aus. Nikos schrie kurz auf, als sie ihn versehentlich berührte. Der Aufzug hielt still für den Moment. Aber wo war der Punkt, an dem er sich durch die Gewichtsverlagerung lösen und in die Tiefe rauschen würde?

Als sie das kleine Gerät berührte, kippte es nach vorne und verschwand im Schacht. Es dauerte ein ganzes „Verdammter Mist!", bis sie den Aufschlag hörten.

„Okay, vergessen wir das. Die werden uns hier gleich rausholen." Mathilda zog das Bein wieder langsam zu sich heran.

„Wer auch immer die sein mögen, die merken gar nichts. Nicht in den nächsten Stunden. Draußen herrscht der pure Stress beim Aufbau, Bernhard macht die noch ausstehenden Abschlussuntersuchungen und erzählt den Leuten, wie sehr sie schon durch die paar Tage profitiert haben. Der wird erst im letzten Moment bei der Feier auftauchen und Manfred ist froh, wenn er mich nicht sieht. Die suchen mich garantiert nicht. Sucht dein Kollege dich?"

Mathilda schüttelte den Kopf. „Nein, wir haben uns nicht verabredet. Dann müssen wir irgendwie auf uns aufmerksam machen. Wo ist der Alarmknopf?"

„Es gibt keinen. Das Ding hier ist uralt und nur für meine Wohnung. Ohne Tür gibt es diese Modelle sonst nur noch als Lastenaufzüge. Eigentlich dürfte der so gar nicht in Betrieb sein."

„Ach, echt jetzt? Nur fürs Protokoll: Er IST nicht mehr in Betrieb!" Sie drehte sich um und sah an der offenen Seite der Kabine entlang soweit es ging nach unten. „Ich glaube, in einem halben Meter kommt die nächste Tür. Wenn ich durch den Spalt rufe könnte uns jemand hören."

„Sind wir nur eine Etage gefallen?"

„Ja, zum Glück, sonst wäre dein Becken pulverisiert und mein Steißbein in Trümmern."

„Dann ist unter uns der Tanzsaal und ein paar Konferenzräume. Dort wird niemand sein." Er bemerkte ihren Blick, der deutlich machte, dass sie keinen Pessimismus duldete. Nicht in einer solchen Situation. „Aber du hast recht, wir rufen trotzdem. Wer weiß ..."

Erst zaghaft, dann immer lauter schrien sie um Hilfe. Mathilda nahm ihr kaputtes Handy und klopfte damit an die Wand hinter sich. Sie schrie in den Schlitz zwischen Kabine und Wand neben der sie lag bis sie husten musste und kurz davor war, sich zu übergeben.

Nikos lehnte zitternd und blass an der Wand. Er stand noch immer unter Schock, was einerseits die schlimmsten Schmerzen unterdrückte, andererseits aber auch gefährlich war, da sein Kreislauf zusammenzubrechen drohte.

„Wir sollten versuchen, dich flach hinzulegen." Langsam zog sie ihre Jacke aus, knüllte sie zusammen und platzierte sie auf den Boden. „Hier, ich schieb sie unter deinen Kopf."

Mathilda versuchte ihm aus ihrer Position heraus so gut es ging zu helfen, ohne das Gewicht zu verlagern, bis er flach lag und etwas ruhiger atmete.

Als sie sich zurücklehnte, fiel der Aufzug plötzlich wieder ein paar Zentimeter. Unwillkürlich verkrallte

Mathilda eine Hand in der am Boden liegenden Jacke. Ihre Knie zitterten unkontrolliert und Tränen liefen ihr über das Gesicht. Nichts, rein gar nichts konnte sie jetzt noch tun. Selbst wenn sie gefunden wurden, bedeutete der Versuch, sie zu retten, vielleicht ihr Ende.

„Hast du schon eine neue Idee? Ich glaube nicht, dass ich uns hier heraushelfen kann." Nikos klang etwas atemlos aber ruhig.

„Lass uns mal sehen, was wir alles dabeihaben. Vielleicht kann uns irgendwas davon helfen." Mathilda konzentrierte sich, leerte ihre Hosentaschen und legte den Inhalt neben sich. Ein halbwegs sauberes Taschentuch kam zum Vorschein, das sie Papadakis auf die Platzwunde drückte, die noch immer blutete.

„Und du? Hast du was dabei, das uns helfen könnte?"

„Nichts." Nach einer Weile drehte er den Kopf zu ihr. „Kennst du den Film „Abwärts"? Mit Götz George? Nein natürlich nicht, da warst du noch gar nicht geboren, als der lief. Es ging um vier Leute, die in einem Aufzug stecken geblieben sind. In einem verlassenen Hochhaus."

„Und wie sind die raus gekommen?"

„Der Hausmeister hat irgendwann den Alarm gehört. Vorher sind aber alle durchgedreht und haben sich geprügelt. Der Aufzug stürzt am Schluss ab und einer stirbt."

„Hast du das Gefühl, das hilf uns weiter?"

„Nein, nicht wirklich."

„Ich hab grad dran gedacht, dass unsere Chancen zu überleben auch nicht gerade gut stehen. Aber so richtig glauben kann ich es nicht. Ich hab Angst."

„Ich auch. Denk an etwas Schönes. Hast du Kinder?"

„Nein, ich hab zwei Kater." Mathildas Herz zog sich zusammen, als sie an Ben und Eddi dachte. „Die erben alles, was ich habe. Bis auf mein Sparbuch. Das bekommt

Balou. Er ist ein Pottwal, für den ich eine Patenschaft übernommen hab. Wusstest du, dass man Patenschaften für Wale übernehmen kann? Ist jetzt auch egal. Meine Freundin Ulla behält die Kater und wenn sie mal stirbt, sorg ich für ihren Corgi. Haben wir so ausgemacht, damit kein Tier allein bleibt. Ja, ich seh den Denkfehler. Der Erlös für mein Auto geht ans Tierheim. Ist zwar nicht viel, aber für ein paar Kastrationen und Wurmkuren wird es reichen." Mathilda zog die Nase hoch. „Mein Bruder wird mein Fahrrad haben wollen. Ich hoffe Ulla schafft es rechtzeitig beiseite. Das soll er nicht bekommen. Als wir Kinder waren, durfte ich mit seinem auch nie fahren. Mein Vater wird sich wundern, dass er die ganzen Dietriche wiederbekommt. Die hab ich ihm geklaut. Ist aber schon lange her. Und meine Mutter kann meine Bücher haben. Die Hälfte gehört ihr sowieso."

Erst jetzt bemerkte sie, wie Nikos sie anstarrte. „Du hast schon deinen kompletten Nachlass geregelt? In deinem Alter?"

„Ja sicher. Sonst bekommt alles meine Familie und die Tiere gehen leer aus. Hast du kein Testament?"

„Doch natürlich, aber ich bin auch fünfundzwanzig Jahre älter als du und war sehr fruchtbar. Als ich so alt war wie du, hatte ich schon vier Kids und das fünfte war unterwegs."

„Ein Teil deiner Kids ist draußen und passt auf die Lieferanten auf, stimmts?"

„Ja, und zwei meiner Ex-Frauen. Ich habe zwölf Kinder und keinen einzigen Enkel. Noch nicht." Er hustete trocken. „Ich träume davon eines Tages in unserem Haus in Frankreich zu leben und jeden Monat von einer anderen Familie besucht zu werden. Dort wäre immer was los, wären immer Kinder um mich herum, die ich heimlich mit Süßigkeiten füttern und mit denen ich Lagerfeuer machen könnte. Das mache ich stattdessen mit meiner jüngsten Tochter, Sahra. Die ist ein solcher Schatz, mein Lebensinhalt. Sie kam erst nach der Trennung, aber ich sehe sie an den Wochenenden. Wir haben eine ganz besondere Beziehung zueinander."

Einen Moment hingen sie, jeder für sich, ihren Gedanken nach.

„Herr Schulz geht leer aus. Als ich das alles mal aufgeschrieben hab, hatte ich nen ziemlich schlechten Tag. Meine Oma war gestorben und mein Vater hat sich mit seinem Bruder noch auf dem Friedhof so gefetzt, dass ich dachte, sie kommt wieder raus und haut denen ein paar hinter die Löffel. Da kannte ich Herrn Schulz noch gar nicht. Er wird ohne mich zurechtkommen. Oder auch nicht. Hast du einen Thronfolger bestimmt? Einen der hier einsteigen soll? Und in die andere Firma?" Mathilda sah zur Seite und wieder kamen Tränen.

„Nein, das ginge nicht gut. Mein ganzes Vermögen wird auf alle aufgeteilt, auch die Firmenanteile. Aber aktiv wird dort keiner einsteigen. Hier machen Manfred und Bernhard weiter und bei der andere Firma übernimmt der Vorstand. Sie zahlen die Kinder dann aus. Ich glaube auch nicht, dass eines davon Lust hat sich das anzutun. Die erben alle genug, um nie wieder arbeiten zu müssen."

„Ich dachte, du hättest dein ganzes Geld hier reingesteckt."

Ein Augenzwinkern von Nikos gab schon die halbe Antwort. „Das war gelogen. Manfred und Bernhard sollten nicht auf dumme Gedanken kommen. Wenn es nicht um sein eigenes Geld geht, kauft Manfred etwas zu gerne ein. Gleiche Anteile, gleiche Verantwortung."

„Hast du vorhin, als ich kam, mit der anderen Firma telefoniert? Klang, als hättest du Stress mit denen."

Nikos schloss die Augen und nickte. „Ja, es stehen ein paar Veränderungen an und dabei gehen unsere Ansichten sehr auseinander. Ich will nicht noch mehr Profit auf Teufel komm raus. Man muss auch ein bisschen weiter denken. Aber dazu sind sie nicht bereit. Ziemlich verfahren."

Sie schwiegen beide. Dann sahen sie sich an.

„Du meinst doch wohl nicht ..." Er zog die Augenbrauen hoch.

Mathilda wiegte den Kopf hin und her. „Vielleicht. Da profitieren aber so einige von deinem Tod. Oder nicht?"

„Und wie sie profitieren. O Gott." Er versuchte sich auf die Ellenbogen aufzustützen. „Ich weiß gar nicht, ob ich darüber weiter nachdenken will. Lass mir einen Moment."

Minuten vergingen, während denen Nikos langsam die Farbe wechselte, von leichenblass zu dunkelrot vor Zorn und seine Schläfenader pochte.

„Ganz ruhig. Lass uns die Unfälle durchgehen. Du kannst jetzt eh nichts machen."

Mühsam verhalten nickte er. „Natürlich, natürlich. Also. Das Gas im Billardraum könnte mir auf jeden Fall gegolten haben. Ich spiele oft allein, um mich zu entspannen. Sonst geht da kaum einer hinein."

Mathilda nickte. „Macht Sinn. Ich hab mich die ganze Zeit schon gefragt, was das sollte. Die Sauna?"

„Ich war dort, aber nicht in der Sauna, sondern im Solebad. Das ist dahinter." Nikos' Kopf sank nach hinten. „Womöglich hat der Täter nur die falsche Tür erwischt."

„Du bist irgendwann vor der Eröffnung mal im Therapiebecken fast ertrunken."

„Ja, aber das war wirklich ein Unfall. Darauf gehe ich jetzt aber nicht näher ein. Das war keine meiner Sternstunden." Er wurde rot, grinste aber trotzdem.

„Okay. Der Yogaraum?"

„Möglich, ich war ja kurz zuvor darin. Ich laufe da immer durch, um nach draußen zu kommen. Man könnte durchaus vermuten, ich gehe hinein und bleibe dort. Vielleicht war die Elektrik aber tatsächlich kaputt. Die ist ganz schön anfällig."

„Die Espressomaschine?"

„Auf jeden Fall. Zu der Zeit hatte ich noch keine eigene und war immer der Erste an dem Teil."

„Gab es sonst noch was? Als ich ankam, warst du im Kurparkteich gelandet, weil die Bremsen von deinem Motorrad nicht funktionierten."

Er nickte bedächtig. „Ja, ich dachte, ich hätte einfach nur zu viel gebechert, aber die Dinger griffen wirklich nicht, sie waren verölt. Auf der Straße hätte das anders enden können. Ich fahre nicht gerade langsam."

„Verölte Bremsen passieren ja auch nicht von allein. Was war mit dem Mann, der vom Gerüst fiel? Man sagte mir, du wärst dabei gewesen."

„Das darf doch wohl nicht wahr sein. Ja, ja, ja! Aber das hat bis jetzt keiner erkannt! Du hast recht. Das hätte eigentlich mich treffen sollen!" Nikos krümmte sich zusammen und bedeckte die Augen mit einer Hand. „Nicht zu vergessen mein Fallschirm, der sich nicht geöffnet hat, als ich mit diesem Yannic unterwegs war. Das hätte leicht schief gehen können. Ich habe so getan, als sei das beabsichtigt, aber ich musste die Reserve ziehen."

Obwohl es recht warm war in dem Aufzug fröstelte Mathilda und verschränkte die Arme vor der Brust. „Und was ist mit dem Bunker und Schade?"

Nikos' Hand glitt wieder vom Gesicht und darunter sah er um viele Jahre gealtert aus. „Keine Ahnung. Ich glaube aber nicht, dass Schade und Mintzler etwas gegen mich persönlich haben. Die wollen das Haus. Wobei ... Manfred und Bernhard könnten die Klinik jetzt allein weiterführen. Also hätten die ebenfalls einen Grund."

„Noch jemand?"

„Meine erste Frau hasst mich, wenn du schon fragst. Unser gemeinsamer Sohn auch. Die beiden haben vor Jahren mal versucht, mich um die Ecke zu bringen." Er schwieg einen Moment und seine Mundwinkel sanken dabei immer mehr nach unten. „Die Familie von dem verunglückten Bauarbeiter hat uns auch Drohungen geschickt, die haben wir jedoch nicht weiter ernst genommen. Sie haben eine Abfindung erhalten, danach war Ruhe."

„Könnten deine beiden Kollegen wirklich ohne dich weitermachen?"

Nikos wiegte den Kopf hin und her. „Sagen wir mal so. Ich glaube nicht, aber Manfred hält sich ja eh für den Größten, es kann gut sein, dass er nicht durchschaut, dass ohne mich alles den Bach runter geht. Ich bin ihm auf jeden Fall ein Dorn im Auge und er träumt bestimmt davon, dass er mit Bernhard die Klinik allein weiterführt, genau wie meine andere Firma von den dortigen Partnern übernommen würde."

„Also kämen deine alten Partner ernsthaft in Frage, ebenso deine neuen, dann Mintzler und Schade und vielleicht auch noch deine Ex mitsamt Sohn. Und dann noch jemand, den wir gar nicht auf dem Schirm haben."

Nikos nickte.

„Und da kommst du jetzt erst darauf, dass du das alleinige Ziel sein könntest? Es gab doch genug Hinweise!"

Er sah schuldbewußt sie an. „Ich bin gar nicht auf die Idee gekommen. Außerdem habe ich von ein paar Vorfällen nichts gewusst und die anderen immer nur einzeln gesehen. Ich habe dazwischen absolut keinen Zusammenhang hergestellt. Mathilda, glaubst du, dass vier Ehen von überragender Menschenkenntnis zeugen?"

„Eher nicht."

„Genau. Ich kann mit Geld umgehen, mit Zahlen. Aber dass mich einer loswerden will ... tja, so etwas habe ich nicht für möglich gehalten. Abgesehen von meiner Ex-Frau. Die würde mir aber eher mit einem Samuraischwert den Kopf abschlagen, als irgendwelche Pläne zu schmieden. Sie ist mehr der spontane Typ."

„Eins nach dem anderen. Wir müssen uns auf drei Dinge konzentrieren: Wer will dich beseitigen? Wer hier im Haus steckt mit unter dessen Decke, sonst ginge das ja gar nicht und wer führt aus? Das können aber auch verschiedene Leute sein. Oder so. Verdammt ist das kompliziert!" Mathildas Kampfgeist flammte wieder auf. „Wir müssen hier raus. So oder so. Und dann finden wir heraus, wer es war."

„An unserer Ausgangssituation hat sich aber nicht viel geändert. Nichts, wenn man es genau nimmt."

Mathilda sparte sich einen Kommentar, sondern fing wieder an, um Hilfe zu rufen und die Wand hinter sich mit dem kaputten Handy zu bearbeiten, bis es endgültig in Einzelteile zerfiel.

Erschöpft lehnte sie sich zurück. „Erzähl mir irgendwas. Ich will nicht darüber nachdenken, wie wir hier runterfallen. Du bist doch der Meister der lustigen Geschichten. Hast du das eigentlich alles erlebt?"

„Na ja, nicht ganz. Die Wahrheit war nicht immer lustig. Ich stelle sie nur so dar. Eine Geschichte muss unterhalten, man muss sie dir abkaufen. Ob alles wahr ist, ist dann nicht so wichtig."

„Na, das ist ja mal eine interessante Ansicht. Ich werde es mir merken."

„Was soll ich sagen? Im weitesten Sinne bin ich Verkäufer. Mein Gegenüber soll sich wohlfühlen, mir vertrauen, mir gerne zuhören. Das funktioniert nicht, wenn ich die Person langweile oder etwas Unangenehmes erzähle. Und ich will auch Spaß haben." Nikos lachte leise. „Es gab mal eine witzige Geschichte mit deinem Kollegen. Ich hoffe, er nimmt mir nicht übel, dass ich sie dir erzähle. Wusstest du, dass Schulz in einer Studentenverbindung ist? Es ist keine richtige, mehr so ein Nerd-Club. Aber egal, sie hatten ein Aufnahmeritual ..." Er kicherte bei der Erinnerung. „... immerhin hatten sie ein Aufnahmeritual und weil sie alle keinen Alkohol vertrugen und Schisser vor dem Herrn waren, musste man einen IQ-Test machen und ..." Wieder schüttelte ihn ein Lachen. „... ich kanns immer noch nicht glauben. Man kämpfte gegen einen Ziegenbock. Gegen so ein völlig verfressenes altes Vieh, das gestunken hat wie der Leibhaftige und einfach nur seine Ruhe haben wollte." Lachtränen rannen ihm über die Wangen. „Ich weiß gar nicht mehr, was die mit ihm angestellt haben, damit er sich überhaupt bewegt hat. Jedenfalls musste dein Kollege auch gegen den Bock antreten und hat sich im Vorfeld fast in die Hosen gemacht. Bernhard hat uns davon erzählt."

„Ey, ihr seid echt solche ...."

„Jaja, ich weiß, wir waren Arschlöcher, aber es war so urkomisch." Ein neuer Lachanfall schüttelte ihn. „Bernhard hat deinem Kollegen dann ein Abführmittel gegeben und ihm gesagt, das sei ein geheimes Berserkermedikament für amerikanische Kampftaucher." Nikos hustete vor

Lachen und schnappte nach Luft. „Gott, hatten wir einen Spaß damals!"

Sein Husten erschütterte das fragile Gleichgewicht, in dem sich die Kabine befand. Erneut fiel sie ein Stück tiefer. Mathilda hörte sich schreien, ein neuer Schmerz durchzuckte sie, als sie wieder mit einem Ruck hängenblieben. Nikos stöhnte neben ihr. Er atmete stoßweise und hatte die Augen geschlossen. Ihr Mitleid hielt sich jetzt in Grenzen.

An ihrer Seite hatte sie immer noch die glatte verputzte Wand, aber oben, unter der Decke des Aufzugs, klaffte jetzt ein Spalt, etwa so hoch wie ein Blatt Papier. Darunter war ein kurzer Hebel an die Wand geschraubt, der in die Kabine ragte.

„Was ist das da?" Mathilda deutete darauf.

„Das ist ein Hebel, der die Tür zum Aufzugschacht blockiert. Wenn der Aufzug davor hält, drückt er ihn nach unten und gibt die Tür frei. Ziemlich vorsintflutliche Technik, aber sie funktioniert."

„Und ist die Tür abgeschlossen?"

Er schüttelte den Kopf.

„Kannst du deinen Gürtel ausziehen?"

„Ich versuch's." Angestrengt öffnete Nikos die Schnalle.

Stöhnend zog er mit Mathildas Hilfe den Lederriemen aus den Schlaufen.

Mathilda maß ihn mit ausgestreckten Armen. „Zu kurz."

Sie zog unter dem Shirt ihren BH aus und band ihn an den Gürtel. „Wenn du mir noch einen solchen Blick zuwirfst, trete ich dir vors Knie."

Schnell sah er auf seine Hände.

Es reichte immer noch nicht.

„Deine Schnürsenkel. Beiß die Zähne zusammen."

„Okay, aber irgendwie werde ich da Gefühl nicht los, dass du sauer bist. Kann das sein?"

270

„Ist doch jetzt egal." Sie knüpfte die Schnüre an den BH-Träger, band das Gürtelende zu einer Schlaufe und warf sie hoch zu dem Hebel. Wieder und wieder. Minutenlang, bis ihre Arme lahm wurden.

„Pass auf, ich steh jetzt auf. Ob ich hier sitze, oder stehe, ist ja egal. Ist das gleiche Gewicht auf dem Punkt."

Nikos sah nicht sehr überzeugt aus, schwieg aber.

Mathilda zog die Beine an, setzte sich in den Schneidersitz und stand daraus im Zeitlupentempo auf.

„Wow, du musst gut durchtrainiert sein."

Sie beachtete ihn nicht weiter, sondern schleuderte jetzt den Gürtel zur Seite und traf den Hebel beim ersten Versuch.

„Hier, nimm das Ende und zieh." Sie warf Nikos die Schnürsenkel und den BH zu.

Er zog vorsichtig nach unten, wobei er darauf achtete, dass die Schlaufe nicht vom Hebel rutschte. Gleichzeitig stellte Mathilda sich auf ihre Zehenspitzen und griff in den Schacht, wo sie versuchte die Tür aufzustoßen.

„Wenn der Aufzug auch nur ein paar Zentimeter sinkt sind deine Hände zerquetscht."

Schnell zog sie sie zurück. „Gib mir deinen Schuh."

Sie streifte ihn langsam von seinem Fuß und begann ihn gegen die Tür zu stoßen, ohne die Finger zu weit nach vorne zu bewegen. Die dumpfen Schläge klangen gut, vor allem laut.

„Klopf SOS. Weißt du, wie das geht?"

„Natürlich." Sie klopfte drei Mal kurz drei Mal lang drei Mal kurz. Dann eine Pause und wieder von vorne.

„Bist du sauer wegen dem, was wir damals mit Schulz gemacht haben?"

Verbissen klopfte Mathilda weiter.

„Ja, das war nicht so doll. Ich werde mich bei ihm entschuldigen, okay?"

„Auch bei allen anderen? Auf wessen Kosten habt ihr euch noch ne lustige Zeit gemacht? Er war doch nicht der Einzige. Das ist eine Grundhaltung. Eine beschissene Grundhaltung anderen Menschen gegenüber, denen man sich überlegen fühlt. Aber soll ich dir was sagen? Keiner von euch ist ihm überlegen. Herr Schulz ist ein besserer Mensch als ihr drei zusammen." So, wie sie auf die Tür einschlug, würde eines der Materialien bald nachgeben.

Nikos schwieg einen Moment, während sie ihre Wut in den leeren Flur morste.

„Was kann ich tun, um dir zu zeigen, dass ich es bereue?"

Mathilda hielt inne und drehte sich zu ihm um. „Nichts." Sie schlug weiter auf die Tür ein. „Oder doch, warte mal ... Oben unterm Dach leben Schleiereulen. Gib mir dein Ehrenwort, dass sie dortbleiben."

„Du denkst jetzt an Schleiereulen? Du könntest alles von mir verlangen und denkst an gottverdammte Schleiereulen? Kannst du nicht um den Weltfrieden bitten? Das wäre einfacher."

„Warum das denn?"

„Okay, aber das bleibt unter uns ..."

„Ich schweige wie ein Grab oder in einem Grab. Je nachdem, wie das hier ausgeht."

„Manfred will seinen Hausdrachen verlassen und sich da oben eine Zuflucht einrichten. Davon wird ihn niemand abhalten können."

„Doch, du wirst. Er kann sich doch mein Zimmer und das danebe nehmen."

Nikos lachte auf. „Niemals. Seine Bleibe muss mindestens so groß und schön sein wie meine. Besser noch größer und schöner."

„Dann lass dir was einfallen. Gib ihm deins." Sie drehte sich wieder um und schlug weiter mit dem Schuh gegen die Tür.

Mathildas Arme wurden lahm, ihre Schultern schmerzten, aber sie hört nicht auf. Das hier war die einzige Chance gehört zu werden. Da sie sich ansonsten nicht bewegten, rührte sich der Aufzug nicht von der Stelle.

„Ich will dich ja nicht unterbrechen, aber ich habe ein menschliches Bedürfnis, das ich seit wir hier feststecken unterdrücke. Nur langsam gehts nicht mehr." Nikos sah angestrengt vor sich und presste die Beine zusammen.

„Na, dann pinkel doch. Ich guck auch nicht hin."

„Das ist mir jetzt aber peinlich. Wenn du zur Seite gehst, kann ich versuchen, den Spalt zwischen Boden und Wand zu treffen. Genug Druck habe ich."

„Quatsch. Wenn ich zur Seite geh fällt die Kabine wieder. Mach endlich."

„Ich will nicht in meiner Pisse sitzen und stinken, verdammt."

„Na, dann pinkel in deinen Schlappen und ich schütte das dann hier raus."

Sie bückte sich vorsichtig und zog Nikos auch den zweiten Schuh aus, gab ihm aber den, den sie die ganze Zeit schon zum Klopfen benutzt hatte.

„Hier, der ist weich."

Während er sich abmühte, klopfte Mathilda mit dem frischen Schuh weiter.

Plötzlich hielt sie inne, denn sie hörte Stimmen. „Ulla? Das kann doch wohl nicht wahr sein! Ulla! Bist du das? Ullaaaaaaaa!"

Fußgetrappel.

„Tildchen? Bist du das etwa?"

„Hier unten. Hilfe! Wir stecken im Aufzug fest! Hilfe! Hierher!" Ihre Stimme überschlug sich immer wieder, mit aller Kraft schlug sie weiter gegen die Tür! „Ulla! Hier! Im Aufzug!"

„Tildchen?" Endlich stand die Freundin vor der Fahrstuhltür.

„Mach die Tür auf! Nikos, zieh an dem Hebel! Und lass das jetzt mit der Hose! Ich hab das schon mal gesehen, glaub mir. Zieh verdammt!"

Ulla öffnete die Tür, kniete sich auf den Boden und sah zu ihr herunter.

„O mein Gott, ich hab mich noch nie so gefreut dich zu sehen." Mathilda kamen die Tränen und sie fassten sich an den Händen. „Wer ist denn da noch bei dir?"

Aber Ulla gab keine Antwort, sondern sprang wieder auf die Füße. „Los, Mädels, wir brauchen Balken, irgendwas, was die Kabine hält."

„Mädels? Wer ist das? Ulla? Hast du etwa den Club mitgebracht? O mein Gott. Wo geht ihr denn jetzt hin?"

Nur wenige Minuten später hörte Mathilda es krachen und die Gruppe kam zurück, während Nikos immer noch mit dem Reissverschluss kämpfte. Erst schoben sie vier dicke Holzbalken in den Zwischenraum, dann eine komplette Tischplatte hinterher.

„Das sollte erstmal reichen, um das Ding nicht abstürzen zu lassen. Ich rufe jetzt die Feuerwehr an!"

„Und dann Eugen! Er soll Eisenstangen bringen, irgendwelche Stahlträger, wenn es welche gibt. Und Professor Schulte-Hoffmann. Nikos ist verletzt."

„An seinem ..."

„An seinem Bein. Seine Hose steht nur offen, weil er pinkeln musste. Schnell! Ich hab keine Ahnung, wie lang die Balken halten."

„Das sind Ebenholztischbeine aus dem 19. Jahrhundert. Eher Kolonialstil als Jugendstil. Ich vermute mal aus Frankreich, aber ...

„Ulla!"

„Oh tut mir leid, jedenfalls sollten die einiges aushalten."

Ulla saß neben dem Aufzug am Boden und telefonierte, während die anderen Damen schnatternd umherliefen und alles besichtigten, was in erreichbarer Nähe stand.

Mathilda sah zur Decke. „Ich könnte jetzt versuchen über die Klappe da oben raus zu kommen. Darüber können wir dich dann auch rausziehen."

Nikos war noch immer mit seiner Hose beschäftigt. „Ja, probier es. Verdammt ... ah endlich. Ich habe in meiner Wohnung eine Kletterausrüstung. Mit den Gurten solltet ihr mich hier herausziehen können."

Mathilda erkannte durch den Spalt Professor Schulte-Hoffmann und Eugen die herbeieilten, Sam kam einen Moment später ebenfalls. Sie trugen einen langen, schweren Stahlträger, den sie neben die Tischplatte in den Aufzug schoben.

„Alles okay bei euch? Wie gehts euch da drin?" Schulte-Hoffmann war sichtlich irritiert von den aufgeregten Damen und kniete sich dann auf den Boden, während von Eugen nur die staubigen Schuhe zu sehen waren.

„Meine Knie und ein Knöchel sind hin. Verstaucht, gebrochen, keine Ahnung. Ich kann sie nicht mehr bewegen."

„Gut, das bekommen wir wieder hin. Und Sie, Frau Rosenbaum? Unverletzt?"

„Ja, einigermaßen. Steißbein geprellt, sonst nichts."

„Haltet euch mal fest und nehmt die Finger aus der Tür." Das war Eugens Stimme. Kurz darauf ging ein Ruck durch die Kabine und sie prallte auf den Stahlträger. Er hielt.

„So, Mathilda. Jetzt kannst du durch die Deckenklappe steigen. Ich versuch schon mal sie zu öffnen."

Die beiden Eingeschlossenen hörten Schritte oben auf der Kabine, die zwar wackelte, aber nicht weiter fiel.

„Mann, Mann, Mann, ihr habt ganz schön Glück gehabt, wisst ihr das? Hier ist keine Bremse, kein Sicherungsseil, nichts. Das einzige Seil ist ... tja, wenn ihr mich fragt angesägt und dann gerissen. Da kannte sich jemand aus. Und der wollte euch um die Ecke bringen."

22.

„Was machen wir jetzt? Sagen wir das Fest ab?" Professor Schulte-Hoffmann sah besorgt auf seinen Kollegen, der vor ihm auf einer Trage lag. Er hatte ihn kurz untersucht und festgestellt, dass nichts gebrochen war.

„Auf keinen Fall. Schick die Feuerwehr nach Hause, gib mir eine Spritze gegen die Schmerzen und dann fahre ich halt im Rollstuhl hinaus. Haben wir einen?"

Schulte-Hoffmann nickte.

„Los jetzt. Wir ziehen das durch."

Mathilda lag immer noch voller Erleichterung Ulla in den Armen, die im Nachhinein mehr Tränen vergoss als bei der Beerdigung von Queen Mum.

Dann löste sie sich von ihrer Freundin und mischte sich ein. „Wir sollten den Moment nutzen und die Leute filmen oder zumindest genau beobachten, wenn dich alle sehen, Nikos. Irgendjemandem müssten die Gesichtszüge entgleisen, weil er oder sie davon ausgeht, dass du ins Gras gebissen hast."

„Wie meinen Sie das?" Sam sah seine Kollegin erstaunt an.

„Wir sind uns sicher, dass alle Anschläge Nikos galten. Die hatten mit der Klinik nichts zu tun. Es waren Mordanschläge auf ihn. Als Auftraggeber kommen mehrere

Personen in Frage. Außerdem wissen wir noch nicht, wer die Verbindung hier im Haus ist. Jemand muss Informationen rausgegeben und die Anschläge ermöglicht haben. Und es fehlen leider noch die Beweise."

Der Club, der voller Interesse das Geschehen verfolgte, stöhnte kollektiv halb entsetzt halb lustvoll auf. Professor Schulte-Hoffmann rang nach Worten. „Wie bitte? Ich komme gerade nicht mit."

„Das erklären wir noch im Detail. Jetzt sollten wir sehen, wer ungewöhnlich reagiert. Und ihr", Mathilda wand sich an die Damen, „ihr geht bitte. Ulla, wir klären später, wie ihr hier reingekommen seid."

„Eben warst du mir noch dankbar." Ulla war pikiert. „Wenn ich keine Führung durchs Haus gemacht hätte, wärt ihr noch in dem Aufzug."

„Eine Führung? Also ... bitte geht. Wir müssen jetzt die Leute beobachten."

Sam schaltete sich ein, bevor Ulla etwas erwidern konnte. „Gute Idee, ich werde die Patienten der letzten Woche ganz genau im Auge behalten. Die Außenkameras sind alle intakt, soweit ich weiß. Herr Papadakis, werfen Sie einen Blick auf Ihre Familie und alle auswärtigen Gäste, die Sie kennen." Sam war bisher nicht von Mathildas Seite gewichen und konnte kaum seine Erleichterung darüber verbergen, dass sie gesund aus der Kabine entkommen war.

„Dann wartet einen Moment. Ich stelle mich zu Manfred auf das Podium, von da aus habe ich einen besseren Überblick." Der Arzt schaute aus dem Fenster hinter ihm. „Ich gehe dann mal los. Er hat schon angefangen."

Die Damen folgten ihm hastig, bevor jemand darauf bestehen konnte, dass sie das Fest verließen.

Eine der Mitarbeiterinnen schob einen schmalen leichten Rollstuhl herein und Sam half Nikos hinein. Die Spritze, die er bekommen hatte, wirkte bereits und er probierte kurz das Lenken mit den Rädern aus.

„Herr Schulz wird dich schieben, oder Herr Schulz? Sonst hast du morgen auch noch Muskelkater in den Armen. Muss ja nicht sein." Energisch schob Mathilda den Stuhl zu ihrem Kollegen.

„Wen beabsichtigen Sie zu beobachten, Frau Rosenbaum? Nicht, dass wir alle auf die gleiche Gruppe starren und einige nicht gesehen werden."

„Ich geh ebenfalls neben die Bühne und schau mir von dort aus die Gäste an. Achten Sie bitte besonders auf Deber. Der ist einer unserer Hauptverdächtigen. Außerdem natürlich Mintzler und Schade von Nikos' anderer Firma."

„Als Maulwurf kommen eigentlich nur wenige in Frage: Mitarbeiter, Maître Olivier vor allem, Eugen und der Barista." Sam sah Mathilda an, die widerstrebend nickte.

„Und das Ehepaar Deber nicht zu vergessen. Nicht gemeinsam, aber jeder für sich. Oder ihr Zwist ist nur Ablenkung."

„Los jetzt! Das ist ein Fass ohne Boden." Nikos wurde ungeduldig und ruckelte an den Rädern.

„Gut. Damit sollten wir das Ganze im Griff haben." Sam wartete mit dem Rollstuhl, um Mathilda einen kleinen Vorsprung zu verschaffen.

Auf der Bühne stand Manfred, hoch aufragend, in straffer Haltung und hielt die Eröffnungsrede. Neben ihm, wie beabsichtigt, Professor Schulte-Hoffmann, der die Menge vor sich beobachtete, dabei wippte er immer wieder auf seinen Fußballen, was ihn für Sekunden größer machte.

Auf dem Gesicht des Redners erschien ein Lächeln, als er Papadakis sah, aber man konnte nicht erkennen, ob es echt war. Mathilda ging um die Menge herum zur

Bühne und stellte sich unauffällig daneben. Sie hatte von dort aus sowohl Nikos, der jetzt von Sam herangeschoben wurde, als auch alle, die sich der Bühne zuwandten im Blick. Sicherheitsleute, Kellner, ein paar Techniker, die noch im Hintergrund bereitstanden, falls eine Panne auftreten würde.

Als Nikos in ihrem Gesichtsfeld erschien, reagierten keiner von ihnen überrascht. Eine von Papadakis' Exfrauen lief auf ihn zu, dahinter gleich vier seiner Kinder, woraufhin einige Gäste sich ebenfalls neugierig umdrehten.

Die Club-Damen hatte sich an den verschiedenen Stehtischen verteilt, sahen aber alle zum Angehörigen der englischen Königsfamilie herüber, an dessen Tisch sich wie zufällig zwei der Windsor-Anhängerinnen postiert hatten.

Mathilda wollte schon gehen und nach Eugen und dem Barista suchen, als sie eine ihr bekannte Stimme hinter der Bühne hörte.

„Ich weiß nicht warum. Er sitzt im Rollstuhl." Eine kurze Pause. „Da kann ich doch nichts für. Ab morgen sind die Gäste weg, dann wird sich wieder was ergeben. Ja, ich sag Bescheid."

Als sie nachschauen wollte, prallte sie mit der Quelle der Stimme zusammen. Frau Deber, die soeben ihr Gespräch beendet hatte. Sie versuchte erst gar nicht etwas zu erklären, sondern lief sofort in die entgegengesetzte Richtung.

Sie schien nicht an dem interessiert zu sein, was ihr Mann auf der Bühne an Anekdoten erzählte, die einige tatsächlich zum Lachen brachten. Um so besser, dann fiel auch niemandem auf, dass Mathilda Frau Deber über den Rasen Richtung Haus jagte, stets darauf bedacht sie nicht zu früh einzuholen.

Das war nicht einfach, da ihr Opfer Schuhe mit waffenscheinpflichtigen Absätzen trug, die immer wieder in der Wiese versanken und ihren Lauf nicht gerade zu einer Augenweide machten. Wer trug solche Stelzen zu einem Outdoor-Event?

Als sie endlich außer Sichtweite waren, legte Mathilda einen Sprint ein, warf die stämmige Frau zu Boden und landete auf ihr, wie auf einem Sitzkissen. Aber bei dem Versuch ihr den Mund zuzuhalten, damit sie nicht um Hilfe schreien konnte, biss Frau Deber mit aller Kraft in Mathildas Hand.

Die fluchte laut und drückte der Frau das Gesicht auf die Wiese, sah sich kurz um und rupfte das nächstbeste Büschel Gras aus, das sie ihr als Knebel in den zum Schrei geöffneten Mund schob.

„Frau Rosenbaum? Wo sind Sie? Frau Rosenbaum?"

Mathilda antwortete sofort, da sie allein kaum eine Chance hatte die sich mit ganzer Kraft wehrende Frau, ohne Aufsehen zu erregen, einzusperren oder zu fesseln.

„Was machen Sie denn da? Das ist ja Frau Deber. Frau Deber, alles in Ordnung mit Ihnen? Warum haben Sie denn Gras im Mund?" Sam war völlig außer Atem und drückte eine Hand auf seine Seite, während er mit der am Boden liegenden Frau sprach.

„Herr Schulz! Sie bekommen aber schon mit, dass ich die Dame festhalte und am Schreien hindere? Sie ist der Maulwurf. Der Kontakt im Haus zu den Attentätern."

„Wie bitte? Frau Deber? Wie kommen Sie darauf?"

Die eben noch um sich schlagende Frau wurde plötzlich ganz still und würgte leise an ihrem Grasbüschel.

„Ich hab sie eben telefonieren gehört. Sie berichtete jemandem davon, dass Papadakis immer noch lebt. Öffnen Sie die Tür da vorne, die führt zum Yogaraum und schauen Sie nach, ob wir sie dort einsperren können. Lange kann ich sie nicht mehr festhalten, ohne dass uns einer bemerkt und ich will das jetzt niemandem erklären müssen."

Sam lief los, öffnete mit Mathildas Generalschlüssel den Hintereingang und kam kurz darauf wieder. „Kommen Sie, ich helfe Ihnen. Der Raum ist gut geeignet. Hier sind Kabelbinder. Machen Sie sich doch nicht so schwer, Frau Deber, eine Frau Ihres Formates muss schon ein bisschen mithelfen. Alles wird sich klären, keine Sorge."

Sie verfrachteten die Frau in den Yogaraum und nahmen ihr Handy und Schlüssel ab, die sie in den Taschen bei sich trug. Dann drückten sie sie auf den Boden, fesselten ihre Hände und diese dann an der Heizung. Währenddessen erklärte Mathilda Sam mit wenigen Worten was sie gehört hatte.

Sam sah die am Boden sitzende Frau kopfschüttelnd an, während seine Kollegin schon einen Schritt weiter dachte.

„So und jetzt brauchen wir noch den Code, um das Handy zu entsperren. Wenn Sie mich wieder beißen oder was Falsches sagen, nehm ich ihren Zeigefinger mit, um mit dem Fingerabdruck zu entsperren. Nur Ihren Zeigefinger." Vorsichtig entfernte Mathilda mit einem Tuch einen Teil des Grasbüschels und Frau Deber spuckte zusammen mit Pflanzenteilen und Erde die Zahlenreihe aus.

Mathilda steckte das Gras wieder zurück.

„In Filmen können die Gefangenen sich immer befreien. Das sollte hier nicht funktionieren."

Sie gingen wieder durch die Tür nach draußen und schlossen ab, während Frau Deber nun mit aller Kraft versuchte, das Grasbüschel auszuspucken.

„Was haben Sie mit ihr vor? Sie wird nicht einfach so gestehen. Sollen wir sie nicht zusammen mit der Geschäftsleitung verhören? Oder der Polizei ausliefern?" Sam hielt

Mathilda davon ab, zu schnell zu gehen, da er immer noch aus der Puste war.

„Verhören können wir versuchen. Wir lassen sie ein bisschen schmoren, bis die Veranstaltung vorbei ist und nehmen sie uns dann mal vor. Aber entweder, der Auftraggeber ist ihr eigener Mann, dann wird sie ihn nicht verraten, schon gar nicht, wenn er dabeisitzt. Oder sie kennt nur den Kontakt zu dem, der die Anschläge koordiniert hat. Das ist aber nicht der Auftraggeber und den wollen wir ja eigentlich haben. Ich dachte mir, wir beobachten Deber mal genauer und schicken gleichzeitig mit dem Handy seiner Frau eine Nachricht an den letzten Anrufer und locken ihn hierher. Wenn wir es schaffen, den zu schnappen, wird er uns eher sagen können, wer ihn bezahlt. Und das alles darf die Polizei nicht. Davon abgesehen würden die uns eine Menge Fragen stellen, zum Beispiel warum wir sie nicht längst eingeschaltet haben."

Sam nickte nachdenklich. „Und bis dahin bleibt die arme Frau an die Heizung gefesselt?"

„Warum nicht? Was sie getan hat, war ja auch nicht in Ordnung. Jetzt sollten wir aber zurückgehen. Wenn sie der Maulwurf ist, wäre eine Verstrickung mit ihrem Gatten ja naheliegend und er könnte sich zu sofortigem Handeln hinreißen lassen."

Inzwischen sprach der Bürgermeister warme Worte der Anerkennung für die vorzügliche Restaurierung des Gebäudes, den Erhalt des wundervollen Parks, die vielen neuen Arbeitsplätze und nicht zuletzt den Dienst an der Gesundheit der Gemeinschaft, wenn auch nur der wohlhabenden. Wobei er sich Letzteres verkniff. Vermutlich in der nicht unberechtigten Hoffnung auf eine Einladung, ein paar Tage hier zu verbringen.

Die anwesende Menge hörte wohlwollend zu, gewohnt bei solch langweiligen Tiraden in einen kreativen Dämmerzustand zu verfallen, in dem sie neue Projekte plante, das Portfolio vor dem geistigen Auge Revue passieren ließ oder die Belegschaft gedanklich verschlankte. Nach der Rede würde man netzwerken und sehen, wo Freund und Feind der Pläne waren.

Vom Club standen jetzt zwei andere Damen am Tisch des Adligen und prosteten ihm mit Champagner zu.

Mathilda war nicht ganz so kompatibel. Sie tigerte unruhig zwischen den Gästen umher, sah immer wieder zu Deber und fragte sich, wer von ihnen wohl noch ein Interesse daran haben könnte, dass Nikos Papadakis verschwand.

23.

Sam hielt sich währenddessen in Papadakis' Nähe auf. Kurz hatte er sich zu ihm heruntergebeugt und „Wir haben den Maulwurf" gemurmelt.

„Echt? Wer ist es? Nun sagen Sie schon!"

„Debers Frau."

Nikos' Augen wurden ein bisschen schmaler, seine Kiefermuskeln spannten sich an, aber sonst blieb er völlig regungslos. Sam behielt weiter die Umstehenden im Blick und wartete darauf, dass einer ungewöhnlich reagierte oder sich womöglich auf den im Rollstuhl Sitzenden stürzte.

In Gedanken warf er sich bereits dazwischen und fing einen Schuss mit seinem Körper ab. Am besten mit dem äußeren Oberarm, dort würde er keine bleibenden Schäden davontragen, aber eine respektable Narbe im Sommer zur Schau stellen können, dezent, halb verdeckt unter einem kurzen Hemdärmel.

Aber niemand griff an, niemand wirkte aufgrund Papadakis' Vitalität niedergeschlagen oder enttäuscht. Deber hatte sich besorgt erkundigt, was passiert sei und sich dann wieder unter das geladene Volk gemischt.

Schulte-Hoffmann versuchte mehr oder weniger erfolgreich seine Schwiegereltern davon abzuhalten den Gästen mitzuteilen, dass ihnen ein Teil der Klinik gehörte, weil der Arzt ja nicht genug Geld hatte.

Yannic Gold fotografiert sich mit jedem, der sich nicht schnell umdrehte oder mit einem Heer von Anwälten drohte und Maître Olivier baute im Hintergrund mit Papadakis' Nachwuchs das Buffet auf, mit dem er sich selbst zu übertreffen gedachte.

Die Band war ebenfalls schon da und bekannt genug, um sie mit einem Gläschen Sekt zu den Gästen zu lassen, anstatt sie wie die Roadies hinter der Bühne zu parken.

Eugen Salz stand am Rand der Wiese und betrachtete grinsend das Geschehen. Später würde es für Interessierte eine Führung durch sein Atelier geben. Er verabscheute zwar den hier versammelten Kapitalismus, freute sich aber auf den Erlös der zu erwartenden Verkäufe. Er brauchte Platz und Geld für frisches Material und neue Werke.

Gerade eben wollte Deber sich wieder auf die Bühne schwingen um eine Lobeshymne auf den Koch anzustimmen und anschließend das Buffet zu eröffnen, als neben dem Denkmal des Heiligen Waldemut ein kleiner Panikherd entstand. Frau Wellen hatte sich auf den Rücken des Heiligen gesetzt und dabei mit den Füßen auf der Bodenklappe gestanden, da sie genug Halt für ihre hohen Absätze bot, als von unten jemand eben jene Klappe öffnete. Mit einem Aufschrei war sie hintenüber gestürzt. Herbeieilende Gäste schraken vor dem plötzlichen Loch im Boden zurück und prallten gegen die ankommende Security.

Frau Wellen krabbelte aus eigener Kraft von der Öffnung fort und ließ sich erschöpft unter einen der Stehtische fallen. Und dann, wie Phönix aus der Asche, entstieg der Wiese ein Mann, sprang elegant auf die Füße und machte einem weiteren Platz.

Die Gäste glaubten an einen Showact und applaudierten. So eine Show hatten sie noch nie gesehen. Das konnte ja noch spannend werden. Wer wusste schon, was noch aus dem Loch kam. Tiere? Akrobaten? Die Musiker fühlten sich um ihren Auftritt betrogen, Maître Olivier um die Aufmerksamkeit für sein Buffet.

Nur Mathilda sah sofort, um wen es sich hier handelte und ahnte was kommen würde. Was tun? Die zwei zurück ins Loch werfen und den Deckel wieder schließen? Schnell stellte sie sich vor Papadakis, um ihn vor den Augen der beiden Männer zu verbergen, falls sie einen spontanen Angriff im Sinn hatten.

Noch bevor auch nur irgendjemand eingreifen konnte, rief Mintzler mit der donnernden Stimme eines antiken Heldendarstellers: "Liebe Gäste dieses wundervollen Hauses, die Waldemut-Quelle ist ver..." Aber da wurde er auch schon von den Sicherheitskräften überwältigt und gemeinsam mit Schade von der Wiese gezerrt. Hätte er sich die höfliche Anrede gespart, wäre es zu einem Eklat gekommen.

Deber reagierte geistesgegenwärtig und ergriff das Mikrofon. „Die Waldemut-Quelle ist einzigartig, wollte er bestimmt sagen. Lassen Sie sich davon nicht stören, liebe Gäste. Was wäre ein solcher Erfolg ohne Neider? Wenden wir uns also den schönen Dingen des Lebens zu und dazu gehören eindeutig die Kreationen von Maître Olivier, Sternekoch und Chef unserer Küche. Meine Damen, meine Herren, das Buffet ist eröffnet."

Wie bei der Choreografie eines Formationstanzes hoben die Köche und Kellner synchron die Hauben von den Platten und Töpfen. Sofort verbreitete sich ein unwiderstehlicher Duft, der den Zwischenfall bald vergessen ließ und die Enttäuschung über das schnelle Ende der Show linderte.

Mathildas Stresspegel war unverändert hoch, trotzdem meldete sich auch ihr Magen nach all der Aufregung. Aber ihr entging nicht wie das Boris Johnsen-Double, der pleitegegangene Herr Hansen, ein paar unbeachtete, zusammengeheftete Papiere aufhob, die im Eifer des Gefechts und dem Abtransport der Störenfriede auf die Wiese gefallen waren. Beunruhigt beobachtete sie, wie sich sein von Sorgenfalten zerfurchtes Gesicht langsam glättete und sich ein Lächeln darauf breitmachte. Hansen falte die Blätter, steckte sie in die Innentasche seiner Jacke und tänzelte zum Buffet.

Sie wollte sofort zu ihm und ihm die Papiere abnehmen, als Sam ihr ein Zeichen gab, mitzukommen. Als Mathilda ihm nicht unverzüglich folgte, packte er sie am Arm und zog sie mit ins Foyer. Auf einer etwas abseits stehenden Sitzgruppe hielt die Security die Männer fest, die kurz zuvor aus der Wiese geklettert waren. Deber stand schon breitbeinig vor ihnen und brüllte sie an, was die beiden nur mit schadenfrohem Grinsen quittierten.

Als der große Mann Mathilda und ihren Kollegen sah, hielt er schwer atmend und dunkelrot im Gesicht inne. Mathilda nahm ihn am Arm und führte ihn beiseite. „Lassen Sie Herrn Schulz mal machen. Der ist in solchen Fällen ziemlich gut. Haben die schon was gesagt?"

Deber schnaufte immer noch. „Unsere Quelle soll verseucht sein. Die behaupten, sie hätten ein Gutachten. Rein zufällig ist das natürlich verschwunden. Ist doch klar."

„Oh oh, das ist nicht verschwunden." Mathilda rannte an dem verdutzten Sam vorbei, der sich inzwischen zu den beiden gesetzt hatte, und lief zurück in den Park. Der

Barista, der an diesem Abend Cocktails servierte, stand im Weg und bot ihr einen Caipirinha an.

„Nein danke, aber ich brauche Ihre Hilfe. Sehen Sie den Mann da drüben? Herrn Hansen? Der mit den hellen strubbeligen Haaren."

„Der, der aussieht, wie Boris Johnson?"

„Ja, genau der. Er hat ein paar Papiere in der Jackettasche und die muss ich unbedingt haben. Warum kann ich jetzt nicht erklären, aber es ist wichtig. Können Sie ein Tablett Getränke über ihn schütten? Dann versuch ich ..."

„Rechte oder linke Tasche?"

„Rechte innen."

„Keine Sorge, ich mach das schon."

Elegant schlängelte er sich durch die Menge und näherte sich unauffällig dem Mann, der jetzt bereits deutlich angeschickert war und gute Laune versprühte wie ein Animateur im Mini-Club.

„Hoppla, Entschuldigung!" Der Barista hatte ihn nur kurz angerempelt, kam zu Mathilda zurückgeschlängelt und reichte ihr die Seiten.

„Wow, da erkennt man den Profi."

Sie faltete die leicht knitterigen Papiere auseinander. Als Erstes fiel ihr das Logo eines bekannten Instituts auf. Darunter stand groß und breit, dass es sich um ein Gutachten über Wasserqualität handelte. Der Rest bestand aus einer Auflistung unterschiedlicher Werte, die anscheinend teilweise auffällig waren, denn jemand hatte sie rot angestrichen.

Das alles sagte ihr zwar nichts, barg aber sicherlich genug Zündstoff, um einen solchen Auftritt zu rechtfertigen. Das galt vor allem für den abschließenden Satz: Gesundheitlich bedenklich, nicht als Trinkwasser geeignet, nicht als Heilwasser anerkannt, kann auf der Haut allergische Reaktionen hervorrufen.

Herr Hansen, immer noch grinsend, griff unterdessen in seine Innentasche und suchte das Gutachten. Als er es nicht fand, zog er die Jacke aus, als ob sich ein Schwarm Bienen darin niedergelassen hätte und schüttelte sie wild. Er krempelte alles um, presste sie wie eine Zitrone und blieb schließlich mit halb offenem Mund stehen. Die Falten gruben sich wieder ein, die Haut wurde fahler und der glückliche Ausdruck verschwand aus seinen Augen.

Mathilda lief zurück ins Foyer, wo sie bereits erwartet wurde, und reichte Sam das Gutachten. „Hier, das hatte sich Hansen unter den Nagel gerissen. Ich glaube, der wollte das irgendwie zu Geld machen. Jedenfalls sah er erschreckend glücklich aus."

Sam las stumm den Text und blickte dann besorgt zu Deber. „Das sieht nicht gut aus." Er reichte ihm die Blätter und der hochgewachsene Mann wurde mit jeder Zeile, die er las, kleiner.

„Das kann doch nicht sein. Wir haben ganz zu Beginn über die Wasserqualität ein Gutachten erstellen lassen. Das war einwandfrei. Das hier muss eine Fälschung sein!"

Schade lachte. „Ach Manfred, glaubst du echt, ich komme hier mit einer Fälschung an? Du weißt, dass es stimmt. Gut, den großen Auftritt habt ihr uns versaut, aber Kopien davon sind bei der Presse und liegen bei allen Gästen dieser Woche im Briefkasten. Ihr seid erledigt."

Mintzler seufzte vor Zufriedenheit, wie es sonst nur Lothar nach einer Massage zu hören bekam. „Sie haben doch wohl nicht geglaubt, dass ich so schnell aufgebe. Oder etwa doch? Nein, so dumm können Sie nicht sein."

„Doch ist er. Und die anderen beiden auch. Selbstgerecht, arrogant und hohl wie Christbaumkugeln." Schade und er gaben sich High Five.

Nikos Papadakis kam ins Foyer gerollt. „Was macht ihr denn hier? Die Gäste warten, es gibt die wildesten Spekulationen, was das eben war."

„Das war unser Ende. Wir sind erledigt." Deber sank auf einen samtbezogenen Mahagonistuhl. Papadakis nahm das Gutachten, warf einen Blick drauf und ließ sich von Mathilda kurz ins Bild setzen, wohin die Kopien unterwegs waren. Daraufhin stemmte er sich aus dem Rollstuhl und schlug blitzschnell auf Schade und Mintzler ein.

Mathilda war beeindruckt. Eine so schnelle und harte Linke hatte sie selten gesehen. Beide Schläge trafen auf den Punkt und Nasenbeine knickten.

Allerdings brachte es nichts außer Geschrei und Blutflecken auf dem teuren Mobiliar.

„Wir gehen trotzdem wieder raus. Carlos?" Nikos ließ sich wieder in den Rollstuhl fallen.

Ein bulliger Wachmann, der sich bis dahin im Hintergrund gehalten hatte, trat näher. „Nehmen Sie den beiden ihre Handys ab und bringen Sie sie weit weg. So weit, dass es ein paar Stunden dauert, bis sie wieder auf der Bildfläche erscheinen."

Carlos musste nur die Hand aufhalten und die blutenden Männer legten ihre Smartphones hinein. Dann folgen sie ihm vor der Tür. Aber sie grinsten schon wieder.

„Moment!" Mathilda stellte sich vor Nikos. „Das erklärt immer noch nicht, wer dich auf dem Kieker hat. Die beiden sind es wahrscheinlich nicht. Das ist eine andere Baustelle und passt nicht. Bleiben nur noch deine zweite Firma, deine Ex-Frau, was du nicht glaubst, und jemand, den wir noch nicht auf dem Schirm haben."

„Ist doch jetzt alles egal." Deber verbarg sein Gesicht in den Händen.

„Wie bitte? Ihnen ist egal, dass Ihr Kollege ermordet werden soll?" Mathilda konnte es nicht fassen.

„Wir sind geliefert! Haben Sie das nicht begriffen? Es ist eh alles vorbei." Deber war blass und zitterte, ein Häufchen Elend.

„Ja, aber wir leben und ich habe nicht vor, diese Anschläge so einfach hinzunehmen. Mathilda?" Nikos war noch nicht bereit aufzugeben.

Sie nickte zögerlich. „Ich will noch den finden, der die arme Moni auf dem Gewissen hat, meinen Kollegen Schulz beinah um die Ecke gebracht hätte und uns im Fahrstuhl eingesperrt hat. Aber dann ist Schluss. Dann schreib ich schnellstens eine Rechnung mit der Bitte um sofortige Begleichung, bevor der Gerichtsvollzieher hier auftaucht."

Deber und Professor Schulte-Hoffmann hatten sich wieder in den Park begeben, wo die Band inzwischen angefangen hatte zu spielen.

„Was für eine Nachricht schicken wir an die letzte Nummer, mit der Madam telefoniert hat?" Mathilda und Sam hatten sich mit Papadakis in das Billardzimmer zurückgezogen.

„Vielleicht, dass ich vorläufig nicht laufen kann und morgen Nachmittag allein im Haus bin. Ein Rollstuhlfahrer sollte in so einem Haus einen Unfall haben können."

„Du willst der Lockvogel sein? Traust du dir das zu? Wir wären natürlich hier in deiner Nähe."

Er nickte nur mit zusammengebissenen Zähnen. Sein kurz wieder hergestellter Gleichmut war völlig demoliert und man sah ihm an, wie sehr er sich zusammenreißen musste um nicht die Fassung zu verlieren.

„Gut, also. Papadakis ist ab drei allein in seiner Wohnung. Die Security hat frei, ich stell die Alarmanlage aus und lass die Hintertür offen, dann habt ihr freie Bahn. Sollen wir das so schreiben?"

Mathilda tippte schon. Sie feilten noch ein bisschen an der Formulierung und schickten die Nachricht dann ab.

Die Feier ging noch bis nach Mitternacht. Obwohl sich Deber und Schulte-Hoffmann kaum noch um die Gäste kümmerten, war die Stimmung gut und am Ende mussten sie sogar nachhelfen, damit die letzten, unter denen auch Ulla und der Club waren, endlich verschwanden.

Die Damen waren mächtig angeschickert. Eine von ihnen hing an Eugen Salz' Arm und versuchte auf Englisch auf ihn einzureden, verlor bei dem Versuch ein TH zu sprechen aber ihren oberen Gebissteil, den sie anschließend mit zwei weiteren auf den Knien rutschend im Gras suchte.

Nachdem sie sich erst einen ausgelutschten Zitronenschnitz und dann einen halben Bierdeckel in den Mund geschoben hatte, fand sie die Zähne endlich wieder.

„Wir sollten uns jetzt um Frau Deber kümmern." Mathilda war zum Umfallen müde, wusste aber, dass ihr Job für heute noch nicht getan war. Sam nickte und holte Papadakis dazu.

„Meint ihr, das bringt etwas? Sie wird nichts verraten. Und dann müssen wir sie gehen lassen." Nikos hatte dunkle Ringe unter den Augen und die Falten um seinen Mund ließen ihn zehn Jahre älter aussehen.

„Wir lassen sie nicht gehen. Nicht vor morgen Abend, wenn wir wissen, wer hinter der ganzen Sache steckt. Sonst warnt sie die Täter doch." Mathilda schüttelte den Kopf. „Aber du musst nicht mitkommen. Wir machen das schon. Wenn es was Neues gibt, ruf ich dich an."

„Jetzt ist niemand mehr draußen, wir könnten sie über Nacht im Bunker lassen. Da kann sie kaum Schaden anrichten, kommt nicht raus und vor allem, hört sie morgen früh keiner."

„Gute Idee, macht das. Ich fahr ins Bett."

Sie ließen Papadakis zurück und liefen um das Gebäude herum zur Hintertür. Frau Deber saß immer noch vor der Heizung und starrte Mathilda mit irrem Blick an. „Wenn ich das meinem Mann erzähle, bringt er Sie beide hinter Gitter. Das dürfen Sie nicht! Ich sage nichts ohne Anwalt."

„Echt jetzt? Glauben Sie wirklich, dass wir Sie hier an die Heizung fesseln und Ihnen dann einen Anwalt besorgen? Schauen Sie denn gar kein Fernsehen? Also nochmal. Mit wem stehen Sie in Kontakt und warum? Sie schaden sich doch selbst damit. Was haben Sie davon, wenn die Klinik pleitegeht?"

Frau Deber schwieg und starrte an Mathilda vorbei.

„Gut, dann gehen wir wieder und fragen morgen früh nochmal."

„Halt! Sie können mich doch nicht hier sitzen lassen! Mein Mann wird mich schon suchen."

„Doch wir können und nein, tut er nicht. Er schien Sie nicht besonders vermisst zu haben."

Sam schob Mathilda sanft zur Seite und mischte sich ein. „Hören Sie, Frau Deber. Das hat doch alles keinen Sinn hier. Wir haben Sie ertappt und werden Sie der Polizei übergeben. Aber erst morgen. Jetzt können Sie sich überlegen, wie Sie die Nacht verbringen wollen. Auf einem Kissen mit einer Decke? Es ist September und ziemlich frisch draußen. Vielleicht möchten Sie auch noch etwas Wasser und ein Stück von Maître Oliviers Rosmarinbrot mit seiner unnachahmlichen Kräuterbutter?"

Er öffnete eine kleine Dose, die er aus der Tasche gezogen hatte, und ein herrlicher Duft breitete sich aus. Frau Deber schlug die Augen nieder und seufzte. Sie zögerte noch einen Moment, aber Hunger und vor allem die Einsicht in die Ausweglosigkeit ihrer Situation ließen ihren Widerstand zerbröseln und es brach aus ihr heraus: „Ich war gegen das hier. Wir haben uns bis ans Ende aller Tage verschuldet. Wenn ich diesen Mistkerl jetzt verlasse, bekomme ich keinen Cent. Sie haben doch gesehen, wie er mich behandelt. Zu jeder Putzfrau ist er freundlicher. Er hat mich schon so oft vor allen Leuten runtergemacht."

Frau Deber geriet ins Stocken, aber Sam nickte ihr aufmunternd zu.

„Ich habe ein Angebot bekommen. Genug Geld um verschwinden zu können und irgendwo einen neuen Anfang zu machen. Oder würden Sie etwa bei ihm bleiben?" Sie blickte Mathilda jetzt direkt an.

„Ich hätte ihn erst gar nicht geheiratet."

„Natürlich hätten Sie das. Jede Frau hätte das. Er sah gut aus, war vermögend, weltmännisch, allen in seiner Umgebung haushoch überlegen. Da konnte ich doch nicht ahnen, was für ein Waschlappen er in Wirklichkeit ist."

„Und ihr gemeinsamer Sohn? Wollten Sie ihn mitnehmen."

Sie schüttelte den Kopf. „Sie können mich ruhig für eine Rabenmutter halten, aber der kommt vollkommen nach seinem Vater. Das konnte ich nicht mehr ertragen. Wenn ich ihn nicht selbst geboren hätte, würde ich nicht glauben, dass er von mir ist. Er hat zu Hause immer wieder mitbekommen, wie Manfred mich niedergemacht hat. Das geht an einem Kind nicht spurlos vorbei. Es gibt zwar manchmal diese tollen Kids, die ihre Mütter verteidigen

… Tja, meins nicht. Er probierte lieber genau das Gleiche. Das brauche ich nicht mehr."

„Und wer wollte Ihnen das Starkapital zahlen?"

Frau Deber zuckte mit den Schultern. „Keine Ahnung. Ist mir auch egal. Ich habe eine Anzahlung erhalten und nach jedem Versuch eine weitere Summe. Das alles lief übers Handy. Ich habe nie jemanden gesehen."

„Wie kamen Sie denn an das Geld?"

„Das wurde von einem Boten gebracht."

Mathilda übernahm wieder. „Was war genau Ihr Job?"

„Schwachstellen zu nennen und immer dann Handwerker anzufordern, wenn etwas geplant war. Beziehungsweise nicht nur Handwerker, sondern auch denjenigen hineinlassen, der hier irgendetwas manipulieren sollte. Die Person kam dann auf die Liste und durfte auch hinein."

„Ja und was genau war das Ziel?"

„Weiß ich nicht. Vielleicht wollte man irgendetwas kaputtmachen, oder die Klinik in Verruf bringen mit den ganzen Unfällen. Mir hat keiner Genaueres gesagt."

Sam schnappte nach Luft. „Sie haben den Tod von Menschen in Kauf genommen, nur um sich von Ihrem Mann trennen zu können? Sie haben Geld bekommen? Er hätte Sie auszahlen müssen!"

„Nein, wir haben einen ziemlich miesen Ehevertrag. Und was heißt denn den Tod von Menschen? Es ist doch gar nichts passiert! Es ist doch alles schiefgegangen, sagte man mir."

Mathilda konnte sich nur noch mühsam beherrschen und ging zur Tür. Sam hockte sich neben die am Boden sitzende Frau, öffnete die Brotdose und schob ihr ein paar Brocken in den Mund. „Sie sind Mittäterin. Das sollte Ihnen klar sein. Und wenn wir Sie erstmal angezeigt haben, brauchen Sie wirklich einen Anwalt. Einen Guten."

„So und jetzt kommen Sie."

Die kauende Frau sah Mathilda erstaunt an. „Was? Wohin? Ich gehe nirgendwo hin, bevor ich nicht weiß, was Sie vorhaben." Ihre Stimme wurde schrill und kleine Brotbröckchen flogen aus ihrem Mund.

Sie ließen sie zu Ende essen, dann löste Mathilda die Fesseln von der Heizung und band ihre Hände vorne zusammen. Dem hatte sie außer Gejammer und einem halbherzigen Versuch zur Tür zu krabbeln, nichts entgegenzusetzen.

Bevor sie das Gebäude wieder durch die Hintertür verließen, stopfte Sam Frau Deber eine Serviette in den Mund. „Verzeihen Sie mir, aber Ihre Stimme ist doch recht kräftig und wir wollen nichts riskieren. Aber das hier ist sicherlich sauberer und angenehmer als Gras."

Neben dem Denkmal des Erbauers angekommen, öffnete er die Bodenklappe und machte eine einladende Geste zu dem Loch im Boden. „Bitte sehr. Nach Ihnen. Ich halte Sie fest."

Frau Deber blieb wie angenagelt stehen und ein boshaftes Glitzern erschien in ihren Augen. Aber nicht lange. Die Technik, mit der Mathilda sie in das Loch beförderte, kam aus dem Kampfsport und nennt sich Fußfeger, womit schon das meiste gesagt ist. Sie brachte die Frau mit einem Ruck aus dem Gleichgewicht und fegte dann ihre Beine unter dem Körper weg, wodurch sie plötzlich am Rand des Lochs saß, ohne genau nachvollziehen zu können, wie sie dorthin gekommen war.

Gemeinsam mit ihrem Kollegen schob Mathilda sie dann noch ein Stück vor, von wo aus sie mit Panik in den Augen langsam nach unten kletterte. Schließlich wusste sie nicht, was sie dort erwartet.

Mathilda und Sam folgten, zeigten ihr kurz den Raum, der genug Komfort für eine Nacht bot, nahmen ihr die

Fesseln ab und verschwanden wieder. Die Tür zum Gang würde Frau Deber ohne Brechstange nicht öffnen können und oben auf die Klappe stellten sie einen schweren Blumentopf.

„Einen Moment noch, Frau Rosenbaum. Wie wollen wir morgen vorgehen?" Sam setzte sich auf eine der Parkbänke und klopfte auf die Sitzfläche neben sich.

Mathilda ließ sich seufzend nieder. „Ich schätze mal, das wird nichts für Sie. Wie wäre es, wenn Sie dafür sorgen, dass Deber und der Doc aus dem Weg sind? Ich schaff das hier mit Nikos schon allein. Wegen einem alten Mann, der noch dazu verletzt ist, wird keine Armee anrücken. Das sollte machbar sein. Schließlich haben wir die Überraschung auf unserer Seite."

„Sind Sie sicher? Wir könnten diesen Carlos bitten aufzupassen, dann haben Sie Verstärkung. Er schien mir recht durchsetzungsfähig."

Mathilda sah ihn von der Seite an. „Und wenn er dazu gehört? Nein, ich dachte mir, ich bleib bei Nikos und warte ab, was geschieht. Wenn jemand kommt, greif ich ein."

Sam schaute sie zweifelnd an, nickte dann aber. „Gut. Sollte mir noch ein besserer Plan einfallen sage ich Ihnen noch Bescheid."

24.

Am nächsten Morgen waren die übrig gebliebenen Gäste gut gelaunt am Frühstücksbuffet eingetroffen. Nur wenige hatten einen Kater, wie Herr Hansen, der mit gekämmten Haaren nur noch wie ein x-beliebiger Geschäftsmann aussah. Zu seiner Henkersmahlzeit nahm er sich alles, worauf er demnächst vermutlich verzichten musste: Schinken vom iberischen Schwein, Käse aus sämtlichen Regionen Frankreichs und Italiens und als Krönung für den Abschied zum frisch gepressten Orangensaft ein Gläschen Champagner. Dazu studierte er den Busfahrplan, den man ihm an der Rezeption ausgedruckt hatte.

Der Koch am Omlettstand gab alles und zauberte so cremige Kreationen, dass selbst eine eingefleischte Veganerin nicht widerstehen konnte. Sie schob dieses Trio aus Ei, Frühlingszwiebeln und zart knusperndem Bacon unter ein großes Salatblatt um es ungesehen in die hintere Ecke des Speisesaals zu tragen und dort zu verschlingen. Später wollte sie sich dafür geißeln, aber ließ sich das gleiche noch zwei weitere Male bringen, bis ihr von dem ungewohnten Fett übel wurde.

Alle anderen saßen zusammen und festigten ihr Netz aus Beziehungen. Obwohl sich die Gespräche nur um Golf, Skifahren und Lodges in Südafrika drehten, lasen die Kenner zwischen den Zeilen, wer sich als Kunde, wer als Partner eignete und um wen man besser einen Bogen machte.

Dazu gab es, wie an den vorangegangenen Morgen Frühstückstee mit unaussprechlichem Namen, Kaffee nur auf Nachfrage und Ballaststoffe in allen Formen und Geschmacksrichtungen. Berge von exotischen Früchten, duftendes Gebäck und abenteuerliche Marmeladenkreationen rundeten die Gespräche ab.

Boris Stalow kam auf Sam zu, der nachdenklich Quark auf seinen Teller löffelte, und klopfte ihm auf die Schulter. „Sam, mein Freund, wie siehts aus? Kommst du mich besuchen? Ich habe eine kleine Blockhütte in Sankt Moritz. Ganz bescheiden, aber zweckmäßig. Wir könnten Ski fahren, wenn es sein muss. Überleg es dir. Hier ist meine Karte."

Sam sah ihn erstaunt an. „Danke. Ich komme gerne. Wo ist der Akzent hin?"

„Ist jetzt nicht mehr nötig, er hat seinen Zweck erfüllt." Stalow zwinkerte ihm zu und verabschiedete sich dann, nicht ohne bei den Mitarbeitern ein äußerst großzügiges Trinkgeld zu hinterlassen.

Auch Barbara Wellen schlenderte auf Sam zu, als er sich gerade wieder an seinen Tisch gesetzt hatte. „Ich hoffe doch, wir gehen als Freunde auseinander, mein Lieber." Sie klopfte mit ihren langen Fingernägeln auf die Tischplatte. „Was in der Kurklinik passiert, bleibt in der Kurklinik, oder?" Ihre Stimme klang verführerisch, obwohl das jetzt gar nicht passte. Sam nickte nur und setzte sich dann endlich zu Mathilda.

Im Hintergrund saß Manfred Deber mit dem Schweizer am Tisch und hört sich an, was alles verbessert werden könnte. Der ideenreiche Gast hatte eine Mappe vor sich liegen und hielt ein Tablet in der Hand, auf dem er offensichtlich eine Präsentation vorbereitet hatte.

„Als Erstes sollten sie beim Frühstück die Cerealien umbenennen. Müsli heißt auf Schwiizerdütsch Mäuschen und klingt nicht sehr appetitlich. Dann wäre da noch der Raucherpavillon ..."

Dass Deber ihm kaum zuhörte, bemerkte er nicht, so leidenschaftlich war er bei der Sache. Dass seine Frau noch immer verschwunden war, schien ihm entweder noch nicht aufgefallen zu sein oder es war ihm egal.

Hansi Muntier stand am Eingang und gab allen, die fragten, Autogramme. Endlich bekam er die vermisste Aufmerksamkeit.

Dazwischen lief Frau von Kalbstadt herum. „Haben Sie Mozart gesehen?"

Niemand wusste, wo der Kater steckte. Schließlich gab sie auf. „Dann bleibst du eben hier, du treuloses Mistvieh!" Ihre schrille Stimme schallte durch den Raum, sie warf eine Tasche auf den Boden, drehte sich auf dem Absatz um und ging.

„Ein bisschen kann ich sie ja verstehen." Der Barista stand hinter Matilda und servierte ihr einen doppelten Espresso. „Sie hat in den ganzen Tagen hier nichts anderes gemacht als das Tier zu suchen." Er hob das Katzenzubehör auf, das aus der Tasche herausgefallen war.

„Und wo ist er?"

Ein Schulterzucken. „Mal hier, mal da. Er hat beschlossen hierzubleiben. Katzen suchen sich ihr Zuhause immer selbst aus."

Wenn Mathilda den Barista nicht längst ins Herz geschlossen hätte, dann wäre er jetzt dort eingezogen.

„Waren Sie schon bei der gnädigen Frau?" Mathilda lehnte sich mit der kleinen Tasse in der Hand zurück und grinste ihren Kollegen an.

Sam schüttelte den Kopf. „Nur mit Ihnen zusammen. Man sagt zwar von mir, dass ich ein Frauentyp bin – ja, lachen Sie nur – aber diese Ansicht dürfte Frau Deber zur Zeit nicht teilen. Und ich verfüge nicht über ausreichende Körperkraft um die Dame zu bändigen. Der Trick, mit dem Sie sie gestern in das Loch befördert haben, war ja wirklich zirkusreif. Ich war und bin beeindruckt."

„Ja, danke. Ich frag mal in der Küche, ob es noch Knäckebrot und eine Kanne kalten Kaffee gibt, die wir ihr bringen können. Nach dieser Kaltschnäuzigkeit gestern hab ich keine Lust, ihr irgendwas Gutes zu tun. Hab mich die halbe Nacht in Gedanken mit ihr auseinandergesetzt. Aber bei solchen Egomanen ist Hopfen und Malz verloren."

Die beiden wollten gerade aufstehen, als ein Schrei vom Buffet kam.

„Was ist denn jetzt schon wieder? Ein Fliegenbein in der veganen Leberwurst?" Mathilda drehte sich genervt um und sah, wie Yannic Gold auf die Knie sank.

„Hier, in der Müslischale! Ein Yin und Yang! Und dort, im Porridge! Das ist ein Zeichen!"

Fürsorglich legte der Barista dem Knieenden eine Hand auf die Schulter. „Komm, Yannic, das ist völlig ausgelutscht und das gab es so oft, lass lieber."

„Ausgelutscht?"

„Elvis, die Jungfrau Maria, Michael Jackson, Jesus alle sind schon auf Toastbrotscheiben erschienen. Ist voll durch die Nummer."

„Nein! Das hier ist echt! Siehst du das nicht? Das ist ein Zeichen für mich! Mein Leben ist aus der Balance! Ich muss hier raus! Raus aus dem Konsum, raus aus allem."

Er blickte sich mit weit aufgerissenen Augen um. „Versteht mich denn keiner?"

„Jetzt trägt es ihn völlig aus der Kurve. Wir werden auf Instagram verfolgen können, wohin. Kommen Sie, wir müssen die Bestie füttern." Sam und Mathilda ließen den verstörten Gold zurück, da er in den Händen des Baristas offensichtlich gut aufgehoben war.

Im Foyer hatte sich eine kleine Gruppe eingefunden, die vor der Abreise Heilwasser kaufen und mitnehmen wollte. Die Rezeptionistin versuchte ihnen immer wieder zu erklären, dass das Wasser nicht zum Verkauf war, was aber nur den angebotenen Preis in die Höhe trieb, aber nicht auf Verständnis traf.

Im Hintergrund ging Gold wieder in sein Zimmer und der Barista bekam die Nöte der Gäste mit. Schnell lief er zu der Gruppe, sprach leise mit ihnen und verschwand mit konzentrierter Miene. Die Gäste schienen zufrieden und gingen ins Billardzimmer. „Für eine letzte Partie."

„Er wird das Heilwasser besorgen. Sollten wir die Dame und die Herren warnen?" Sam sah ihnen besorgt hinterher.

„Ach was. In dem Gutachten stand ja nichts von tödlich. Kann also nicht so schlimm sein."

Unterwegs zum Denkmal des Erbauers fielen ihnen noch einzelne Gäste auf, die in Richtung Atelier Salz schlenderten. „Hoffentlich verschwinden die rechtzeitig. Es ist schon fast elf und ich will hier am Nachmittag niemanden mehr sehen. Wir brauchen auch noch einen vernünftigen Plan. Haben Sie eine Idee, wie wir Deber und Doc Schulte-Hoffmann lange genug loswerden?"

„Ja, ich war diesbezüglich schon tätig. Ein Bekannter von mir wird sich einer Wasserprobe und des Gutachtens annehmen und ich werde die beiden dorthin begleiten.

Ich hoffe, es ist immer noch in Ordnung, wenn ich den Attentäter Ihnen überlasse."

Mathilda blickte ihn mit großen Augen an. „Nein, das ist nicht okay. Was, wenn es mehrere sind? Sie könnten zumindest um Hilfe schreien, sich als Opfer anbieten oder Feuerschutz geben!"

Sam sah sie entsetzt an.

„War ein Scherz. Ich bin froh, wenn Sie hier nicht im Weg sind. Haben wir doch schon besprochen."

Erleichtert atmete Sam auf. „Davon abgesehen sollten Sie sich trotzdem nicht auf einen Kampf einlassen, sondern mehr auf Deeskalation und Aufgeben setzen. Ich weiß nicht, ob Sie gegen einen Profikiller bestehen können, auch wenn ich Ihre Fähigkeiten sehr schätze. Außerdem sollten Sie sich verstecken, um das Überraschungsmoment auf Ihrer Seite zu haben."

Mathilda nickte. „Stimmt. Und behalten Sie Deber und den Doc lange genug bei sich. Am besten, die kommen heute gar nicht erst wieder zurück."

Bei dem Denkmal angekommen, schoben sie den schweren Topf beiseite, der die Bodenklappe blockierte und öffneten den Bunker.

„Frau Deber? Alles in Ordnung? Ich bin es, Sam Schulz!"

„Unter dem Namen kennt sie Sie nicht."

„Ist doch egal, sie rührt sich nicht. O Gott, meinen Sie, sie hat sich etwas angetan?"

Ohne eine Antwort zu geben, kletterte Mathilda die Leiter hinab. Unten lag Frau Deber auf der Pritsche und schnarchte. Vor ihr stand eine leere Flasche des alten Cognacs und eine zweite angebrochene.

„Nichts passiert, die pennt. Hat sich am Schnaps vergriffen." Mathilda fühlte vorsorglich ihren Puls, der aber regelmäßig war und sprang zurück, als die Frau grunzend um sich schlug, dann zur Seite drehte und weiter schlief.

Inzwischen war Sam auf am Boden angekommen und begutachtete sie. „Lassen wir sie ihren Rausch ausschlafen. Vorsorglich sollten wir aber die übrigen Flaschen mitnehmen. Das ist nämlich kein Schnaps, sondern ein äußerst wertvolles Getränk, das nicht dazu da ist, seinen Weltschmerz auszuschalten."

„Eine Flasche davon haben Sie sowieso gewonnen. Als wir den Tunnel erkundet haben."

„Ich weiß, die habe ich mir schon genommen. Was machen wir mit diesen hier?"

Mathilda zuckte mit den Schultern. „Wir schnappen uns jeder noch eine, dann als Mitbringsel für Ulla und Robert zwei und eine geben wir Nikos, der ist noch der Normalste von den Dreien. Dann kriegt der Barista noch welche, der kann sie verkloppen und Eugen trinkt auch gerne was Gutes. Dann sind auch schon alle Pullen weg."

Sie packten die Flaschen in eine Holzkiste und brachten sie ans Tageslicht. Dort verschlossen sie wieder sorgfältig den Eingang und trugen ihre Beute in den Yogaraum.

„Viel Glück und passen Sie bitte auf sich auf." Sam sah an Mathilda vorbei und holte tief Luft. „Ich habe das Gefühl, Sie im Stich zu lassen."

„Klar tun Sie das, aber das ist ja unsere Abmachung. Sie reden, ich handel. Jetzt gucken Sie nicht so bedröppelt. Ist doch okay so." Sie lachte, klopfte ihm auf die Schulter und nahm eine der Flaschen. „Los, sonst ist Nikos tot und wir stehen hier immer noch rum und quatschen."

„An dieser Stelle teile ich Ihren Humor so gar nicht. Nehmen Sie die Sache bitte ernst! Hier, tragen Sie das bei sich, vielleicht hilft es." Sam reichte ihr eine Stofftasche.

„Ah, wieder Gimmicks aus dem kleinen Detektiv-ratgeber?" Mathilda öffnete den Beutel und sah hinein. „Taschenlampe, ein ... was ist das? Ein Fernrohr? Eine Flasche. Oh. Chloroform. Ja, das könnte nützlich sein. Und das hier? Ein Diktiergerät? Sie wissen aber schon, dass die Handys das heutzutage auch können? Kabelbinder. Das ist gut. Müsliriegel. Ach Herr Schulz, Sie sind wie eine Mutter. Vielen Dank."

„Hier, die haben wir im Bunker gefunden. Aber bitte nicht jetzt trinken." Mathilda reichte Nikos die Flasche Cognac.

Er stemmte sich aus seinem Stuhl hoch und humpelte auf sie zu. „Das ist ja unglaublich!" Er sah sie an, als ob sie den Schatz der Nibelungen gehoben hätte. „Gab es davon noch mehr? Die ist ein Vermögen wert!"

„Nein, das war die Einzige. Kannst du ja mit deinen Kollegen trinken, wenn alles hier glimpflich ausgegangen ist."

Er schüttelte den Kopf und stellte die Flasche auf den Tisch. „Hier geht nichts glimpflich aus. Die ersten beiden Gäste, die schon gestern abgereist sind, haben sich gemeldet, weil sie das Gutachten in ihrem Briefkasten gefunden haben. Sie wollen rechtliche Schritte einleiten, wenn wir nicht schnellstmöglich beweisen, dass das Wasser unbedenklich ist und die versprochene Heilwirkung aufweist."

„Na ja, dazu sind deine Kollegen ja mit Herrn Schulz unterwegs. Er meldet sich, sobald sie was Neues wissen."

Nikos nickte nur und hinkte zum Sofa, auf das er sich fallen ließ. „Wie geht es jetzt hier weiter?"

„Ich versteck mich gleich hier oben und dann warten wir. Das ist alles. Lass dich auf keinen Fall hier aus dem

Raum locken. Wenn jemand kommt, spiel auf Zeit und verrat mich nicht, egal was passiert. Du weißt, dass ich Kampfsportlerin bin?"

„Ja, das sagte man mir. Gut, ich vertraue dir. Aber mir geht die Muffe, das kann ich dir sagen." Nikos schluckte und sah sie ernst an.

„Was soll passieren? Es kommt einer, oder auch zwei, die versuchen wahrscheinlich, dich die Treppe runterzuwerfen, ich geh dazwischen, Ende."

„Ich kann mich wieder besser bewegen als gestern. Eben habe ich noch eine Spritze bekommen. Wenn ich mich in den Rollstuhl setze, denken die Attentäter, ich bin immer noch hilflos, das sollte sie auch täuschen. Und bis dahin?"

„Nichts bis dahin. Ich geh hier in die Küche und versteck mich im Besenschrank."

„Nein, die Klappe hier ist besser." Nikos zeigte auf eine niedrige, unscheinbare Tür an der holzverkleideten Wand, die die bis zum Boden gehenden Dachschrägen verbarg. Dahinter lagen ein paar alte Kissen und Wolldecken, aber ansonsten war genug Platz.

„Sehr gut, dann bin ich näher an dir dran und kann besser hören. Gibt es hier irgendwo eine Lücke? Ich will dich im Blick behalten."

Er reichte ihr sein Taschenmesser und sie bohrte kurzerhand eine Öffnung. „Hier, sieht aus wie ein Astloch."

Mathilda war zufrieden und kroch in den Raum. Dann zog sie das kleine Fernglas aus Sams Beutel. Es passte in die Öffnung und überrascht stellte sie fest, dass es einen Rundumblick erlaubte. „Gut, wenn du dich in den Sessel setzt, seh ich dich und die Tür." Sie nieste. „Wann hast du denn hier das letztemal Staub gesaugt?"

Nikos seufzte. „Ich habe noch nie Staub gesaugt. Wie gehts jetzt weiter? Einfach nur warten?" Er stand wieder auf, biss die Zähne zusammen, da ihm das trotz der Spritze offensichtlich Schmerzen bereitete, und humpelte ins Bad.

„Lies was oder meditier, ist mir egal, aber du musst dortbleiben. Hörst du mir überhaupt zu? Nikos!"

Die Klospülung rauschte und er humpelte zu seinem Bücherregal. „Ist ja gut. Ich lese. Kennst du die Gedichte von Hermann Hesse? Über das Glück. Die habe ich schon ewig nicht mehr in der Hand gehabt."

„Lies was du willst, aber wir sollten uns jetzt nicht mehr unterhalten. Sonst könnte ich mich auch neben dich setzen."

An die Kissen und Decken gelehnt scrollte gelangweilt Mathilda durch ihr Handy und versuchte den muffigen Geruch zu ignorieren und zu verdrängen, dass sich Spinnen gern solche Plätze als Heimat suchten. Ihre Mutter fragte sie, ob sie am nächsten Tag zum Kaffee kommen würde, ihre Cousine hatte sich eingeladen, deren Sohn wegen Betrugs im Gefängnis saß. Mathilda sagte ihrer Mutter zu und versprach sich aufzubretzeln wie nie zuvor. Die Cousine hatte jahrelang damit angegeben, dass ihr Sohn ja ein erfolgreicher Banker sei und wahnsinnig viel verdienen würde. Im Gegensatz zu einem Polizisten und einer Sekretärin. Dem musste man etwas entgegensetzen. Das war zwar oberflächlich, machte aber Spaß.

Zwei Stunden später war Mathilda kurz davor aufzugeben. Der Staub juckte in ihrem Hals und in der Nase, ihre Haut fühlte sich klebrig an, da es unter dem Dach langsam warm wurde. Sie hatte alle Motorrad-Ausstatter abgeklappert, die im Internet ein Angebot bereitstellten, diverse Online-Magazine gelesen und sogar die Berichte über das englische Königshaus. Sie konnte das Wetter für die nächsten zwei Wochen herunterbeten, mitsamt seinen Ursprüngen auf den Azoren und hatte die Patenschaft für einen weiteren Wal übernommen, damit Balou sich nicht so allein fühlte. Kam der Attentäter überhaupt noch?

Sam hatte eine Nachricht geschickt, dass die endgültige Analyse noch dauern würde, die Werte aber tatsächlich bedenklich seien. Er schrieb, dass Deber und Schulte-Hoffmann kurz davor waren, sich an die Gurgel zu gehen, sie schnauzten sich nur noch an.

Ulla wollte am Liebsten live dabei sein, wenn der Attentäter gefasst wurde und hatte gleichzeitig Angst um Mathilda.

Nikos stöhnte genervt in seinem Sessel und rutschte unruhig hin und her. Immer wieder legte er sein Buch beiseite, holte sich etwas zu trinken, humpelte ins Bad, zum Wohnzimmerfenster und zurück. Mathilda konnte sehen, wie seine Blicke zu dem Tischchen mit den Flaschen und bauchigen Gläsern ging, aber er beherrschte sich.

Zum hundertsten Mal überprüfte sie ihr Handy, das es auch ja keinen Laut von sich gab, checkte die Emails, fragte Sam, wie lang er die beiden noch hinhalten konnte. Nikos stand fast nur noch am Fenster, von wo aus er in den Park sah.

„Das wird heute nichts mehr. Glaub mir."

Sie antwortete nicht auf sein Murmeln. Das Handy von Frau Deber, das sie bei sich trug, zeigte schon seit dem frühen Morgen an, dass die Nachricht gelesen worden war. Es gab allerdings keine Antwort. Alle älteren Mitteilungen waren gelöscht, so konnte Mathilda auch nicht sehen, ob das so üblich war.

So leise wie möglich putzte sie sich mit einer der herum-liegenden Decken die Nase, um nicht niesen zu müssen. Nikos setzte sich wieder und nahm die auf dem Tisch liegende, ungeöffnete Post zur Hand. Plötzlich hörte Mathilda ein Geräusch. Es passte nicht hierher, es war beinahe ein leises Räuspern, mehr ein etwas zu lautes Atmen.

„Hallo, Nikos." Die Stimme klang schnarrend, wie die der Nazi-Kommandanten in alten Spielfilmen. Den Redner konnte sie aus ihrer Position heraus auch mit dem Fernglas nicht sehen.

Nikos fuhr herum. „Ingo? Was machst du denn hier?"

„Zu Ende bringen, wozu diese Stümper in den letzten Wochen nicht in der Lage waren. Schön hast du es hier."

„Was meinst du damit? Zu Ende bringen?"

Darauf folgte ein hohes keckerndes Lachen. „Du bist ein schlechter Schauspieler. Oder hast du diese Idioten wirklich nicht bemerkt, die dich in die ewigen Jagdgründe befördern sollten? Komm schon, das nehme ich dir nicht ab."

Nikos antwortete nicht. Endlich kam der Mann ins Blickfeld, aber Mathilda konnte nur seine helle Leinenhose und braunen Slipper von hinten erkennen. Er stand zu nah. Trotzdem schaltete sie die Handykamera an.

„Ihr habt mit eurer Quelle ja ganz tief ins Klo gegriffen, wie man so schön sagt. Ich habe es heute Morgen gehört."

„Ja, aber da ist das letzte Wort noch nicht gesprochen. Aber nochmal, was willst du hier? Und wie bist du reingekommen? Komm schon, Ingo, wir haben zwar die andere Firma zusammen, aber das heißt nicht, dass du hier so einfach hinein marschieren darfst."

Jetzt wusste Mathilda, wo sie ihn einordnen musste. Einer der Mitinhaber der Firma, die Nikos seit einiger Zeit Probleme bereiteten.

„Ach mein Guter, ob ich das darf oder nicht, ist doch ganz egal. Davon abgesehen war hier nicht abgeschlossen, keine Alarmanlage eingeschaltet, keine Security da. Das ist doch schon beinahe eine Einladung."

Der Mann trat etwas beiseite und Mathilda konnte Nikos wieder sehen, der jetzt langsam nickte. „Du willst mich also umlegen? Dir die Finger schmutzig machen? Das sieht dir gar nicht ähnlich."

„Nein, nicht doch. Das erledigst du schön selbst. Da bin ich mir sicher. Und bevor du irgendwelche Tricks probierst oder geheime Knöpfe drückst, hör mir erst ganz genau zu." Seine Stimme war tiefer geworden und klang jetzt drohender. Mathilda würde noch warten, was er zu sagen hatte und dann herauskommen. „Hier, wirf mal einen Blick auf das Handy." Ingo trat einen Schritt vor und legte etwas auf den Tisch. „Schau genau hin. Na? Erkennst du sie?"

Nikos keuchte. „Das ist meine Tochter! Das ist Sahra!"

„Ja, süß, nicht? Sie ist bei Hanne. Aber schau hin und hör zu."

Mathilda vernahm Geräusche und Stimmen, dann eine helle Kinderstimme. „Hallo, Papa, ich bin mit Hanne im Stall! Siehst du das Fohlen hier? Es ist erst seit ein paar Stunden auf der Welt. Ich darf ihm einen Namen geben. Siehst du es? Es ist ganz schwarz und hat einen weißen Punkt auf der Stirn, ich nenn es Schneeflöckchen. Es ist so süß! Schenkst du es mir zum Geburtstag? Schau mal es nuckelt an meinen Fingern. Bitte, Papa, ich wünsch mir auch nie wieder was. Hanne geht gleich noch mit mir reiten, sagt sie. Ich darf auf einem großen Pferd reiten, weil ich schon acht bin! Tschüss, Papa und vergiss nicht, mir Schneeflöckchen zu schenken!"

„Was habt ihr mit ihr vor?" Nikos Stimme donnerte durch den Raum, dass das Geschirr klirrte. Er stemmte sich hoch und ging einen Schritt auf Ingo zu.

„Bleib schön sitzen. Ihr wird gar nichts passieren, solang du machst, was ich sage. Setz dich hin." Die Stimme klang jetzt etwas schriller und Ingo stand wieder näher an der Tür, hinter der Mathilda saß Nikos ließ sich auf den Stuhl sinken. „Du nimmst ein Blatt Papier und schreibst einen schönen Abschiedsbrief an deine Lieben. Und wie sehr dich die Nachricht getroffen hat, dass die Quelle vergiftet ist. Und dass dich das derart mitnimmt, dass du dein Leben beendest. Du kannst diesen Verlust nicht verwinden."

„So ein Quatsch! Das nimmt mir doch kein Mensch ab!"

„Nein, nicht so einfach, aber im Zusammenhang mit einer größeren Menge ... was haben wir denn hier ... ah altem Cognac bestimmt. Nein, der ist zu schade für dich. Wodka. Schon besser. Zu der Pleite kommen die Alkoholsucht, die Einsamkeit und die Altersgebrechen, die dir das Leben schwer machen. Die Anzeichen einer beginnenden Demenz, da wärst du nicht der Erste, der sich das Licht auspustet. Schreib jetzt. Hanne ist mit der Kleinen schon unterwegs. Wenn sie in spätestens dreißig Minuten nichts von mir hört, wird dein Töchterlein einen ganz, ganz schlimmen Reitunfall haben und mit dem Köpfchen auf einen Felsen knallen. Und du kennst Hanne, die macht keine halben Sachen."

„Nein, sie hat keinerlei Mitgefühl, ich weiß." Nikos schielte kurz zu der Klappe hinter der Mathilda saß.

„Es hat medizinische Ursachen, sie kann nichts dafür."

„Aber so etwas bringt sie nicht."

„Willst du das riskieren? Willst du jetzt eine halbe Stunde mit mir diskutieren oder willst du deine Kleine retten. Dich opfern. Das machen Väter doch so, oder? Und fang schon mal an zu trinken. Ich hätte gerne, dass du so richtig schön betrunken bist."

„Du Schwein, ich bring dich um!" Nikos sprang auf und wollte sich auf den Mann vor ihm stürzen, doch der ging einfach nur einen Schritt zur Seite und Nikos fiel hin.

„Nein, das machst du nicht. Und jetzt setz dich hin und schreib." Er schob ihm den Stuhl zurecht und füllte Wodka in ein Wasserglas.

Mathilda war der Schweiß ausgebrochen. Kindesentführung. Hier war die Grenze. An der Stelle wusste sie endgültig, dass sie nicht mehr allein weitermachen durfte.

Mit zitternden Fingern unterbrach sie die Videoaufzeichnung und schrieb ihrem Bruder bei der Polizei eine Nachricht. „Ein achtjähriges Mädchen wurde entführt, soll getötet werden. Sucht einen Reitstall im Umkreis auf dem heute oder gestern ein schwarzes Fohlen mit weißem Fleck geboren wurde. Von dort ist sie mit einer erwachsenen Frau namens Hanne losgeritten und soll einen schweren Unfall haben. Es ist ernst! Schreib SOFORT, wenn ihr sie habt."

Sie schrieb den gleichen Inhalt an Sam, mit der Ergänzung, was gerade passiert war.

Von ihrem Bruder kam die Nachricht: „Hab verstanden." Mathilda wusste, dass er ihr glauben und sofort handeln würde. An der Stelle gab es keine Geschwisterkabbeleien mehr.

Angespannt saß sie an der Tür und starrte angestrengt durch das Fernrohr. Nikos hockte am Tisch und schrieb, dann zerriss er das Papier und fing von vorne an. Wieder und wieder begann er mit dem Mann zu diskutieren, schrie ihn an, flehte, murmelte, bettelte. Aber der deutete nur auf das Blatt und zwang ihn, weiter zu schreiben und mehr zu trinken.

Mathilda fragte ihren Bruder minütlich, ob sie den Stall gefunden hatten. Sam erkundigte sich, was er tun könnte. Sie wusste es nicht, es war zum Verrücktwerden. Der Mörder stand vor ihr und sie durfte ihn nicht zur Strecke bringen, sich nicht auf ihn stürzen und ihm so weh tun, wie es jemand, der Kinder entführte, ihrer Ansicht nach verdiente.

Dann kam die erste gute Nachricht. „Wir haben den Stall gefunden. Suchen mit Drohnen nach den beiden. Motorradstaffel ist hierher unterwegs."

„Was hat es zu bedeuten, dass diese Hanne aus einem medizinischen Grund kein Mitgefühl hat?" Sie schickte die Frage an Sam.

„Sie wird eine Psychopathin sein. Dahinter steckt, dass der untere Teil des Frontallappens, also der orbitofrontale Cortex und Teile des Schläfenlappens, insbesondere der Amygdala, gar nicht oder kaum aktiv sind. Sie empfindet keine Empathie. Das ist bei etwa einem Viertel der Führungskräfte größerer Firmen auch der Fall. Beim Rest der Bevölkerung nur zu einem Prozent. Die werden aber nicht alle kriminell, sie haben nur kein Mitgefühl und manipulieren ihr Umfeld. Wenn das bei Hanne tatsächlich der Fall ist, wird sie kein Problem haben das Kind umzubringen, wenn sie einen persönlichen Vorteil davon hat. Dieser Ingo sollte sich aber auch vorsehen. Sie wird sich abgesichert haben, damit sie das Risiko nicht allein trägt. Im Zweifelsfall wird sie auch ihn über die Klinge springen lassen."

Mathilda leitete die Antwort sofort an ihren Bruder weiter, um ihn und seine Kollegen entsprechend zu informieren.

„Du hast noch fünfzehn Minuten, mein Alter. Danach hat deine Tochter einen Unfall. Willst du sie nochmal hören?" Ingo nahm das Handy und tippte darauf. „Hanne? Ich glaube, unser Freund Nikos glaubt uns nicht. Er braucht eine Ermunterung. Wie geht es der Kleinen?"

Herzzerreißendes Weinen war im Hintergrund zu vernehmen. „Papa! Hol mich hier weg! Ich will nicht mehr! Ich will nach Hause! Papaaaa!" Das Weinen brach ab.

„Du bist genau wie sie. Wie kannst du dir das anhören, ohne mit der Wimper zu zucken?" Nikos' Hand lag zur Faust verkrampft auf dem Tisch, sein Körper war wie zum Sprung angespannt.

„Die Frage ist doch vielmehr, wie kannst du das anhören? Es ist dein Kind, deine jüngste Tochter, die mit den großen himmelblauen Augen, den hellen Locken und den Sommersprossen. Du bist an ihrem Tod schuld. Hanne und mir passiert nichts. Es wird ein Unfall sein und du hast keinen Beweis. Aber du wirst immer wissen, dass du es hättest verhindern können. Dass dir dein Leben mehr wert war als das deines unschuldigen Kindes. Komm, trink noch ein bisschen und dann schreib endlich zu Ende."

Wieder sah Nikos in Mathildas Richtung. Seine Augen waren feucht, sein Blick ratlos, leer und flehend. Ingo bemerkte es und drehte sich um. „Was ist denn da? Warum starrst du zu der Tür?"

Wie von einer Sprungfeder angetrieben sprang Mathilda zu Seite und zog eine Decke über sich. Sie hielt die Luft an, als er die Tür aufriss und hineinsah. „Wolldecken. Willst du eine Wolldecke? Ist dir kalt?" Er warf die Tür wieder zu.

Mathildas Nase kribbelte unerträglich, schnell drückte sie sich alles an Kissen und Decken vor das Gesicht, was sie erwischen konnte, als sie auch schon niesen musste.

„Habt ihr sie?" Die nächste Nachricht an ihren Bruder.

„Nein. Der Wald ist dicht und die Drohnen dürfen nicht zu tief fliegen, um die Pferde nicht zu erschrecken."

Mathilda hatte sich aus dem Deckenberg befreit und starrte erneut durch das Fernglas. Nikos schrieb mit zitternden Händen. Blass, als ob er schon jetzt mehr tot als lebendig wäre, blinzelte er immer wieder Tränen aus den Augen, traute sich aber nicht mehr zu ihr zu schauen.

Ingo stand hinter ihm, stieß ihn an, wenn er zögerte, goss nach, wenn das Glas leer war. „So, das reicht. Gib her. Die Zeit ist um." Er riss ihm das Blatt aus der Hand.

„Nein! Ich habe einige noch nicht erwähnt, ich muss allen etwas schreiben. Gib den Brief her!" Nikos stand schwankend auf, musste sich am Tisch festhalten und lallte nur noch.

Ingo überflog das Blatt, legte es wieder hin und packte ihn am Arm. „Willst du, dass ich Hanne rechtzeitig anrufe? Ja? Dann komm, raus jetzt. So voll, wie du bist, dachte ich mir, du stürzt dich den Aufzugschacht hinunter. Der ist noch offen habe ich eben gesehen. Ts ts ts, fahrlässig sowas. Komm, ich helfe dir. Am besten mit dem Kopf voran, das ist am sichersten."

Nikos wehrte sich, strauchelte, drehte sich wieder mit aufgerissenen Augen zu Mathilda um, klammerte sich am Türrahmen zum Flur fest, schrie auf, als sein Knie gegen die Tür knallte, torkelte ein Stück zurück, als er sich losriss.

Jetzt konnte sie nicht mehr warten. Mathilda sprang aus ihrem Versteck, warf sich auf Ingo, riss gleichzeitig Nikos zur Seite, der daraufhin fast von selbst in den Schacht gestolpert wäre. Ingo stürzte, wehrte sich mit aller Kraft und traf sie mit dem Ellenbogen im Gesicht. Sie schlug zurück und versuchte seine Arme zu packen, doch er landete noch einen Treffer in ihrem Magen, bevor es ihr endlich gelang ihn auf den Bauch zu drehen.

Schließlich saß sie auf dem Rücken des Angreifers und drehte ihm den Arm um. Etwas weiter, als nötig.

„Das war ein Fehler. Jetzt ist es vorbei mit der Kleinen. Sie müsste jeden Moment ..."

„Schnauze halten." Mathilda zerrte ihr Handy aus der Hosentasche. Immer noch keine Nachricht. Dafür klingelte Ingos auf dem Tisch.

„Das ist Hanne. Sie will wissen, was los ist. Tja, schade aber auch. Ich werde ihr nicht sagen können, dass sie das Kind laufen lassen kann. Eine Schande aber auch." Ingo verzog das Gesicht vor Schmerz, als Mathilda seinen Arm noch ein bisschen höher zog. „Sie wartet nicht. Das war so vereinbart für den Fall, dass ich überwältigt werde."

„Dann geh ran und sag, dass Nikos tot ist."

„Ist schon zu spät, ich hätte beim ersten Klingeln dran gehen müssen."

Nikos saß mit dem Rücken zum Treppengeländer, die Augen geschlossen, Tränen strömten über sein Gesicht, immer wieder schüttelte es ihn, dann drehte er sich zur Seite und erbrach sich auf den Teppich. Sein Blick fiel auf den offenen Schacht und er kroch langsam in die Richtung.

„Was machst du denn da? Hör auf mit dem Quatsch! Die Polizei hat deine Tochter schon entdeckt." Mathilda saß immer noch auf Ingo und hielt Nikos am Bein fest. Hatten sie das wirklich?

Als der Angreifer stabil am Boden lag, wagte sie einen Blick auf ihr Handy. „Wir haben sie. Die Motorräder fahren jetzt hin und holen sie. Alles okay. Ich hoffe, du bist sicher, dass sie entführt wurde."

25.

Mathilda betrat den Flughafen, den beinahe auf Normalgewicht abgemagerten Corgi Charles unterm Arm, um Ulla und Robert nach ihrer Sansibar-Reise abzuholen. Die vergangenen zwei Wochen waren noch voller Nachbeben zum Fall Waldemut-Klinik gewesen. Die Nacht würde lang werden, bis sie Ulla alles erzählt hatte.

Sie wollte sich gerade auf den Weg zum Gate machen, als ihr jemand auf die Schulter klopfte. Überrascht drehte Mathilda sich um und stand dem Barista gegenüber, der einen Gepäckwagen bei sich hatte.

„Sie hier? Wo geht es hin? Zum nächsten Hotel?" Mathilda lächelte ihn an.

„Nein, dank Ihrer Flaschen Cognac kann ich mir eine kleine Auszeit nehmen. Wussten Sie, was Sie mir da vermacht haben?"

„Ja, ein ziemlich altes und edles Gesöff. Schön, dass Sie es gut verkaufen konnten."

„Konnte ich, ich habe in eine alte Gärtnerei investiert und warte jetzt darauf, dass Gras legalisiert wird. Dann steige ich da groß ein. Bis dahin fliege ich nach Jamaika. Bildungsreise sozusagen."

„Gute Idee! Viel Erfolg dabei!"

Der Barista winkte und verschwand im Getümmel und Mathilda lächelte ihm noch eine Zeitlang nach bevor sie in die andere Richtung eilte um Ulla und Roberts Ankunft nicht zu verpassen.

Inzwischen hatte sie die Kaffeemaschine aus dem Keller der Klinik zu Hause stehen, nachdem Eugen sie repariert hatte. Aber das letzte Geheimnis des perfekten Espressos wurde ab Werk nicht mitgeliefert und flog gerade nach Kingston.

„Hier sind wir! Huhu!" Mathilda hätte Ulla beinahe nicht wiedererkannt, so braungebrannt, wie sie war. Auch Robert sah phantastisch aus und strahlte sie an. Der Hund war nicht mehr zu halten und stürzte fiepend, bellend und vor Freude jodelnd auf Ulla zu. Mit vollem Körpereinsatz wedelnd und springend warf er sie fast um, während sie ihn umarmte und küsste.

Mathilda lachte und half Robert die Koffer auf den Gepäckwagen zu hieven. „Na, dann erzählt mal."

Zu Hause angekommen wusste sie alles über Sansibar und musste Robert gleich ins Büro fahren. Er hatte einen Termin mit Frau Wellen, die nicht mehr warten konnte, die Scheidung von ihrem derzeitigen Mann einzureichen. Ihr Kurschatten nach Sam hatte sich wohl bewährt und da durfte der Gatte nicht mehr im Weg sein.

Ulla setzte sich an den Küchentisch und ließ sich von Mathilda Tee und Scones servieren. „Selbstgebacken. Okay, nicht so gut wie deine, aber ich hab mir alle Mühe gegeben."

Dass sie dafür dreimal Teig machen musste, verriet sie nicht. Die Ersten hatten sogar Charles und Sams Dobermann Willi verschmäht.

„Jetzt erzähl! Was ist hier passiert, wie ging es mit der Klinik weiter?"

„Madam Deber sitzt noch in Untersuchungshaft, die drei Häuptlinge werden den Laden wohl schließen müssen."

„Echt? Ist die Quelle wirklich vergiftet?" Ulla bot Charles einen Scone an, aber der drehte den Kopf zur Seite.

„Mal ja, mal nein, das ist noch nicht so ganz raus. Aber ein paar der ersten Gäste haben ihre Anwälte mobilisiert und klagen. Angeblich sind sie im Nachhinein krank geworden. Das wird verdammt teuer. Für wen, ist noch nicht raus. Die Gesellschafter hatten ja ein eigenes Gutachten, das bescheinigte, dass es Heilwasser ist. Das dauert Jahre. Neue Gäste werden bis dahin nicht auftauchen." Mathilda nahm sich auch ein Gebäckstück, legte es nach dem ersten Bissen aber zur Seite.

„Ist nicht schade drum. Der Laden war ganz schön überkandidelt."

„Ja, es hat sich erst mal auskandidelt. Deber muss sich jetzt um den Sohn kümmern und ist mit ihm bei seiner Mutter eingezogen. Die liebt den Kleinen wohl abgöttisch und kommt mit ihm zurecht.

Schulte-Hoffmann hat es schwerer getroffen. Sein Mann und die Schwiegereltern machen ihm das Leben zur Hölle. Nikos sagt, der will auswandern, so nach dem Motto, ich geh mal Zigaretten holen."

„Kann ich mir vorstellen. Ist ja ihr Geld, das versenkt wurde. Und die Kindesentführer? Ich hoffe, die kommen lebenslänglich hinter Gitter!"

Mathilda zuckte mit den Schultern. „Wahrscheinlich. Ich hab das Gespräch auf dem Handy, Nikos war im entscheidenden Moment zwar sternhagelvoll, aber er konnte sich an alle Details erinnern und sie zu Protokoll bringen. Ich werde als Zeugin vor Gericht geladen sein."

„Hoffentlich versucht Herr Papadakis nicht, sich zu rächen. Sonst landet am Ende er im Knast."

„Nein, der sitzt mit seiner Tochter die meiste Zeit im Stall bei dem Fohlen und weicht ihr nicht mehr von der Seite. Die sind wirklich süß zusammen, die zwei. Tja und wenn er nicht dort ist ..." Mathilda kicherte.

„Hm? Sag schon. Was ist so lustig?"

„Na ja, dann trifft er sich mit Victoria mit c."

„Ernsthaft? Mit dieser blöden Pute?"

„Er himmelt sie an. Schräges Pärchen, aber nett, ich hab sie bei Eugen getroffen."

Ulla lachte. "Stimmt ja, Eugen. Was wird denn jetzt aus dem? Kann er trotzdem dortbleiben?"

„Ich hab ihn vorgestern besucht. Er hat ja einen eigenen Pachtvertrag, der noch ewig läuft und unabhängig von einem Verkauf ist. Aber er hat trotzdem Befürchtungen, gehen zu müssen, je nachdem wer das Anwesen als nächstes kauft. Ach ja, Mozart wohnt jetzt bei ihm. Er hat dem Kater einen Winterpullover gestrickt. Sieht total abgefahren aus. Eugen sagt Mozart inspiriert ihn, mehr Hässliches zu wagen, dem Abstoßenden Liebe, Sinn und Tiefe zu geben. Oder so ähnlich."

Ulla lachte wieder. „Das muss ich mir ansehen. Ich hatte schon befürchtet, du würdest ihn mit hierher bringen."

„Eugen?"

„Nein, Mozart."

„Um Gottes willen. Nein, er ist ein Einzelgänger. Aber ich hab was anderes ... ähm ... veranlasst."

„Oje. Ist es schlimm?" Ulla hielt sich am Tisch fest. „Sag schon."

„Mach nicht so ein Theater, schlimm ist es nicht. Wir haben die Eulen umgesiedelt. Sie wohnen jetzt in Roberts Burgturm, ganz oben. Er hatte mir doch einen Schlüssel gegeben, damit ich die Katze füttere. Ich hoffe, er hält das für eine gute Idee. Was meinst du?"

Ulla stützte das Kinn in die Hand. „Hm, sagen wir mal so. Sie galten im Mittelalter als Todesboten und es gab den Brauch eine Schleiereule an ein Scheunentor zu nageln, damit diese von Feuer verschont bleibt. Aber sie gelten auch als Sinnbild der Weisheit. Ich hoffe für ihn, er entscheidet sich für Letzteres, sonst müsste ich ihn danebenhängen und das wäre schade." Sie zuckte die Schultern. „Wir werden sehen. Was macht Sam?"

„Oh, der Herr Schulz, der ist noch in der Waldemut-Klinik."

„Was? Warum das denn?"

„Ich hab ihm ein kleines Geheimnis der drei Herren anvertraut, das ihn und seine Studentenverbindung betraf. Hatte Nikos mir bei unseren schweren Stunden im Aufzug verraten. Das hat meinen lieben Kollegen dermaßen in Rage versetzt, wie ich es ihm ehrlich gesagt gar nicht zugetraut hätte. Jedenfalls, um seinen Seelenfrieden wiederzuerlangen, hatte er sich, auf deren Kosten für die letzten zwei Wochen dort einquartiert. Die Angestellten mussten ja eh noch dort bleiben, wegen der Kündigungsfristen. Sam genießt also die Exklusivbehandlung von Lothar, Maître Olivier, Doc Schulte-Hoffmann und all den anderen. Jetzt ist er butterweich, wiegt angeblich zehn Kilo weniger, was ich ihm aber nicht glaube und hat seine Chakren ins Gleichgewicht gebracht. Und einige seiner sonstigen Wehwehchen sind auch geheilt. Dafür hat er den Verbindungsbrüdern verziehen."

„Kluger Mann."

„Unbedingt. Bei Lothar war ich auch nochmal. Und letzten Samstag war ich auf Monis Beerdigung. Schulte-Hoffmann schien wirklich mitgenommen von ihrem

Tod. Deber tauchte gar nicht erst auf. Nikos war kurz da, grinste aber immer, wenn er eine Handy-Nachricht bekam. Wir haben Moni vor der Polizei verschwiegen, ich war eh nicht dabei, als es passierte und Spuren gab es auch keine mehr."

„Und du? Was hast du gemacht?"

„Ich habe eine neue Liebe gefunden."

Ulla verschluckte sich und hustete. „Was? Das sagst du mir jetzt erst?"

„Mein neuer Schatz heißt Suzuki V-Strom 650 und wohnt ab sofort in der Garage. Ein Traum sag ich dir! Ich weiß nicht, wie ich es all die Jahre ohne ein Bike ausgehalten hab. In der Nachmittagssonne über Erwins abgeerntete Felder brettern, ich sag dir das ist unvergleichlich. Bei der Gelegenheit hab ich festgestellt, dass der Schatz im Gelände schneller ist als Erwins Schäferhunde."

„Ach so. Du hast sie schon? Lass uns doch eine Runde drehen!"

„Das geht leider nicht. Um weiterhin einen Bruder zu haben, musste ich sie für die kommenden zwei Wochen Michael überlassen. Wir haben sämtliche Anschläge zusammengetragen und dokumentiert, alles berichtet, was wir erlebt haben, aber immer dazu geschrieben, dass nie was passiert ist, es keine Beweise gab und wir keinen Zusammenhang erkennen konnten. Erst am Schluss. Jetzt fehlen der Polizei natürlich die Anhaltspunkte, um nach den Auftragsmördern zu suchen. Die Überwachungska-merabilder von dem falschen Poolbauer sind der einzige Hinweis, aber auch nur ein ganz schwacher, da ja die Tat selbst nicht aufgezeichnet wurde. Michael ist mal wieder tierisch sauer auf mich und behauptet, dass wir daran schuld sind, dass die Mörder davonkommen und Detek-tive verboten werden sollten. Dabei war die Polizei ja vor

Ort, als der Mann vom Gerüst gefallen ist und haben das als Unfall deklariert. "

„Ermittelt dein Bruder denn selbst? Das ist doch gar nicht seine Abteilung."

„Nein, aber du weißt doch, wie er ist. Er fühlt sich verantwortlich für den gesamten Rechtsstaat. Ist zwar Blödsinn, aber jetzt nicht zu ändern." Mathilda entsorgte die restlichen Scones im Mülleimer.

„Vielleicht verraten die beiden, die Nikos umbringen wollten, noch wen sie beauftragt haben." Ulla löffelte etwas Marmelade aus dem Glas und ließ Charles sie abschlecken.

„Dann wären sie schön blöd. Die ganzen alten Vorfälle können doch gar nicht mit ihnen in Verbindung gebracht werden. Nur die Nummer mit Nikos Tochter. Aber das reicht für ein paar Jahre Gefängnis."

Ulla seufzte, dann nestelte sie an ihrem Handy. „Hast du den schon gesehen? Seit der Party folge ich ihm auf Insta. Ist doch verrückt." Sie schob das Gerät zu Mathilda. Zu sehen war Yannic Gold, der mit kahl rasiertem Kopf in einer Art orangenen Tunika vor einer überwältigenden Bergkulisse auf dem Boden saß. „#erleuchtung, #tibet, #buddhismus #meditation #kloster #novize. Ich bin in einem Jahr wieder bei euch kisses from #Yannic, der von seinen #Brüdern jetzt #Migmar genannt wird. Was so viel heißt wie #dererleuchtete."

Mathilda scrollte durch die Kommentare. „Der Erleuchtete? Hier steht, dass Menschen, die an einem Dienstag geboren wurden, Migmar genannt werden. Wie gemein. Das sollte ihm doch keiner sagen. Na ja, Hauptsache er wird dort glücklich und die werfen ihn nicht in die nächste Schlucht, wenn er ihnen auf die Nerven geht."

„Ach was. Die sind tiefenentspannt und betrachten ihn höchstens als göttliche Prüfung. So, schauen wir nach vorne und vergessen den ganzen Klinikkram." Ulla trommelte auf den Tisch. „Jetzt wird das Mittelalterfest geplant! Das wird ein Spaß!"

Wollen Sie wissen, wie es mit den Detektiven weiter geht? Dann senden Sie mir eine Email an „mail@lieblingskrimis.com" und ich halte Sie über „Lieblingstatort" auf dem Laufenden.

Außerdem freue ich mich über eine Rezension im Internet beim Händler Ihres Vertrauens.

Danke!

Wenn die erste Idee für ein Buch heranreift, ist es die Familie und sind es Freunde, die sich immer wieder nicht nur eine Zusammenfassung nach der anderen anhören, Versionen lesen und an der Gestaltung mitarbeiten.

Lieber Kurt, vielen Dank für Deine Anmerkungen und Anregungen bei den zahllosen Leseproben, Abschnitten und für das schöne Cover.

Liebe Alli, vielen Dank für Deine zahlreichen Anmerkungen als Testleserin.

Liebe Doris, liebe Claudia vielen Dank für Eure Hilfe bei der Korrektur der ersten Fassung und liebe Andrea für den allerletzten Durchgang!

Darüber hinaus möchte ich mich bei Stefan Waldscheidt für das deutliche Plottgutachten und bei Jeanette Lagall für das fachmännische Lektorat bedanken.

Damit fing es an:

ISBN: 978-3741251283
Taschenbuch

oder im Buchhandel

Ebook

Der Detektiv ist tot, ertrunken im Teich eines Golfplatzes. Die Polizei geht von einem Unfall aus.

Nicht so seine Mitarbeiterin Mathilda.

Die will seinen Mörder suchen. Dabei steht sie sich mit ihrer unkonventionellen Art und ihrer kompromisslosen Tierliebe selbst im Weg.

Außerdem muss sie sich mit Sam, dem Neffen des Verstorbenen, auseinandersetzen, der das Detektivbüro samt Unterlagen sofort verkaufen will und mehr Phobien hat, als ein Bauernkater Flöhe.

Nur ihre, dem britischen Königshaus treu ergebene, Freundin Ulla, deren Corgi Charles und die Herren des Hauses, die Kater Ben und Eddi unterstützen sie.

Das Ganze ist aber nur so lange lustig, bis der Mörder sich wieder meldet. Mit einem Angebot, das man nicht ablehnen sollte.

Damit ging es weiter:

ISBN: 978-3751968591
Taschenbuch

oder im Buchhandel

Ebook

Ausgerechnet in einem Pelzgeschäft soll die tierliebe Privat-
detektivin Mathilda undercover ermitteln! Aber hier ist sehr
viel Geld aufgetaucht und kurze Zeit später ein Mann spurlos
verschwunden. Im Büro hängen alte Waffen und eine Groß-
wildjägerin näht flauschige Westen, die gar keine Westen sind.

Eine echte Herausforderung für Mathilda und ihren so gebilde-
ten, wie zartbesaiteten Kollegen Sam. Doch zum Glück gibt es
tatkräftige Unterstützung von Mathildas Freundin Ulla, die das
englische Königshaus verehrt und dem Rechtsanwalt Robert,
der Ulla verehrt. Die beiden können viel, aber leider nicht das
Schlimmste verhindern.

Der zweite Band der ebenso witzigen wie spannenden Krimige-
schichten rund um die resolute Detektivin Mathilda und ihren
nicht ganz so robusten Kollegen Sam.

Geschrieben von Andrea Becker

Was passiert, wenn einem die Natur eine lausige Singstimme und nur mittelmäßige Talente zum Malen mitgegeben hat, dafür aber mehr als reichlich Fantasie? Man vergeht sich am Ausdruckstanz oder fängt an zu schreiben. Ich hab das Zweite gewählt und wer mich kennt, weiß, dass das auch besser so ist.

Mit der Romantik hab ich es nicht so und für den großen Deutschen Nachkriegsroman fehlt mir der nötige Ernst, also darf die kriminelle Energie das Ruder übernehmen. Und ganz wichtig: Ich will meine Leser zum Lachen bringen, die etwas verhalteneren zumindest zum Schmunzeln und die schüchternen zum Kichern.

Meine Romanfiguren sind so etwas wie die imaginären Freunde der Kindheit. Sie reden mit mir, begleiten mich und sind die gebeutelten Helden der Geschichten, die ich mir für sie ausdenke. Und sie sind so, wie ich es von Freunden erwarte: loyal, mutig und ehrlich. Das allein wäre aber langweilig, deswegen machen sie haarsträubende Fehler, sind mal unbeherrscht, mal Mimosen, sie streiten und erleben Enttäuschungen, sie haben Angst und werden wütend. Aber sie haben eins gemeinsam: Sie lieben Tiere und setzen sich für sie ein.
Sie müssen auch noch eine Weile miteinander auskommen. Als nächstes sind die Mittelalter-Fans fällig. Ihr seht, es gibt noch eine Menge Gelegenheiten fürs aufklärungsbedürftige Ableben.

Interesse an mehr Infos? Dann abonniert auf www.lieblings-krimi.de meinen Newsletter!